韓国近現代戯曲選
1930–1960年代

柳致眞・咸世德・吳泳鎭・車凡錫・李根三◉著

明眞淑・朴泰圭・石川樹里◉訳

論創社

This book is published under the support of the Korea Literature Translation Institute.

韓国近現代戯曲選　一九三〇―一九六〇年代

韓国近現代戯曲選　一九三〇―一九六〇年代

目次

土《ど》幕《まく》

柳《ユ・》致《チ》眞《ジン》

登場人物

崔明瑞《チェ・ミョンソ》

明瑞の妻

今女《クムニョ》　娘。せむし。

姜敬善《カン・ギョンソン》　あだな＝パンボ

敬善の妻

スンドル　敬善の長男。

三祚《サムジョ》

村長

近所の女

配達人

場所

田舎。明瑞の土幕(1)。

第一幕

時
　秋

舞台
　明瑞の家。
　牛小屋のように薄汚くて陰湿な土幕の内部――オンドル部屋とそれにつながる台所。部屋と台所の間に壁はない。天井と壁が黒ずんでいるのは台所の煙のせいである。オンドル部屋の後の壁には裏の小部屋に通じる戸がついている。下手は入口、上手に小さな窓一つ。窓からは秋の夕暮れの弱々しい光が差し込んでいる。土幕の中は薄暗い。

　上手の部屋に体を屈めて座っている六十歳ぐらいの老人は、今女の父、明瑞である。手紙一枚書くのに、もう三日も頭を捻っているところからして、彼の学歴が知れる。長い病で頭が朦朧としている。彼の憂鬱な性格は生まれつきであるが、生活の困窮と長年の病苦の影響も否めない。
　下手の台所では、せむしの今女がかますを編むのに余念がない。彼女の淀んだ大きな瞳は、一種の恐怖心と叡智のきらめきを隠している。かますを編む機械の鈍い音と共に幕が開く。

明瑞　（夢中になって手紙を書いている）
　間。
明瑞の妻　（声）しぃっ、しぃっ！　この鶏め！　しぃっ！　まったく嫌になるよ！
　明瑞の妻、下手の入口に登場。畑からの帰りらしく、小さな鍬と笊を手にしている。年のわりに気力は充実しており、自分の仕事を充分にこなすことができる。
明瑞の妻　（入りながら）まったく世智辛い世の中だから、鶏までずる賢くなって、人間様の声なんてちっとも怖がらないんだからね。（今女に）おまえも家にいるんなら、鶏くらい追っ払っておくれ。
今女　家にいたって、遊んでるわけじゃないでしょ。母さんったら。畑の草取りは済んだの？
明瑞の妻　（体中の埃を払いながら）ああ、下の畑は済んだよ。（夫に向かって）あんた、まだやってるのかい？　今日も書き終わらないで。手紙一つ書くのに、いったい何日かかるんだろうね？
明瑞　……。
明瑞の妻　そんなに天井ばかり眺めて、目をパチパチしてたって、何も出てきやしないよ。早くお書きよ。もうすぐ日本に行く三祚が来ちまうよ。今女、留守の間、三祚は来なかったかい。
今女　ああ、まだ来てないよ。
明瑞の妻　さっき畑で聞いたら、三祚はもう風呂敷包みを提げて出かけたそうだよ。……（夫に）今年中には必ず帰ってくるよう書いたんだね？　それに、帰る時にはお金を持ってくるように。お金さえありゃ、少しは息がつけようというもんだよ……。
明瑞　やかましい！
明瑞の妻　早くお書きよ。もうすぐ三祚が来るんだから。
明瑞　手紙ってもんは、そんなに簡単に書けるもんじゃねえ。
明瑞の妻　手紙を書き始めていったい何日になると思ってるんだい？　今日で三日目だよ。三日もありゃ、おたまじゃくしだって竜になるよ。
今女　母さん、誰か来たよ！　犬が吠えてる。
　三祚が嬉しそうな顔で現れる。見るからに田舎の青年。風呂敷包みを提げて色地の背広を着こみ、地下足袋を履いている。

三祚　こんちは。
明瑞の妻　いやあ、立派だね。そうやって背広着て、帽子を被ると、まるで別人のようじゃないか。うちの犬ころも見間違って吠えてるよ。
三祚　おいら、日本に行きます。
明瑞の妻　ほらね、私の言った通りだろう！　もう発つのかい？
三祚　ええ、今発つところです。ミョンスにことづてがあるんでしょう？
明瑞の妻　村長さんにでも頼めばよかったんだよ。便箋にミミズを這わせているうちに、せっかく人に預けられる機会を逃しちまうんだから。
三祚　まだ書けてないんですか。
明瑞　もうすぐなんだがな……。
明瑞の妻　そのもうすぐが、また何日かかるかわかりゃしないんだよ。
今女　じゃ、母さん、口で言付《ことづ》けりゃいいじゃない。
明瑞の妻　仕方がないね。三祚さん、お上がり。
三祚　（いらいらしながら）時間がないんですが。
明瑞の妻　急いでるのはわかるけど、ちょっとお上がり。頼むから。うちの事情をよく聞いて、伝えておくれよ。……馬子にも衣装と言うじゃないか。おまえさんもいい服着てると、村役場の立派な役人さんみたいだね。
三祚　役人さん？　そりゃ日本に行って「こんちは、こんばんは」ぐらい覚えて、革靴の一つも履けるようになりゃ、村役場の役人なんか目じゃありませんや。

一同元気なく笑う。

三祚　いや、ほんとです。
明瑞の妻　ああ、そうともさ。おまえさん、もしそうなったら、うちらのこともよろしく頼むよ。
三祚　それはその時になってから考えねえと。
明瑞　おまえさんとこは大したもんだな。日照りに雨粒より貴重な金をどうやって工面して旅費をこさえたんだい。
三祚　家を担保に借金しました。それしかねえもんで。
明瑞　何？　家を担保に？　はあ、何もそこまでして……。
三祚　日本へ行けば、それくらい稼げますよ。心配要りません。
明瑞　日本に行くと言って、家まで売り払って、行くところも帰るところも失くしちまった人間が釜山の港には大勢いるそうだ。おまえもそう生易しく考えないで気をつけろよ。それから、日本に行ってうちのミョンスに会ったら、あいつが最近何してるか、便り一本よこしてくれ。一昨年の暮れからさっぱり音沙汰がなくてな。

明瑞の妻　あの子が行ってから、もうかれこれ七年だよ。そろそろ日本から引き揚げて、帰って来いと言っておくれ。離れて暮らしていると、生きてるのか死んでるのかさえ分かりゃしない。近けりゃこっちから訪ねても行けるし、行き来する者が多けりゃ噂の一つも耳に入るんだがね。

三祚　ミョンスが帰って来たって何にもやることがないじゃありませんか。ここでどうやって食ってくんです?

明瑞の妻　たとえ借家住まいでも、百姓やって暮らしていくにしても、家族一緒に暮らすのが一番だよ。

三祚　借家もねえ、耕す畑もねえんじゃ、どうしようもねえ。

明瑞の妻　帰ってきて嫁さんも貰わないと。あの子だってもう二十五過ぎたからね。

三祚　年寄りはみんなそんなこと言うけど、そんなの言うだけ無駄なこってす。結婚なんてできっこない、家を借りるなんてできっこない。必死に畑を耕しても口に糊することもできない世の中じゃありませんか。朝鮮に帰ってきて、何をして暮らせって言うんです?

明瑞　おまえの言う通りだ。だからミョンスも日本に出稼ぎに行かせたんだ。とにかくミョンスに会ったら、あいつに仕送りするように言ってくれ。

明瑞の妻　そうだ!　肝心なお金のことを忘れるところだったよ!　お金さえあればあれこれ心配しなくて済むからね。ところが、あの子ときたら、こっちに残ってる家族のことも忘れて、一昨年の暮れからは一切仕送りもしてこないんだよ。

明瑞　三祚、この家をいっぺん見回してみろ。ここに一人前の人間は一人もいねえ。あいつのお袋は見てのとおり年取ってるし、妹の今女はあのとおり不自由な体、その上俺も病気の身で、もう何年もこいつらの厄介になってる始末だ。それに、これが家と言えるか?　まるで墓穴じゃねえか。……おまえの目で見たことを、そのままあいつに伝えてくれ。こうして見ると、おまえら若い連中に勇気を与えられるようなことは何にもねえな。

三祚　わかってます。生き地獄です。言われなくても見たとおり、聞いたとおりのことをすべて伝えます。時間がないので、そろそろ発たねえと。

明瑞　若い連中が好き勝手にイナゴのように全部飛んで行っちまったら、この国には一体誰が残るのかねえ。年寄りと出来損ないばかり!　屑箱同然だ。

三祚　そんなに気を落とさねえで下さい。おいらは行きます。

明瑞の妻　あの子に、仕送りするように伝えておくれ、きっと。
三祚　ご心配なく。ちゃんと伝えますから。それじゃ、お元気で！
明瑞　気をつけてな。
明瑞の妻　くれぐれも気をつけて行くんだよ。
三祚　はい、ご心配なく。

三祚、退場。
三祚と入れ違うように敬善が駆け込んでくる。入ってくるなり隠れ場所を探す。彼は鼻詰まりである。パンボというあだ名はそのせいである。

明瑞の妻　パンボの親爺さん、またおかみさんにとっちめられてるのかい？
敬善　（入口の戸の鍵を内から閉めて）俺が？　とんでもねえ。そんなんじゃなくて……。
明瑞　どうして他人の家の戸に錠を下ろすんだ？
敬善　これ？　いや、これは犬でも入ってくるんじゃないかと思って。おかみさん、犬が吠えても開けねえでくれよ。犬に吠えられるのは、もうこりごりよ！　（かますを編む機械の後ろに隠れる）
敬善の妻　（声だけで）おまえさん、どこに隠れたんだい？　この腰抜け！

敬善は妻の声を聞いただけで、身をすくめる。

明瑞の妻　あれが犬の鳴き声だね？
敬善の妻　（戸を叩きながら）今女のお袋さん、うちの旦那だか亭主だかがここに隠れてないかい？
敬善　（息を殺して隠れたまま、いないと言ってくれと哀願）
敬善の妻　どうして戸に錠を下ろしてるんだい？　ちょっと開けておくれよ。
明瑞の妻　（平然と）ここにはいないよ。何だって真昼間から亭主を探してるんだい？
敬善の妻　ああ、困った！　家が取られちまうっていう時に、どこに隠れやがったんだ。あの甲斐性なしは！
敬善　（低い声で）今女、帰ったかどうか見てくれ。
今女　（戸を開けてみて）いませんよ。帰ったみたい。
敬善　（外の様子を見て、いないことを確認してから安心したような声で）うちの鬼婆、どこ行った？　（答えがないので）なんだ、どこに行ったんだ。旦那様をこんなとこに放っぽり出して。
明瑞の妻　やれやれ！　いないと分かった途端、強がりかい。

明瑞　それでも大の男か。女房の尻に敷かれやがって、みっともねえ。

明瑞の妻　まるで蛇に睨まれた蛙だね。

敬善　いや、そりゃ見当違いよ。俺が睨みつけて、「このばか女！」と怒鳴れば、あいつは何にも言えずに蝿みてえに手を擦り合わせて俺を拝むが、俺みたいに高貴な身分の者に、そんな下司《げす》なことはできねえからな。

明瑞の妻　高貴が聞いて呆れるよ。そんなことできっこないくせに。

明瑞　鬼のいぬ間に太鼓でも叩きやがれ。

敬善　いや、ほんとさ、冗談じゃねえ。今日はなんと差し押さえの役人が来てな。

明瑞　差し押さえの役人？

敬善　高貴な家柄の家には、そういう頭の痛いお客が来るもんよ。

明瑞　冗談じゃねえのか？

敬善　まあ聞きな。勿論冗談に違いねえ。……そのお客が戸を開けて入ってきたら、「旦那、どうかもう一度だけ勘弁してくだせえ」と泣きつけって言うのさ。そこで俺が大人しく「そんなことができるか！　高貴な身分の俺には死んでもそんなことはできん！」そう言ってなだめたんだ。こっちが甘い顔してたら、あの女突き上がって口答えしやがる。俺の性分で、それが見過ごせると思うか？　そこで俺は、あいつの髪の毛を引っ掴んで、こう怒鳴ってやった。(人の気配にびっくり仰天して) あっ！　また来やがった！

(かますを一枚取ってその後ろに身を隠す)

敬善の妻、太っていて意地悪そうな顔つきの四十代の女、登場。

(訳者註：この間の五三行は原稿が喪失して残っていない)

スンドル、五、六歳の男の子、泣きながら登場。

スンドル　母ちゃん！　早く帰ってきておくれ！　みんな持って行っちゃうよ。背広の人が皆持って行っちゃうよ。

敬善の妻　(泣きそうな声で) ああ、どうしよう！　早く帰ろうよ。

敬善　(怒りを抑えられないように) 畜生！　勝手にしろ！　何が何だか、何もかも滅茶苦茶だ！　(どうしていいのかわからないというように、台所の中を行ったり来たりしながら、突然立ち止まって、何か思いついたように、にやっと笑い) ふふ、……だんだん面白くなってきたぞ。……裸の王子よ、これからどこへ参りましょう。どこへ参りましょう。……この世の果てまで彷徨《さまよ》いましょうか。……くそったれ！　馬鹿ったれ！　こん畜生！

退場。

敬善の妻　（目を丸くして）とうとう気が狂っちまったよ！　（夫の出て行くところを見て）どこへ行くんだい、えっ？　（追いかけていく、声だけ）戻っておいで！　戻っておいでったら！　どこへ行くんだい？　なんてこった！

スンドル　（泣きながら、母親に付いていく）

敬善の妻　（声だけ）おまえさん！　おまえさん！　おまえさん！　……（すすり泣く声）……。

明瑞は妻子と共に入口で見ているだけである。

明瑞の妻　パンボが完全に狂っちまったよ。

今女　どこへ行くんだろう？　蝶々みたいに飛んで行っちまったよ、母さん！　まるで気でも狂ったみたいに……。ほら、見て！　川を渡ってる。

明瑞の妻　所帯道具を失くしちまって、頭までおかしくなっちまったらしい。

夫を呼ぶ敬善の妻の声、母を呼ぶスンドルの声、次第に遠ざかる。

明瑞　（無言のまま入口に立って眺めていたが、突然怒って）いい加減にしろ！　なんてざまだ！　（急いで戸を閉める）

三人は家の中に入り、それぞれの位置に座る。無言。今女はかますを編み始める。間。

片手に新聞紙を持った村長が登場して、入口で外を眺めて佇む。

明瑞の妻　おや、村長さん、どうしたんです。わざわざこんなところまで。

村長　（入りながら）パンボのやつ、酒ばかり飲んで歩いてると思ったら、結局あのざまか？

明瑞　いらっしゃい、村長……。まったく、酒を飲まねえ人間だって大して変わりませんや。家も財産も取られちまったら、誰も正気じゃいられねえでな。

村長　人間、返すものは返さんとな。図々しく知らぬ存ぜぬを決め込むのも何だろう。
明瑞の妻　村長さんもよくご存知でしょう。図々しいも何も、他に方法がないんじゃありませんか。（明瑞に）……まったくね、うちだって他人事じゃありませんよ。……村長さん、税金のことでいらっしゃったんでしょう？　よくわかってます。もう少し待ってもらえるよう言ってもらえませんか？
明瑞　郡の方から催促がありましたか？
村長　いや、税金のこともあるが、今日は他の用事でな。
明瑞の妻　え？
明瑞　他の用事？
村長　いや、驚くことはない。ちょっと聞きたいことがあってな。最近、ミョンスから便りはあるかね？
明瑞の妻　ああ、うちのミョンスですか。わたしゃまたてっきり……。
明瑞　便りは全くありません。
村長　はあ、全くか……。
明瑞の妻　どうしたものか、一昨年の暮れからぷっつりと音沙汰なしで。村長さん、なにか噂でも聞いてませんか。
村長　（手に持っている古い新聞を広げて）新聞に出ているこの写真を見てごらん。
明瑞の妻　（指差しながら）これですか？
村長　いや、これ、これ。
明瑞　目が遠くて、よく見えん……。（今女に）おい今女、こっちに来てこれを見てみろ。
今女　父さん、何？　（写真を見た今女は不安な顔になる）
村長　その写真、誰かわかるかね？

無言。

村長　おまえの兄さんじゃないか？
明瑞の妻　ミョンスですか？
今女　変だよ……、母さん。
村長　俺も最初は何気なく見つけて、何だかおかしいなと思ったんだ。他人の空似にしては、あんまりよく似てるんでな。そこでよくよく見ると、下に崔ミョンスと名前まで書いてあるじゃないか……。
明瑞の妻　名前が？
明瑞　どこに？
村長　これを見ろ。
今女　これは、いつの新聞ですか？
村長　さあ……。わからん、……いつのだろう？　たぶん俺が町の市場でゴム靴を買った時、包んでくれた古新聞だと思うが。（新聞をめくり）おっ……。

明瑞の妻　えっ？

村長　一昨年の暮れから音沙汰なしと言ったな？　これはちょうど、その頃の新聞だ。

今女と妻　（驚いて視線が合う）一昨年の暮れ？

明瑞　なんて書いてあるんです、ここに？

村長　書いてあることも、ずいぶん妙でな。

明瑞の妻　早く聞かせて下さい。

村長　簡単に言うと、その内容というのは日本で鉱夫として働いていた崔ミョンスという青年が……。

明瑞の妻　鉱夫って何です？

今女　（黙って聞くように母親に目配せする）

明瑞の妻　この子ったら。わからないことは聞くもんだよ。

村長　そんなことも知らないのかね？　うむ、日本語だからな。鉱夫というのは山に洞穴を掘って、発破をしかけて岩を砕く人夫のことさ。

明瑞の妻　洞穴を掘って、岩を砕く……。

明瑞　それで？

村長　それでそのミョンスという青年が、作業場で何人かの仲間たちと密かに祖国解放運動か何かをやったとか…。

明瑞の妻　えっ？　今女、そりゃどういうことだい？

今女　……。

明瑞　誰かを介抱してやったんだ、あいつが。そうでしょう？

村長　はっはっはっ、介抱じゃなくて解放、解放運動！　おまえさんも知らないのか。

明瑞　解放運動！　知らないね。

村長　知らない？　まさかそんな。こんなに物を知らないんじゃ、朝鮮民族もお先真っ暗だ……。解放運動というのは何かというと……。うむ、……何と言ったらいいのかな……。そうだ！　一言でいうと太乙教《テーウル》[2]と同じようなことだ。

明瑞　「太乙天上《テーウルチョンサン》、咋哩哆耶都来《フムニチャトレ》」という太乙教ですね。

明瑞の妻　ああ、あの盗み教ですか。

村長　それそれ。その盗み教。それをやっていたのがばれて、警察に捕まって予審中なんだそうだ。

明瑞の妻　盗みをして警察へ？

明瑞　じゃ、今もそのミョンスという青年は捕まったままなんでしょうか？

村長　そりゃあそうだろう。

明瑞の妻　（楯突くように）嘘です。その青年はうちのミョンスじゃない！　うちの子がなんで盗み教なんかやるんだい？　そんなはずがないよ。それに世の中に同じ名前はいくらでもあるし、似た顔だって何ぼでもいるでしょう。

村長　嘘だったらいいんだが、もしそうじゃなかったら……。はは……。（苦笑）そんなことはあるまいが……。

明瑞　そいつらは、どうしてそんなことをしたんでしょう？

村長　そりゃわかり切ったことさ。一を見れば十がわかると言うじゃないか。外地に行ってきたやつらの振る舞いを見れば見当が付くだろう。あいつらはやたら目が高くなって生意気に……自分の家族が、ちぇっ、木の皮を剥いて食い、草の根っこを食っていても、あいつらは麦飯も食いたがらないからな……。それに、もともと丸裸同然のぼろを着ていたやつらが、身に絹を纏い、革靴履くとああなるんだ。はたしてそんなやつらがまともなことすると思うかい？

明瑞　そりゃ誰も好んでぼろを着て、好きで木の皮や草の根っこを食いやしないでしょう。

村長　そりゃそうだ。しかし、どうしてあいつらが自分の家を放っぽり出して外地に行っちまうと思う？　それは単に贅沢したいだけなのさ。それで皆逃げて行っちまうんだよ。貧乏して苦しんでいる親の顔が見たくないから、「こりゃ堪らない！」と言って逃げ出していくのさ。言ってみれば、一種の避難みたいなもんだな……。とにかくそんな連中を息子だと思って当てにしている親が馬鹿だというほかない。そうだろ、明瑞。

明瑞の妻　あんたんとこの子はそうかも知れないけど、うちの子は違うよ。ふん、しみったれ。

村長　ほっほっ……。だが、それは確かさ。とにかく子どもを外地に行かせると、間違いなくだめになるんだ。さあ、俺は帰るとするか。（履物を履きながら、持ってきた新聞を指差し）これはここに置いて行くから、後でよく見てごらん。

今女　（出て行こうとする村長に）村長さん！　さっきの青年が捕まったとすると、懲役は何年くらいでしょう？

村長　さあな。法律のことは俺らみたいな人間にはわからん。だが前例によると、そういう事件は場合によって終身刑にされることもあるようだ。

今女　（いきなりしくしく泣き出す）

村長　なんで泣くんだ……。ふうっ……。じゃあな、明瑞。その新聞は置いて行くぞ。

明瑞　気をつけて。

明瑞の妻　（出て行く村長を睨みつけ、新聞紙を丸めて投げる）このくそ爺！　くたばっちまいな！　とっとと持って帰れ！　どこでこんな恐ろしい物を拾ってきたんだい！　持って帰れったら！

村長　（憤慨して）何だと！

明瑞　（妻に）よせ！

明瑞の妻　（泣いている今女を蹴飛ばし、ヒステリックに）こ

いつめ！　やかましい！　泣くんじゃないよ！　みっともない！（腹立ちまぎれに泣き出す）

村長　（明瑞の妻が泣くのを見て、呆気にとられたように苦笑する）はっ……。（退場）

間。

明瑞の妻と今女の咽び泣く声だけが聞こえる。明瑞は座って虚空を見つめるばかり。

明瑞　……。（額に手を当てて）頭ん中が空っぽになっちまったみてえだ……。今女、こっちに来て、ちょっと頭を揉んでおくれ。

今女　（涙を拭きながら）父さん、顔色がよくないよ。まるで土色だよ。

明瑞　何が何だかまるで夢のようだ。今女、父ちゃんはいきなり高い崖の上から突き落とされたような気がする。どんなに足掻いても助からない深い穴のどん底に……。

今女　ここ何日か手紙を書いて、疲れてるんだよ。一休みしたらよくなるよ、きっと。

明瑞　……。

今女　父さん、少し元気になったら、兄さんに手紙を出してみておくれ。

明瑞　今日、三祚が行ったから、何かしら連絡があるだろう。それまで待ってみようじゃないか。

明瑞の妻　（涙を拭いて、村長が置いていった新聞を拾って見る）

今女　（裏の小部屋を指し）父さん、奥で静かに休むといいよ。

今女、父親をつれて裏の部屋に入る。

舞台には明瑞の妻、一人で歌でも歌うように身の上を嘆く。

舞台裏から鶏を呼ぶ声。今女、再び裏の部屋から出てくる。近所の女（明瑞の妻と同年輩）、入口から様子を伺い、

近所の女　今女、うちのひよこがここに来てないかい？　白いのが一羽、見えないんだよ。

今女　見てないけど。

近所の女　じゃ、どこに行ったんだろう。もう日が暮れるっていうのに。（退場）

鶏を呼ぶ声が、舞台の裏を通り過ぎる。

敬善の妻、忽然と登場。音も立てず、幽霊のように入口に立っている。
手には手桶一つ持っている。無言。

敬善の妻 （絶望した声で）今女のお袋さん！

明瑞の妻 （ぼんやりと座っていたが）ああ、スンドルの母ちゃん！

今女 家はどうなりました？

明瑞の妻 何か残ってるのかい。

敬善の妻 （頭を横に振って）ひどいもんだよ。

明瑞の妻 うん？ ひどいって？

敬善の妻 （手桶を見せながら）これをごらんよ。

明瑞の妻 ……。

敬善の妻 残ったのはこれだけさ。結局、手桶一つ！ この世に生まれて、朝から晩まで汗水たらして働いてきた挙句がこれさ。

明瑞の妻 なんてこった！ それじゃ、全部差し押さえられちゃったんだね？

敬善の妻 氏神様を祭っていた神棚まで。

明瑞の妻 考えりゃ考えるほど、やり切れないね。なんぼかの金のせいで、他人の家や所帯道具まで一切合切、持って行っちまうなんて。

間。

今女 スンドルのおじさんは、さっき川を渡ってたけど、どうなりました？

敬善の妻 さっき出て行ったきり、どこへ行ったのやら……。

今女 あのまま戻って来なかったらどうするんです？

敬善の妻 もしやこんな目に会うかもしれないと思って、あれこれ必死に手を尽くしてみたけど、結局はこの始末さ……。（寂しそうに笑う）

明瑞の妻 これからどうするんだい？ 子どもたちを抱えて……。

今女 その上、スンドルのおじさんはどこに行ったかもわからないし……。

敬善の妻 これで来るべきものが来たと思えば、かえって気が楽だよ。

明瑞の妻 子どもたちを抱えて物乞いをしてでも、生きていくしかないね。

敬善の妻 なるようになるだろうよ。これ以上のどん底はありえないからね。（桶を差し出し）あ、粟を少しばかり分けてくれないかね？

明瑞の妻　（手桶にあるだけ入れる。もちろん少ししかない）
ほんの少ししかないけど、一食でも足しにしておくれ。
敬善の妻　ありがとうございます。（退場）

間。

明瑞の妻　（寂しそうな敬善の妻の後姿を見つめ）なんだってこんな……！　なんだってみんな、ここまで……！

裏部屋から明瑞の呻き声。

静かに幕が閉まる。

第二幕

翌年の初春、ある日の夕暮れ。

舞台は一幕と同じ明瑞の家。

一幕に比べ、家はますます寂しげでみすぼらしくなっている。彼らの唯一の生産道具だったかます機《はた》はとっくになくなっている。台所の適当な場所に筵《むしろ》を敷き、敬善の妻が子どもたちと一緒に居候している様子である。台所の端から端に縄を張り、そこにぼろをかけ、その他ごたごたした所帯道具がむさくるしい。


幕が開くと、今女とスンドルが舞台にいる。

今女は、台所と部屋の間に置いてある薄暗い灯火の下で、トァリ(3)を作っている。すでに作った七、八十個のトァリは、真ん中に紐を通して壁にかけてある。

今女は針仕事をしながら、スンドルに歌を教えている。

小さな声で合唱。

（歌）　小川の底で

育った水鼠は
目の見えない
水鼠の群れ

今女　ほら、違う！（歌う）目の見えない水鼠の群れ
スンドル　（真似をしながら）目の見えない水鼠の群れ……。
今女　はい、もう一度。（声を揃えて歌う）

小川の底で
育った水鼠は
目の見えない
水鼠の群れ
ちいちい　ちゅうちゅう
かくれんぼ
目隠ししてる

今女　上手、上手。
スンドル　姉ちゃん、どうして母ちゃんは帰って来ねえんだ？
今女　さあね、もうじき帰ってくるよ。

外で人の気配がする。

スンドル　（ちらっと入口の方を見て、がっかりしたように）ちぇっ、おら、母ちゃんだと思ったのに。
明瑞の妻　（十個あまりのトァリを持って現れる。行商の帰り）ああ、寒い。まだまだ寒いね。
今女　どれぐらい売れた、母さん？
明瑞の妻　毎日今日みたいに売れりゃいいんだがね。日暮れ時なのに、三個も売れたんだよ。（お金を数え）三、四、六銭も儲けたよ。こんな調子なら、かますを編むよりましだね。
今女　（仕事を続けながら）……これから暖かくなれば、もっと売れるよ、きっと。春になれば、水を汲みに出る人が増えるから。
明瑞の妻　そりゃ、この寒い時よりましだろうさ。どうにかして寒さの峠を越せば、野の草もだんだん芽を出し、木は葉っぱをつけて、青々してくる。そうすりゃ野にも山にも食べ物があふれて、人間の暮らしも自然と楽になるんだけどね。そうこうして何とか凌いでいるうちに、おまえの兄さんから便りがあるはずだよ。
今女　……。
明瑞の妻　そうだ！　今日も兄さんから手紙は来なかったかい？　でも、どうして三祚からも便りがないんだろうね。あの子まで音沙汰なしで。日本に行ってから、もう半年

にもなるのに……おかしいね。（懐に大切に収めていた新聞――村長が置いて行った――をそっと出して眺め）……いやいや、こんなもの信じるもんか。私は断じて信じないよ……。

今女　（仕事の手を止めて、やや神経質に）また、そんなもの出して。母さんったら！　さっさと破って捨てちゃいなさい。そんなの亡霊みたいなもんだよ。なによ、母さんったら、意地悪の村長さんの話をまだ信じてたのかい？　母さんみたいに間抜けな人間がいるから、あの爺さんがいい加減な作り話をして歩いてるんだよ。解放運動というのを盗み教と同じだとか何とか、出鱈目な話をいかにも知ったかぶって……私は兄さんの友だちから話を聞いて、あの爺さんが嘘をついたことがわかったわ。

明瑞の妻　（新聞紙をまた懐に入れながら）やかましい！　おまえに何がわかるんだい！　……村長もおかしな人だよ。どうしてこんな物を私に見せるんだろうね。ああ、嫌な世の中だ。（間）おまえ、父ちゃんに何か食べさせたかい？

今女　ううん、ずっとうんうん唸ってたけど、やっと眠ったみたい。

明瑞の妻　（部屋を覗いて）ああ、ぐっすり眠ってる。後で目を覚ましたら、お粥でも作ってやんな。父ちゃんもこのままだと先は長くないね。

スンドル　お婆ちゃん、おらの母ちゃんはどうして帰ってこないんだい。（答えてくれないので大きな声で叫ぶ）母ちゃん！　母ちゃん！

明瑞の妻　やかましい！　（部屋を指し）お爺ちゃんが寝てるんだよ。静かにおし！

スンドル　（しくしく泣く）

今女　それにしても、スンドルのお母ちゃん、今夜は遅いね。

明瑞の妻　わかるもんか。どこで何をしてるのやら。小さい子どもが腹をすかせてるっていうのに、飯をもらいに出かけたら、さっさと帰ってくるのが当たり前じゃないか。……（ご飯を与えながら）スンドル、これお食べ！　ちぇっ、おまえの母ちゃんもいい加減だねえ。何もかも失って、やる気もなくなるだろうが、乞食根性が身についちまったら人間おしまいだよ。ぐうたらで恥知らずで、汚くて、何でも放ったらかし……（スンドルの家族が間借りしている台所を指しながら）あれを見てごらん。屑箱も同然じゃないか。人の情けで他人の家に厄介になってるくせに、恥知らずにも程があるよ。

敬善の妻、少し前に登場し、入口に立っている。子供をおぶって、物乞い用の器を手に持っている。二人の会話を聞いてその場に佇むが、ふと物乞い用の器を取り落とす。

スンドル　（母に気づき）母ちゃん！　なんで食い物を捨てるんだよ？

敬善の妻　ちょっと！　おまえさんとこの台所に厄介になってるからって、人を見下げるのもいい加減にしておくれ！　何だい偉そうに！　ちゃんとした部屋でも貸してもらおうもんなら、威張り散らされて針の筵だろうよ！

明瑞の妻　……だって本当のことじゃないか。おまえさんときたら、どんどんだらしなく、悪くなってるじゃないか。私らと一緒に、暇を見てトァリでも作れば、それでも一日二、三銭は稼げるのに、近頃は怠け癖がついて、指一本動かそうとしないじゃないか。それに子どもの下の世話もしない、壁が崩れて寒くてもそのまんま、物乞いしてきてちょっと腹に入れるとすぐに寝転んで、起きればまた物乞いに出かけるし……。

今女　母さん、止しなよ！　他人のことばかり言って。

敬善の妻　（恐ろしい顔つきで）余計なお世話だよ！　ふん、何一つ苦労を知らぬお金持ちの奥様のお顔を拝ませてもらおうじゃないか。ははあ、やっぱり人相からして違うね。ふん、おまえさんの面は痩せこけて腐るところもない。こんな豚小屋に住んでるおまえさんも、人間様の一員だとでも思ってるのかい？　心配事がなくて羨ましいね。奥様！

スンドル　（びっくりして母親にすがり付いて泣く）

明瑞の妻　（怒り）何だって！　この乞食女！　他人のお情けで生きてるくせに、何を言うんだい！　出て行け！

敬善の妻　出て行けだって？　ああ、出て行くともさ！　出て行きゃいいんだろう？　（泣きながら）こんな薄汚い土幕一軒持ってるからって、人を馬鹿にしやがって……。

明瑞の妻　（舌打ちしながら）人間、いったん落ちぶれるときりがないね。人のせいにしないで、差し押さえにあってからの自分のざまを自分の目でしっかり見てごらん。

敬善の妻　そうですとも、わたしゃその辺の犬ころみたいに汚いですとも。わたしゃ犬ですよ。こうなったら、道端で死のうが、殴られようが、恥も涙も知らない野良犬ですとも。

明瑞の妻　おまえさんのこの頃のざまを見てると、差し押さえで所帯道具を持って行かれちまった時に、心まで一緒に持って行かれちまったようだよ。

敬善の妻　私の心まで！　（ヒステリックに鼻で笑う）ひっ、ひっ、ひっ、そうさ！　うちの甕、なべ、鍬、土地まで、ごっそり取っていっちまうついでに、うっかり私の心まで持って行っちまったんだよ。この空っぽの抜け殻だけ残して。どうしてこの抜け殻は……、この醜い抜け殻は……、持って行かなかったのかねえ。……ひどい奴らだね。本当にひどい奴らだ。この汚い抜け殻だけを残して行くなんて……。

明瑞の妻　（無言）

敬善の妻　（虚空の一点を睨み）本当にひどい奴らだね……。私を殺しておくれ！　どうして殺せないんだい？　怖いのかい？　え、怖いのかい？

スンドル　（気のふれたような母親を見て、怯えたように今女にしがみつく）

明瑞の妻　どうしたんだい？　気でも狂ったのかい？

敬善の妻　そうさ、狂ったのさ！　狂ってるともさ！　狂いでもしなきゃ生きてられないよ！　私はあいつらのところに行って、こうやって仁王立ちになって叫んでやるよ。（叫ぶ）この抜け殻も差し押さえておくれ……!!（泣く。自分の甲高い声に驚いて泣く子どものように）

明瑞の妻　ああ、本当に狂っちまった。

今女　なんて哀れなんだろう。あんなになるなんて、よっぽど苦しいんだよ……母さん、慰めておやりよ。

明瑞　（部屋の戸を開け）この騒ぎは何だ。眠れねえじゃねえか……。

明瑞の妻　早くお立ち！　（舌打ちしながら）女もこうなると使い用がないよ。

敬善の妻　（泣きながら）今女のお袋さん！　今女のお袋さん！　私を殴っておくれ！　ねえ、私を殴っておくれ！　死ぬほど殴っておくれ！

明瑞の妻　早くお立ちよ！　もう止して、まだ若いんだから……。

敬善の妻　（依然と）……死ぬほど殴っておくれ。お願いだよ、死ぬほど、死ぬほど……。

今女　スンドルのお母ちゃん、泣かないで下さい。この子たちがびっくりして泣いてるじゃありませんか。

敬善の妻　……。

明瑞の妻　……このざまは何だい。もう止して、さっさとお立ち。

敬善の妻　（涙を拭きながら）……今女のお袋さん！　この醜い抜け殻はどこにどう使って、どこに捨てたらいいんだい？　人間の皮をかぶって、犬ころにも及ばないこの抜け殻を……。

明瑞の妻　何を言ってるんだい。このまま生きていくしかないじゃないか。

敬善の妻　……。

明瑞の妻　子どもをあやしておやり。

敬善の妻　（子どもを抱いてあやす）

間。

敬善の妻　（いきなり）今女のお袋さん！　うちらは今日ここを出ます。

明瑞の妻　うん？　出るって、何を言ってるんだい？

今女　いきなりどうしたんです？

明瑞の妻　私にちょっと嫌味言われたからって、拗ねてるのかい？　人間、貧乏すると怒りっぽくなるもんだよ。それに狭い家に二家族も暮らしてるんだもの、いざこざなんか付き物だよ。そんなこと気にしてたら暮らせないよ。

今女　近頃、母さんは兄のことで気が滅入って、余計そうなのよ。

敬善の妻　別にそういうわけじゃなくて……。

明瑞の妻　じゃあ、どういうわけなんだい？　それに出て行くにしたって、今じゃなくても、いいだろう。よりによって今夜……。

敬善の妻　実はさっき、この子のお父ちゃんに会ったんだよ。

明瑞の妻　（驚いて）この子のお父ちゃんだって？

今女　（驚いて）スンドルのおじさんに？

スンドル　うん？　お父ちゃん？　どこ？

明瑞の妻　どこで会ったんだい？

敬善の妻　夕飯の物乞いに歩いてる時、道端でばったりと出くわしてね。

今女　じゃ、さっき遅くなったのも、そのせいだったんだね？

明瑞の妻　そりゃともかく良かったじゃないか。……おまえさんの亭主も亭主だよ。女房子どもを放り出して、今までどこをほっつき歩いてたんだろうね。

敬善の妻　行商人たちにくっついて、あちこち歩き回ってたんだって。そうしてるうちに満潮に押し戻されるように帰ってきたらしいよ。

スンドル　じゃ、母ちゃん、お金たくさん儲けてきたのかい？

今女　どうしてここに一緒に来なかったんです？

敬善の妻　もうじき来るよ。

外から歌声が聞こえる。

敬善の妻　（耳を澄まして）来たようだね。

敬善は軽く酔っている。鼻歌を歌いながら登場。
行商用の背負子を背負い、脚に脚絆をつけている様はまさに行商人である。

敬善　これは皆さんお達者で。
明瑞の妻　パンボの親爺さん！
今女　（同時に）スンドルのおじさん！
スンドル　（駆け寄り）お父ちゃん！　お父ちゃん、どうして逃げていったの？　家は取られちまったんだよ。追い出されちまったんだ。
敬善　家を取られた？　ちくしょう！　スンドル、こいつは大きくなったら、気性が荒くなりそうだな！　おかみさん！　近頃、金回りはどうだね？
明瑞の妻　金どころか、虎の糞にもお目にかかってないよ。それどころか、うちの命綱だった、かますの機械を借金のかたに取られちまったんだよ。
敬善　かますの機械を取られちまったと。はっ、はっ、はっ。（軽く笑いながら）一つ取られ、二つ取られ、家も取られ、土地も取られて、自分まで取られちまう。（節をつけて歌を歌いながら台所の筵の上に座っている妻を見つけて）は、は、おまえさんは金の座布団の上で暮らしてるのか、大したご身分だ。
敬善の妻　また酔っ払ってるね。外でそれだけ苦労したんなら、少しは変わってもよさそうなもんだ。
敬善　俺が酔っ払っただと。とんでもねえ。さあ、俺の口の匂いを嗅いでみな。（口を妻の鼻先に近づけて）匂わないだろう、な？
敬善の妻　（夫を押しのける。敬善は倒れる）その気違い病はまだ治らないのかい？
明瑞の妻　はっはっはっ、おまえさんに会って、持病がぶりかえしたようだね。
敬善　（ほこりを払いながら立ち上がる）まったく朝から何にも食ってない人間にひでえことしやがる……。
明瑞　（部屋の戸を開けて）パンボじゃないか。いつ戻った？
敬善　（妻にやられたのを隠すために帽子を正したりして、慌てる）……明、明瑞！
明瑞　（部屋から出てきて座る）戻ってきたんなら、俺のとこへ顔を出せ。台所でなに騒いでるんだ？
敬善　……い、や、あ、あのう、おまえさん、まだ臥せってるのか？　痩せこけて、雛《ひよこ》の小便みたいになっちまったな……。

敬善の狼狽ぶりを見て、一同、口を押さえて笑う。

敬善の妻　ああ、おかしい！
明瑞の妻　パンボの親爺さんのおかげで、笑いの花が咲いて、我が家も明るくなったようだよ。
明瑞　……おまえさんもまったくだらしのない男だ。あの時、家が差し押さえられて、死ぬか生きるかという目に遭い、女房子どもを放り出して行方をくらましたくせに、今になってこそこそと鼻の先だけ出すとはな。
敬善　明瑞、そのことだけは忘れてくれ。古傷に触ると、また傷が悪くなるからな。あの時は、俺も腹の立った拍子に、自分でも何が何だかわからず、無鉄砲に飛び出しちまったんだ。それで今日は、こうやって正式にお連れしようと帰ってきたんじゃねえか。
明瑞　正式に？　冗談はよせ。
敬善　いや、本当さ。とにかく今晩中には引っ越すつもりだ。（自分の女房に）おい、早いとこ荷物をまとめな。
明瑞　やい、こいつ、冗談だろう。
敬善　いやいや、冗談じゃねえ。
明瑞の妻　スンドルの母ちゃんも、さっきから何度も今晩ここを発つって。
スンドル　本当かい？
敬善の妻　ええ、本当です。（明瑞に）私たちはここを発ちます。一日や二日、ここにいたって仕方がないし。
スンドル　わぁい！
敬善　ここに厄介になればなるほど恥を曝すだけだ。
明瑞　はっはっはっ。おまえも自分の恥を知っただけ、利口になったな。だが、この暗い晩にどこへ行くと言うんだ？
明瑞　どうせなら、明るい時にお行きよ。
敬善　暗いから、なおさらいいのさ。何といっても三十六計夜逃げに如かずってな。
明瑞　ほほう、夜だろうが昼だろうが、どうせここまで落ちぶれた以上、世を憚る必要があるもんか。
敬善　いや、物乞いして暮らすにしても、ここより自由気儘に暮らせるところがあるでな。ここは人目は多いし、昔からのしきたりも残ってるから、なかなか暮らせない。故郷というのは一食ご馳走になるには居心地がいいが、俺らのように寝床すらない者には、むしろ監獄も同じさ。息苦しい監獄だ。
敬善の妻　（先ほどから荷物をまとめながら）一日でも早く、私たちもこの監獄から逃れないと。
明瑞　どこに行ったたって監獄なのは同じことさ。俺たちゃ皆、影法師のように監獄を背負っているんだからな。どこかましな所があるか行ってみるんだな。
スンドル　父ちゃん、おらたち、どこ行くんだい？
敬善　別に行く当てはねえ。
スンドル　馬鹿だな！　そんじゃ、どこにも行けねえじゃねえか。

敬善　（寂しく笑う）はっはっはっ……。

間。

敬善の妻　この家がなかったら、うちらは今頃どうなってたことか。今頃はどこかの橋の下で、化け物にでも捕まって、野垂れ死にしてたかもしれません。今女のお袋さんのお陰で、こうして生きてこられました。

明瑞の妻　いいんだよ、そんなことは。かえってこっちが恥ずかしくなるよ。

明瑞　いったいおまえは今まで何をやってたんだ？　半年ちかく。

敬善　行商しながら、あちこち回ってきた。

明瑞　行商？

敬善　ああ、結局、俺たち朝鮮人にできる仕事は、今は行商くらいしかねえように思うんだ。いくら汗水たらして畑を耕して収穫しても、聞こえはいいが、水利組合だの小作料だの、全部取られちまって、馬鹿みたいに飢えてる小作農よりか、はるかにましってもんさ。本当にな。一番気楽なのは、どうのこうの他人の指図なんか受けずにお天道様の下で働き、お星さんの下で寝るから何の気苦労もねえ。すっからかんで盗られる心配もないから気楽だし、気楽だから、いつ死んでも遺言なんかもいらねえしな。こんなに愉快な暮らしは滅多にないぜ。

明瑞　おまえはいつでも暢気《のんき》だな。

敬善　俺か？　俺はいつだって暢気だぜ。どこへ行っても笑えるからな。酒をやるから泣いてくれと言われても絶対に泣かんぞ、俺は。そうとも、誰が泣いてやるもんか。

敬善の妻　ぺらぺらしゃべってねえで、荷造りでも手伝ったらどうだい？

敬善　荷造り？　俺のはとっくにできてら。俺の体だけでも、でかい荷だぜ。

敬善の妻　（刺々しく）口が減らないね。荷造りしてるのが見えないのかい？

敬善　（閉口して）はい、はい。分かったよ。（手伝いながら女房の顔色を伺い低い声で）本当だぜ、明瑞。泣いてやるもんか。さっき道端で（自分の女房を指しながら）こいつに会った時も……、赤ん坊をおぶって物乞いしてるざまときたら……！　さすがに胸の奥から、こんな塊が喉に込み上げてきたが、俺は堪えた！　震える唇をこう食いしばって、目頭が熱くなっても、こうやって目を見開いて……。

敬善の妻　（夫を睨む）

敬善　（顔色を察し、口をつぐむ。再び合い間を縫って）明瑞、おまえさんは俺の気持ちを分かってくれるな。
明瑞　おまえの笑いがどんなに苦い笑いか分かったよ。

荷造りは終わった。縄にかかっていたぼろ、壁にかかっていた古い着物、布団や鍋、手桶などのみすぼらしい家財道具。たいして大きくもないが、一抱えほどの風呂敷包みである。
その間、今女は子守をしている。

敬善の妻　（スンドルに着物を着せる亭主に向かって）あんた、スンドルは歩かせて、赤ん坊はあんたが負ぶっておくれ。
敬善　じゃ、荷物は。
敬善の妻　あたしが頭に担いでいくよ。
明瑞の妻　スンドルの母ちゃん！　おまえさんの一家までこの村を離れちまったら、うちも寂しくなるね。みんな何の希望もなく西間島《ソガンド》や北間島《プッカンド》(3)、日本やどこかにてんでばらばらに散ってしまうと、うちの村は十軒も残らないよ。
敬善の妻　そう悲しまないでおくれ。生きるためなら、どこへだって行かなけりゃ。こんな有様でそんなこと言ってられるかい。
明瑞の妻　年のせいかね。ミョンスも行方知れずだし。
敬善　（スンドルの着替えを終え）今女、赤ん坊を負ぶわせてくれ。
今女　（敬善に赤ん坊を負ぶわせ）この子は何も知らずにぐっすり眠ってるよ。
明瑞の妻　どこへ行っても体に気をつけてね。また会えるよ、いつか。
敬善の妻　死んで土に埋められでもしない限り、またいつ転がり込んでくるかわからないよ。（懐から何か取り出し）ああ、これ！　これは質札だよ。この中に、もしかして着られるようなものがあるかも知れないから、あとで取り戻して使っておくれ。
今女　スンドル、居眠りしないでね！　この家を覚えといて、大きくなったら訪ねてくるんだよ。
明瑞　敬善、どこに行っても自分の安置峰《アンティボン》(4)は忘れるなよ。自分の生まれ育った安置峰をな……。
敬善　赤ん坊を負ぶわせ、荷物を担がせて、とっとと追い出す安置峰じゃなかろうな、明瑞。
明瑞　何と言っても安置峰は安置峰さ。
敬善　それよりおまえ、俺はこのことを忘れないでほしいんだ。俺も普通の人間だっていうことをな。
今女　（手作りの提灯に火をつけて、スンドルに持たせ）こうやって高く掲げて、持って行くんだよ。馬に乗った新郎みたいにね！

スンドル　こう？

今女　そうそう！

敬善の妻　（夫に）発とうよ、早く。

敬善　……明瑞、実のこと言や、今夜ぐらいは泣きたいね。だが、俺は泣かんぞ。

明瑞　笑って行けよ。気をつけてな。

敬善の妻　（荷物を頭に載せ）親爺さん、おかみさん、さようなら。今女、達者でね。

今女　（敬善の妻に挨拶して）スンドル、気をつけてね。

スンドル　お婆ちゃん、姉ちゃん、さようなら。

敬善　おかみさん、さようなら。

明瑞の妻　こんなに寒い晩に、一体どこへ行くんだろうね。こともあろうに星一つ出ない晩に……。

敬善　燕について暖かい国へ行きます。暖かい南の国へ……。はっ……。（苦笑い）

スンドルは提灯を持って先に立つ。荷物を頭に載せた敬善の妻はスンドルの手を握り、敬善は赤ん坊をおぶってその後に続いて退場。

明瑞の妻と今女は戸の外まで見送る。

舞台には明瑞一人。

寂寞《せきばく》。風の音。

舞台裏で「気をつけてお行き」という声が物寂しく聞こえる。

今女と母、再び登場。

明瑞　もう行ったのか？

今女　うん、行ったよ。

明瑞の妻　（元気なく腰掛けながら）がらんとして寂しくなっちまったね。まるで空家だよ。

今女　（仕事をはじめる）

明瑞　（裏の部屋に這うようにして入る）残るは老いぼれとかたわ者だけか……。

間。明瑞の妻、台所で火をつける。食べ物を作っているようである。

明瑞の妻　（火をくべながら）今日は仕事が溜まっちまったね。

今女　ずいぶん溜まってる。

明瑞の妻　明日何か食い物を買ってくるにゃ、今晩は夜なべしないといけないね。

近所の女、登場。

近所の女　（入口で）今女や。あれを見てごらんよ。
明瑞の妻　何だい？　（入口に駆け寄る）
近所の女　あそこの峠に明かりがちらついてるだろう？
明瑞の妻　（目を凝らし）はてねえ。
今女　（仕事の手を休め、小走りに入口の方へ）
近所の女　変だねえ。
明瑞の妻　おまえにも見えるかい？
今女　あそこの明かり？　ああ、スンドルが持ってる提灯でしょう。
近所の女　うん？
明瑞の妻　ああ、そうそう！　すっかり忘れてた！　もうあそこまで！　速いねえ。（近所の女に）あれはスンドルの一家だよ。
近所の女　スンドルの一家？
明瑞の妻　ああ、知らなかったんだね？　さっき亭主が戻ってきて、連れて行ったんだよ。赤ん坊まで連れて荷物をまとめてね。
近所の女　何だって、あの女！　私に黙って！　どうしよう、貸した金をそっくり取られちまったよ。卵を売ってようやく貯めた十銭を。
明瑞の妻　……。あんな山を登っていくなんて、どこに行くつもりだろうね……。
近所の女　（眺めて）けしからん女だよ！
今女　日が昇る前に町に入らないと、朝飯にもありつけないだろうにね。
近所の女　今女のおふくろさん、それはともかく、明日、町の市場に行くかい？
明瑞の妻　そりゃ、食っていくためにはこのトァリを売らなきゃならないからね……。今女や。（台所で作っていたものを指して）あれできたら父さんにおあげ。
今女　（言われた通りにする）
近所の女　市場に行くんだったら、うちの鶏を売ってきてくれないかい？
明瑞　ああ、いいよ。
近所の女　じゃ、明日の朝早く鶏を持ってくるよ。大きいし卵も産めるから勿体ないけど、どうしても金にして、あの恨めしい税金を払わなくちゃならないんでね……。
明瑞の妻　言わなくたって分かってるさ。あの忌々《いまいま》しい税金！　その税金のおかげで、スンドルのとこもあのざまじゃないか。
近所の女　スンドルんとこの話はよしとくれ。ふんっ、借りた金も返さない泥棒女め！
今女　（裏部屋の戸を開けて）父さん、これをおあがり。

明瑞　何だい？

今女　白いお粥だよ。（父の口に入れてやる）

近所の女　（ぶら下っているトァリを見て）こうやって自分で作れるものなら、気楽なもんさ。うちなんかひどいもんだよ。雌鶏のお尻ばかり拝んで暮らしてるから、気が気じゃないのさ。それも毎日一個ずつ産んでくれりゃありがたいけど、鶏によっちゃ、三、四日に一個なんていうのもしょっちゅうでね……。

明瑞の妻　（軽く笑う）はっ……。鶏のお尻ばかり眺めて暮らすのも上等な暮らしとは言えないね……。でも、うちの今女はね、日にも当たらず、一日中家にこもってこれを作ってるもんだから、目がただれて、まるで獣の子みたいになっちまったんだよ。

近所の女　でも何と言っても、おまえさんのとこにゃ、日本へ行ってる息子がいるじゃないか。息子がいるってことは、私らにとっちゃ、毎食牛肉を食べるより心強いものだからね。

明瑞の妻　息子？　はっはっ……。（寂しく笑う）

間。

明瑞　（口に入れてもらいながら）今日も郵便配達は来なかったかい？

今女　町の郵便局から来るから、いつも時間が決まってないんだよ。夜遅く来る時もあれば、昼間に来る時もあるし。

明瑞　今日もおまえの兄さんからは便りがないのかね。

明瑞の妻　（新聞紙の切れ端を出して見せながら）ちょっとこれを見ておくれ。これは、うちのミョンスじゃないかい？

近所の女　（それを受け取って）何だい？

明瑞の妻　おそらくこの村に残ってる近所の者のうちで、おまえさんが、うちのミョンスを一番よく知ってるはずだよ。あの子が生まれた時に世話してくれたのもおまえさんだし、赤ん坊の頃におんぶしてくれたりもしたし……。

近所の女　こんなもの誰にもらったんだい？

明瑞の妻　これかい？　村長さんが持ってきたんだよ。ここにミョンスの顔写真と名前が書いてあると言ってね。それ以来、時々これを出して、この顔写真を眺めてるんだけど、私には信じられないんだよ。本当にこれがうちの息子なのかどうか。うちの息子のような気もするけど、なんだか見れば見るほど記憶がぼんやりしちまって、私には信じられないんだよ。

明瑞　（食べ終わって）また始まった！

今女　父さん、お代わりはどうだい？

明瑞　もういい。

今女　（お膳を持って裏の部屋から出てくる）

明瑞の妻　おまえさんなら、あの子の顔を覚えてるだろう？

近所の女　さあ、もう十年近く会ってないからね、見ないうちにずいぶん変わっただろうさ。

明瑞の妻　でも、この写真にゃ、あの子の面影はないだろ、ね？

近所の女　（まだ見入っている）さてね、こんなに手垢がついて、よく見えやしないよ。なんでこんなに写真が薄っぺらなんだい、まるで鼻紙じゃないか……。

明瑞の妻　いつも懐に入れておいたもんで、そうなっちまったんだよ。

近所の女　私の目にも、見覚えがあるようでもあるし、またどうかすると全然違うようだし……。これじゃ何とも言えないよ……。

明瑞の妻　（その新聞の切れ端を返してもらい）そうだろうさ。私だって信じられないよ。そんなことを信じるくらいなら、お天道様が西から昇るっていうのを信じた方がましだよ。考えただけでもぞっとする！

近所の女　ぞっとするって、何が？

明瑞の妻　恐ろしくて口にもできないよ……。とんでもないことだ！　そんなこと、あるわけがない。

近所の女　どうしたんだい？　何のことか聞かせておくれよ。

明瑞の妻　……何て言ったっけ？　ええと！　まったくもうろくしちまって！　村長さんにいろいろ説明してもらったんだけど、忘れちまったよ。ちょっと、今女や。何とか運動って言ってただろ？　おまえの兄さんがやってたっていう運動のことだよ……。

今女　またそんな話をして、どうするつもり？

近所の女　何の話か知らないけど、近所なんだからお互い隠し事はよくないよ。

明瑞の妻　早く教えておくれよ、じれったいね。

今女　母さんったら。

明瑞の妻　おまえの知ってることを私にもう一度説明しておくれ。裏のおかみさんも聞きたいって言ってるじゃないか。

今女　村長さんの話は真っ赤な嘘だよ。村長さんは、兄さんがやった独立運動っていうのを、なんか太乙教みたいな盗み教だとか言ってたけど、農民講習所で会った兄さんの友だちに聞いたらそうじゃないって言ってたよ。村長さんは私たちが何も知らないと思って、出鱈目なことをまるで知ったかぶりして言ったんだよ。

明瑞の妻　その友だちは何て言ってたんだい？

今女　兄さんのやったことは、とても立派なことなんですって。仲間たちが集まって、私たちもこんな土幕から抜け出して、人並みの暮らしができるようにするための運動なんだって。

近所の女　人並みの暮らし……。

明瑞の妻　そうか、そうか、さすがはうちの息子だ！

今女　そういう運動をしてたのがばれて、警察に捕まったんだって。

近所の女　おや、まあ！　警察に！

明瑞の妻　じゃ、新聞に載ってたのは事実なんだね。

近所の女　懲役は何年なんだい？

今女　まだ判決の前だから、わからないって。

明瑞の妻　村長の話だと、そういうことで捕まると、終身刑にされることもあるそうじゃないか……。

近所の女　終身刑！

明瑞の妻　嘘に決まってる！

今女　そうよ、嘘ですとも。

明瑞の妻　とんでもないことを！　終身刑って言ったら、死ぬまで監獄から出られないってことじゃないか。あの子はまだ若いんだよ！　宝物みたいなうちの息子が！　私にはとても信じられない。青天の霹靂とはこういうことだよ。うちのミョンスの身にそんなことが降りかかるなんて。ああ、新聞に出てるのを見てうちのミョンスだと言われても、そんなこと信じられない。世の中に顔の似てる人はいくらでもいるだろう。同じ名前の人間だって、一人や二人じゃないよ。これは誰が何と言っても、うちの息子じゃない。

今女　（哀れな母親を抱きしめ）心配しないで、母さん！　そんなに心配して、もし病気にでもなったらどうするの。たとえ兄さんが監獄で死んだとしても、少しも悲しむことはないわ。それはむしろ私たちの誇りなのよ。兄さんはこの土幕のために、世界中の土幕で飢えてる可哀相な人々のために戦ったんだもの。兄さんはこの国の勇敢な青年の一人なのよ。母さん、これほど誇らしいことはないわ。この土幕で生まれ育った兄さんは、きっとこの土幕を忘れないわ。病気の父さんや年老いた母さんを、そして体の不自由な私を助けようと、兄さんはいつか成功して必ず一度、この土幕に戻ってくるはずよ。それもたぶん、前より何倍も立派な人になって帰ってくるはずよ。ここを出る前だって、兄さんは、きこり仕事にしたって、畑の草取りにしたって、人の倍も働いたんだから、今じゃどんなに立派になってることか……。

明瑞の妻　……そうだね。あの子は体もがっちりして、いつも生気に溢れてた！　今頃はどんなに堂々とした男になってるだろう！　この母さんだって見違えるほど立派な男になってるよ、きっと……。あっ！　ミョンス！　今にもミョンスがあの枝折《しおり》戸を開けて、男らしい大きな声でこの母さんを呼びながら、のしのし歩いてきて、力強い手でこのか弱い腕を握ってくれるような気がするよ……。そうすれば、この土幕には神々しい気配が満ち溢れるだろうね……。

今女　そうですとも。飢えたこの国に意欲を与えてくれるでしょう。

近所の女　……そうすれば、今女んとこはトァリを売りに寒いなか出歩かなくてもいいし、私は雌鳥のお尻ばかり眺めて老け込まなくてもいいわけだ……。

明瑞の妻　ちょいと、今女！　こんな姿でどうやってミョンスを出迎えるんだい？　こんな不様な姿で……。おまえの兄さんを迎えるには、この家はあんまりみすぼらしすぎるよ。今女、早く家の手入れをして、身なりを整えなくちゃ。こんな格好でミョンスに会えないからね。ちょっとこっちに来て髪の毛でも梳かしなさい。髪につける油は残ってるね？　枝折戸には明かりをつけておいて。お客様がいらっしゃる時に家が真っ暗なんていけないからね……。

（風の音）

今女　（狂ったような母の様子を見る今女の目に、一種の恐怖の色が表れる）

明瑞の妻　今女、何をしてるんだい！　早く髪を梳かしなさい。母さんは明かりをつけるからね。

今女　（ぼんやりと虚空を見つめ、髪の毛を梳きはじめる）……何か悪い前兆かしら、そうじゃなきゃいいけど……。

明瑞の妻は明かりをつける仕度をする。

近所の女　きっと心配でたまらないんだよ。横で見てる私でさえ肝が潰れそうだ。今女、お母さんを見てごらんよ。まるで魂の抜けた人のようじゃないか。

今女　兄さんのことを思い出すと、最近時々ああなるんです。でも、今日は特にひどいみたい。私なんだか怖い。ひょっとして……。

近所の女　縁起でもない！　そんなこと考えるもんじゃないよ！　ぐずぐずしてないで、早くお母さんを落ち着かせておやり。それができるのはおまえだけだろ……。

今女　何をどう言っても無駄です。それに私には何を言えば慰めになるのか分からない。ただあの症状が早く治まるのを待つしかないんです。

近所の女　そりゃそうだね。どんな言葉も、今のお母さんには慰めにはならないだろうね。傷に塩を揉み込むようなもんさ。

間。

近所の女　おや大変、話に気をとられて、時間が経つのも忘れてたよ。(明瑞の妻に)それじゃ明日、市場に行って鶏を売ってきておくれよ。

明瑞の妻　ああ、いいとも。

近所の女　息子のことをあんまり心配していると、逆にあんたが病気になっちまうよ。あまり気に病むのはおよし。

明瑞の妻は入口に明かりをつける。

明瑞　(裏部屋から顔を出して)おい、一体どうした？　何を騒いでるんだ？

明瑞の妻　お客様が来るんだよ。

明瑞　お客？　おまえ、気でも変になったのか。そんなに騒ぎ立ててると、かえって縁起が悪いぞ。

明瑞の妻　お客様が来るっていうのに、何を言ってるんだい？

間。風の音。

声　(不意に)ごめん下さい！

今女　(驚いて)ああっ！

明瑞　(うろたえて)誰の声だ⁈

声　誰かいますか？

明瑞の妻　ほら、今女。おまえの兄さんの声じゃないの。おまえも聞いたろ？　ああ、ミョンス、ミョンスが帰って来た。あの子が帰って来たんだよ。(明瑞に)ほら、私の言った通りじゃないか。

明瑞　……おかしいな。

声　ごめん下さい！

明瑞の妻　今女、早く枝折戸を開けなさい。早く！

今女　母さん、私怖い。

明瑞の妻　この子ったら、馬鹿だねえ！　じゃ、一緒に行こう。

母と娘、少し怯えながら入口の方に行く。

その時、枝折戸を蹴っ飛ばすように、一人の男が入ってくる。

郵便配達の制服や制帽をきちんと身につけていないのは、田舎の配達夫であるためだ。小包を手にしている。

配達夫　(入りながら)ふう、臭い。いるのにどうして返事もしないんです？　しかも表に表札も出さずに。
親子　（無言）
配達夫　お宅に崔ミョンスという人はいますか？
明瑞　日本からですか？
配達夫　そうです。
明瑞の妻　日本から？
明瑞　じゃ、おまえが……。
配達夫　崔ミョンスという人がいたら、早くハンコを下さい。
明瑞　ハンコ？
明瑞の妻　おまえの兄さんじゃないんだね？
今女　郵便屋さんよ。
明瑞　（がっかりして）ちぇっ！
配達夫　早く受け取って下さい！　えっ、物を知らないにも程がありますよ。早くハンコを出しなさい。
明瑞　（不服そうに）俺にハンコなんかあるわけないだろ。
配達夫　じゃ、拇印で結構です。
明瑞　（震える指で拇印を押す）……。
明瑞の妻　これは、あの子が何か送って寄越したんだね。

配達夫、小包を置いて退場。三人は立ち去る配達夫の後姿をぼんやりと眺め、期待が外れたような表情で顔を見合わせる。小包を怪訝そうに見つめる。

明瑞　何だろう？
今女　行李《こうり》らしいわ。

母と娘、小包を解き始める。

明瑞の妻　やっぱり虫が知らせたんだよ。今朝からどうも妙な予感がすると思ったら、これだったんだ。おまえさんは縁起でもないとか言ったけど……。
明瑞　（小包に貼ってある名前を見て）はっはっ！　これはあいつじゃなくて、三祚が送って寄越したんだ。
明瑞の妻　三祚？　三祚がいったい何を送って寄越したんだろうね？　今まで何の音沙汰もなかったのに……。

小包を全部解いて、行李の蓋を開け、

今女　（驚いて）あっ！　これは！
明瑞の妻　（自分の目を疑うように）……一体こりゃ……こりゃ骨じゃないか……うわっ！　間違いない！　人の骨だよ！　一体これはどういうことだい！
明瑞　（深い沈黙。呆然として行李に書いてある字を見て）これを見ろ。崔ミョンスの遺骨と書いてある。

今女　兄さんの？

明瑞の妻　(同時に)　あの子の？

明瑞　……。

今女　それじゃ兄さんは！

明瑞の妻　じゃ、新聞に出ていたのは本当だったんだね。やっぱり監獄で。ああっ！　どうしてこんな……。ミョンス、どうしてこんな姿になって帰ってきたんだい！　(泣く)

今女　私たちから何もかも奪い取って、私たちの唯一つの希望だった兄さんまで……。

明瑞　俺は一生、犬畜生と変わらない暮らしだった。だが、文句一言いわずぺこぺこ働いてきたんだ。一体誰が俺の息子を……俺の息子を殺しやがった……。(震える脚で立ち上がろうとする)

今女　父さん！

明瑞　一体誰が俺の息子を殺しやがった！　俺は確かめてやる。誰が俺の息子を殺したのか確かめてやる……。

今女　(父を引きとめて)　父さん、その体でどうするつもり？　父さんが行っても何にもなりゃしないわ。父さんが行って解決できるようなことなら、兄さんが死んで帰ってくるわけがないじゃないの。

明瑞　放せ。うちの働き手だったんだ。うちの働き手はどこに行ってしまったんだ！　こいつがいなかったら、傾いたこの家は、滅んでいくこの村は、一体誰が建て直すんだ？

今女　父さん！　父さん！

明瑞　(よろめきながら行李を持って入口の方に一、二歩進み)俺の息子を殺した奴はこれを始末しろ！　なぜ骨だけを家に寄越した！　俺の息子を殺したのは誰だ？　これを始末しろ！　(気力が尽きて倒れる。白骨が散らばる)　こんなもの見たくない。さっさと持って行け！　俺は、こんなもの見たくない……。(次第に喉がつまる)

明瑞の妻　(涙を拭いて白骨を拾い集めて)　ミョンス、可愛い息子。この土幕で育ったおまえは、白骨になっても私らのもとに帰ってきたんだね。おまえは私の懐に戻ってきたんだ。こんな姿でもおまえに会えて私は嬉しいよ。これからはおまえを待たなくていいし、胸を焦がすこともない。冬の夜長を泣いて明かすこともない。ミョンス、おまえは私の懐に戻ってきたんだ……。

母は白骨を安置する。

明瑞　(力なく横たわり)　……こんなもの見たくない。持って帰れ……。

今女　父さん！　父さん、そんなに胸を痛めないで。兄さんは死にました。朝な夕な待ち焦がれた、うちの働き手は死んでしまいました。こんなに悔しく悲しいことがあるでしょうか！　でも父さん、一人息子を亡くしたのは父さん一人だけじゃなく、兄さんを亡くしたのは私だけじゃないわ。父さん、兄さんは我が家のために戦って勇敢に亡くなったのよ。父さん、悲しまないで。兄さんは我が家の誇りよ。悲しまず、生きていきましょう。このまま生きていきましょう。明日から私はもっともっと一生懸命トァリを作るわ。明日、市場に行って、作っておいたトァリを全部売れば、また何十銭かは稼げるじゃないの。心配しないで、ね、父さん。私たちはこのまま、ずっと、ずっと、生きていきましょう。

母は安置した白骨の前で合掌する。

明瑞　今女、俺らには新しい力が必要だ。新しい力！　俺やおまえのようなかたわ者の手には入らない新しい力が。

風の音。

幕

発表『文芸月刊』、一九三一・十二～一九三二・一
初演　劇団 劇演、一九三三・九～十

(1) 日本の植民地時代に出現した朝鮮のスラムのこと。朝鮮総督府の定義によると、河川敷、或いは林野その他、官有地、私有地を無断で占領し居住する住民を土幕民と言い、総督府は土幕の撲滅に頭を痛めた。原始時代の竪穴式住居のように地面に穴を掘って柱を立て、筵で覆っただけの狭くて暖房設備のないものもあれば、掘立小屋のような構造で、朝鮮伝統の暖房設備であるオンドルや台所などの設備をある程度備えているものもあった。

(2) 一八〇〇年頃 儒教、仏教、道教の教理を総合して、甑山姜淳を教祖とした新興宗教である。神化一心、仁義相生、去病解怨、修天仙境の四綱目を基本教理としている。吽哆教系統の派。日本の植民統治下で秘密決死隊を作って独立運動したことが最近の研究で知られている。俗に吽哆教という韓国語の発音のため、盗み教と言われていた。一般的に「吽哆吽哆　太乙天上元君　吽哩哆耶　都来」という呪文を唱える。

(3) 頭に荷物を載せて運ぶ時に頭上に置く、わらや布で作った渦巻き状のクッション。

(4) 現在の中国東北部吉林省の一地域で、朝鮮から見て豆満江の対岸が北間島、鴨緑江の対岸が西間島である。

(5) 作者の生まれ育った故郷の慶尚南道巨済郡屯徳面にある小高い山。地元の方言ではアンティボンという。

柳致眞と『土幕』

柳致眞《ユ・チジン》といえば、韓国では劇作家の代名詞のような存在として知られている。それは韓国人の多くが、中学校の国語の教科書に掲載(1)されている柳致眞の作品を通して、はじめて戯曲文学あるいは演劇に触れるからである。

柳致眞は一九〇五年に慶尚南道統営《キョンサンナムドトンヨン》で漢方薬店を経営していた柳俊秀《ユ・ジュンス》の八人兄妹の長男として生まれた。一九二一年、弟・柳致環《ユ・チファン》（詩人として知られている）とともに東京に渡った彼は、豊山中学校を経て、一九三一年に立教大学を卒業するまで約十年間日本で暮らし、帰国して新劇運動団体である劇芸術研究会を結成した。

日本留学中に関東大震災を経験し、朝鮮人の虐殺事件などを通して被植民地の国民として悲哀を味わった柳致眞は、ロマン・ロランの『民衆芸術論』に触れて演劇に目覚め、アイルランドの劇作家ショーン・オケーシーの影響を受けて、劇作家になることを決意した。彼は日本を通して新知識に触れた知識人として、「何かに対して発言し、告発する手段」として戯曲を書くことを選んだのである。一九三一年十二月に『文芸月刊』に発表され、一九三三年に劇芸術研究会によって上演された彼の処女作『土幕』は、植民統治下にあった当時の農村の現実を告発した作品として、商業演劇に飽きていた観客の間で大きな反響を呼んだ。

この時代を生きた他の芸術家たちと同様に、演劇活動によって民衆を教化しようという運動の先鋒に立っていた柳致眞だが、一九四〇年代に入ると、日本政府の言論弾圧の強化により、次第に日本の帝国主義と大東亜戦争を美化する作品を発表しはじめた。こうした汚点により、韓国現代演劇の幕を開けた大きな功績にもかかわらず、後日、親日派として厳しく糾弾されることになった。

解放後には徹底した反共主義に立脚して左翼芸術家と対立し、民族主義的な演劇を主導し、劇芸術協会と韓国舞台芸術院を設立しただけでなく、一九五〇年に創設された国立劇場の初代劇場長を務め、戦後演劇の復興に力を注いだ。そして一九六二年には生涯の念願を果たし、演劇振興のためのドラマセンターを設立し、付属機関として演劇アカデミー（現在はソウル芸術大学）を設立。晩年まで俳優、演出家、劇作家などの人材養成に力を注いだ。演劇アカデミーから巣立ち、韓国演劇界の代表的な劇作家・演出家に成長した人材は数知れない。

柳致眞は一九七四年に六九歳でこの世を去るまで、四〇年間にわたり、三十四篇の戯曲を残したが、彼の作品世界は時代と性格により、初期、中期、後期に分けられる。初期は一九三〇年代中盤までとされ、主に植民統治下の貧しい農村の現実を素材にしたリアリズム戯曲を執筆した。農村三部作と呼ばれる『土幕』、『柳のある村の風景』（一九三三）、『牛』（一九三五）がこの時期の代表作である。このうち『牛』は柳致眞の最初の長幕劇だが、内容が不穏であるとして警察に拘束されたという。

中期は一九三五年から解放前とされ、日本の厳しい弾圧に抗えず、初期の現実告発から離れ、過去を舞台にした歴史ロマンや、日本の帝国主義を賛美する内容の戯曲を執筆した時期である。一九四一年に朝鮮総督府の強制により現代劇場を発足させた柳致眞は、創立記念公演として、日本の満州侵略を正当化した『黒竜江』（一九四一）を舞台に上げたほか、『北進隊』（一九四二）では日朝合併時代の代表的な親日家である李容九《イ・ヨング》を主人公とし、内鮮一体によって日本が構想する大東亜共栄圏の礎を築こうという内容が描かれていた。

後期は解放後から晩年までとされ、徹底した反共意識を基盤に歴史劇やリアリズム戯曲を執筆した。歴史劇としては『自鳴鼓』（一九四七）、『元述郎』（一九五〇）、『死六臣』（一九五五）などが代表的な作品で、混乱した時代相を描写した作品として『青春は祖国とともに』（一九五五）、『漢江は流れる』（一九五八）などがある。そしてイデオロギーの葛藤を描いた作品としては、共産主義の横暴さや虚偽性を暴露した『俺も人間になる』（一九五三）がある。

柳致眞の処女作である『土幕』は、韓国初の本格的なリアリズム戯曲であると同時に、農村の現実を描いた最初の戯曲である。経過が省略された事件展開、人物の知的水準に不釣合いな観念的な台詞など、戯曲の完成度として稚拙な面もあるが、暗く厳しい現実の中でも希望を失わず、力強く生きていく農民の姿を写実的に捉えただけでなく、敬善という喜劇的な人物の造形によって、悲しみや苦しみを笑いに変える強かな民衆の姿を描いた点で高く評価されている。初期リアリズム戯曲の典型とも言えるこの作品は、韓国近代劇の出発点となった作品として、韓国演劇史に残る作品であるといえる。

（＊）一九七〇年の教科書改変により、柳致眞の『自鳴鼓』、『祖国』が中学校の国語の教科書に掲載された。

童《わらべ》僧《そう》

咸世徳《ハム・セドク》

登場人物

住職　上座僧
浄心《ジョンシム》　小僧、十三歳
道念《ドニョム》　ソウルの安家の娘
未亡人
きこり
仁寿《インス》　きこりの息子
未亡人の実家の母
未亡人の親戚たち
寡婦　見物人
若妻　見物人
老人　見物人
若者　見物人
参拝者
若い僧たち

初冬。

人里はなれた深山の古寺。

林の中の山道が寺の山門に続いている。境内に鐘楼。その後ろに山神堂、七星堂の瓦屋根。法要に用いる五色の幟がはためいている。舞台奥は崖になっている。石塀の岩の隙間から泉が湧き、その水を受ける水桶がある。

法要があると聞きつけた見物客たちが山門から入ってくる。

澄んだ木魚の音、念仏の声。時々、太鼓の音。

道念、水を汲む天秤桶に座り込んだまま、ぼんやりと里の方を見下ろしている。やがて虚空をみつめ、頭を垂れてすすり泣く。

きこり、薪を一束かかえて登場し、背負子《しょいこ》に載せる。

道念　仁寿のおじさん(1)、本当のことを教えておくれよ。僕の母さんはいつ迎えにくるんだい？
きこり　来年の春、麦を刈り終わる頃には迎えに来るってさ。
道念　嘘ばっかり。
きこり　嘘なもんか。何があっても今度こそ迎えに来る。
道念　岩の裂け目に翁草《おきなぐさ》が咲くのを待ちわびて、もう麦を刈る頃だろうと村の方ばかり見下ろしていたんだ。仁寿のおじさんのとこだって、もう五回も麦を刈ったのに、ちっとも来やしないじゃないか。
きこり　来年こそは間違いない。
道念　十一月、十二月、一月、二月、三月、四月……、あーあ、まだ半年も先か。

きこり　なあに、光陰矢のごとしって諺もある。
道念　半年も待ちきれないよ。
きこり　あっという間さ。
道念　どうせまた、春麦を刈っても来なかったら、今度は桔梗の花が咲く頃ってごまかすんだろう？
きこり　今度こそ確かだ。間違いない。（道念の腕を引き、白樺の木の下に立たせ）こっちに来てみな。あっという間に半年経つ方法を教えてやろう。
道念　よしとくれ。もう騙されるもんか。
きこり　これが最後だと思って、騙されてみろ。

きこり、道念を木の下に立たせ、頭上から三寸ほど上に、斧で印をつける。

道念　（背伸びしながら）高すぎるよ。去年の春は、二寸上だったじゃないか。
きこり　高いもんか。おまえの背がここまで伸びる頃にゃ、あっという間に半年経って、裏山には鶯が鳴き、ご本堂の裏の木蓮が真っ白な花を咲かせるだろうよ。そしたら俺はまた、麦を刈り始めようて。
道念　雪の日も雨の日も、一日も欠かさず毎朝背を測ったんだ。印のところまで背が伸びても、母さんは迎えに来なかった。

道念、水汲みの天秤桶を担いで立ち上がる。
三、四歩進んで、よろよろと倒れる。

きこり　（走り寄って、助け起こす）おいおい、朝から晩まで水を汲めと言われたのか？
道念　だって仕方ないもの。
きこり　まったく、境内に船でも浮かべようっていうのか？
道念　もう大釜に三杯も汲んだけど、まだ足りないんだ。
きこり　いったい何に使うんだ？
道念　何に使うって、大きな蒸籠《せいろ》でお餅を三度も蒸して、お供えの揚げ物を丸二日かけて焼いたんだもの、皿洗いだけでも大変さ。
きこり　どこの家だか、大層な法事だな。
道念　ほら、お宅にもうちの寺のお坊さんたちが伺ったでしょう？　ソウルの大檀家、安さんのお宅の百か日忌があるから、お布施をお願いすると托鉢に行ったはずだけど。
きこり　来た、来た。この前の四十九日で充分だろう。百か日忌ってそりゃまた何だ？
道念　死んだ人の魂は、百日目に荊の門を開けて、極楽に行くんだよ。

きこり　その大檀家さんのとこじゃ、これまできっと、この寺にずいぶん寄進したんだろうな？

道念　あの七星堂も、その大檀家のおばあさんが建てて下さったんだって。去年、鐘楼の柱が腐って倒れそうになった時も、大檀家さんに言って、直してもらったんだよ。

きこり　そういや、いつかご住職様もおっしゃってた。この寺が何とかやっていけるのも、ソウルの安家のおかげだってな。

道念　そりゃそうさ。この寺は本山みたいに田畑もないし、お布施も少ないから。ところが、その安さんのとこじゃ、毎年米を十俵も寄進してくれるし、法要のたんびに、山や川の神様に供えるご飯を二釜か三釜ずつ炊いてくれるんだ。それで法要が終わる度に、そのご飯を干し飯にして、次の法要まで大切に食べるんだよ。

法要を見物にやってきた女たちが、息を切らして山道を登ってくる。

寡婦　極楽がこんな高いところにあるんなら、いっそ地獄に行った方がましだよ。

若妻　一休みしてから入りましょうか。（境内の様子を伺い、中を指差して、きこりに）あれがソウルからいらっしゃった方ですか？

きこり　（退場しつつ）あっしはこの寺の者じゃないんでね。（道念を指差し）この小僧さんに訊いてごらんなさい。

きこり、再び木を伐りに山道を下っていく。

道念　ええ、あの方がソウルから来た安家のお嬢様です。

寡婦　どれ、どれ？

若妻　今、ご本堂の前で靴を履いているのが、あのお金持ちんとこのお嬢さんだって。

道念　（自慢げに）あの方は、いつも真っ白な羽織に真っ白な毛皮の襟巻きをしていらっしゃるんです。

寡婦　金持ちのお嬢さんはやっぱり違うね。品のいいこと。

道念　髪には金のかんざししか挿さないんです。きれいな方でしょう。

若妻　（笑いながら）まあ、この子ったら。きれいか不細工か、あんたにわかるのかい？

道念　わかりますとも。この寺にいらっしゃる方の中で、あの方ほどきれいな方は他にいません。襟巻きをとると、首すじが雪のように真っ白で。

寡婦　何言ってんだい、子どものくせに。

若妻　じゃ、おまえさんは昔から知ってるの？

道念　もちろんですとも。小さい頃から知っています。あの方が初めてこの寺にいらっしゃった時、「私には子どもができなくて、こうして仏様に拝んでいるのに、あなたのお母さんはどうしてあなたを育てず、この寺に預けたのでしょうね」と言って、涙を浮かべておられました。

寡婦　あれまあ、さすがに言うことも上品だ。

道念　ところで、どちらからいらっしゃったんですか？

若妻　ここから十里ほど離れたカジャウル[2]から来たのよ。

道念　あの……、ひょっとして、その村に、あのお金持ちのお嬢さんに似た人はいませんか？

寡婦　そんな女はいないね。どうしてだい？

道念　僕の母は、あの方に似ているんだそうです。

若妻　へえ？

道念　そういう人に会ったら、きっと僕に教えて下さい。

寡婦　わかったよ。

　　女の見物人たち、山門をくぐって境内に入る。
　　男の見物人たちが山道を登ってくる。

若者　小僧さん、法要はもう終わったかい？

道念　いいえ、もうすぐ終わります。早く行ってごらんなさい。

老人　どこの子か知らんが、本当に賢そうな子だな。

若者　まったくです。

老人　こんな賢い子を産んで、母親はさぞかし可愛かろう。

　　道念、恨みがましい表情で見物人を見つめる。うつむいて水桶をかつぎ、よろよろしながら歩き出す。

若者　小僧さん、俺が担いでやろうか？

道念　和尚さんに見られたら怒られます。

老人　おやおや、どうして怒りなさる？

道念　今朝も、きこりのおじさんが汲んでくれると言うので頼んだら、怒られました。「西方大師たちは荊の茂みや岩の上に座ったまま、三年も四年も断食して難行苦行の修行をしているというのに、おまえはこれしきの苦労も辛抱できないのか」と言って、叱られました。

　　と言いつつ、道念、境内に入る。

若者　あの小僧さんが、例の尼さんが産んで、麻畑に捨てていった子ですよ。

老人　尼さんが？

若者　ええ、今はありませんが、十何年か昔、この山の向こうに、尼さんばかりの寺があったそうで。
老人　それじゃ、破戒したってわけだな？
若者　そういうことです。信仰心の厚い女だったって話ですが、やっぱり若さには勝てなかったんでしょうね。
老人　で、男の方は？
若者　なんでも猟師だそうですよ。毎日山に入って狩りをしているうちに、ばったり目が合ったとか。
老人　それじゃ、今も生きているんだな？
若者　生きているらしいですね。
老人　それじゃ、ご住職様があの子を拾って、今日まで育てなさったわけか？
若者　ええ。あの子が八歳の時、一度、母親が訪ねて来たらしいんですが、あの子には顔も見せなかったとか。帰り際にご住職様にだけ、来年の春麦を刈り終わる頃、きっと迎えに来ると言って、それっきり音沙汰もないようです。
老人　それじゃご住職様は、あの子の両親の居所をご存知なんだな？
若者　知っていても、断じて教えてやらないようですよ。

道念、水を空けて空になった天秤桶を担いで、再び出てくる。

見物人たち、「しいっ」と言って、口をつぐむ。

道念　どうして境内にお入りにならず、そこに立っておられるんです？
若者　これから入るところさ。
道念　今しがた、僕のことを話していたでしょう？
若者　いや、いや。
道念　誤魔化したって分かりますよ。
若者　どうしてわしらがおまえさんのことを話すんだ？
道念　それじゃ、どうして僕が出てきた途端に話をやめたんです？
若者　おまえさんの思い違いさ。
道念　わかってます。この寺に来る人たちは、みんな僕のことを噂するんだ。みんなこそこそと噂をするくせに、僕に母さんの居場所を教えてくれる人は誰一人いやしません。
老人　それは誰も知らないからさ。

男の見物人たち、境内に入る。
きこりの息子仁寿、鳥かごを腰にぶら下げ、パチンコを手に持って、歌をうたいながら入ってくる。

仁寿　♪鳥、鳥、青い鳥、緑豆畑にとまるな、豆の花落ち

たら、豆腐売り、泣いて行く(3)（境内に入ろうとする）

道念　（追いかけて、行く手を遮り）入っちゃだめだ。

仁寿　なぜだい？　みんな入ってるのに、なぜおいらだけ入れねえんだ？

道念　鳥かごを持って境内に入れると思ってるのか？　和尚さんに見つかったら、大目玉だぞ。

仁寿　お目玉食うのはおまえじゃなくて、おいらじゃねえか。

道念　どうしておまえを境内に入れたのかって、こっちまでお目玉食らうことになるからな。

仁寿　山門から入らなきゃいいんだろ？（崖を下りていきながら）こっちの道から回れば怒られやしねえさ。

道念　（あわてて）そっちの道はだめだ。

仁寿　ああ、そうか。おまえ、また罠をしかけたな？　ふん、目くそ、鼻くそを笑うってか？　自分はウサギをどっさり生け捕りにしてるくせに、俺が鳥を捕まえるからって、寺にも入れないのか？　今に見てろよ。（と言って、山門と崖の間の道から退場）

村の子どもたちの一群が、山門から出てきて、仁寿と一緒に歌をうたいながら崖の道を下っていく。道念、木の幹に寄りかかり、村の子どもたちをぼんやり見送る。突然、悲しみが込み上げてきたのか、木の幹に顔を埋め、泣きじゃくる。そこに浄心（二十五歳前後）が山門から出てくる。

浄心　道念、法要が終わったぞ。早く中に入って、ご夫人たちのお食事のお世話をしなさい。

道念　（無言）

浄心　おまえ、また村に下りたくなったのか？

道念　分かっているくせに、聞かないで下さい。

浄心　おまえはいつになったら、ご住職さまのお言葉を悟るんだ？

道念　僕も、あの子たちみたいに思い切り遊びたいんです。

浄心　おまえはまだそんなことを考えているのか？　ご住職様が毎日何とおっしゃる？　私たちは俗世の人間よりずっと幸せだと、いつもおっしゃっているじゃないか。

道念　どこが幸せなんですか？

浄心　何を言うんだ。

道念　年に一度や二度でいいから、村に行って遊んで来いとおっしゃったことがありますか？　他の子どもたちは端午の節句にはブランコに乗って遊ぶ(4)のに、ここじゃ年がら年中法要ばかり。正月にユンノリいっぺんやったためしもないじゃありませんか。

浄心　どうやら、おまえ、魔がさしたらしいな。そういう時が一番危ないんだ。信心が揺らいで一歩足を踏み違えたら、これまで積んだ功徳も水の泡になってしまうぞ。
道念　兄僧は、肩を組んで、歌をうたいながら道を下っていく村の子どもたちを見ても、そんなことが言えるんですか？
浄心　それじゃ、おまえは、あいつらの方が幸せだと言うのか？
道念　お父さんもお母さんもいて、弟や姉さんがいて、面白おかしく暮らしてるなら、それが本当の幸せじゃありませんか。
浄心　ご住職様がそれを聞いたら、また大事になるぞ。人が父母を慕い、村に出て暮らしたがるのは、すべて煩悩のせいだとおっしゃったのをまた忘れたか？　山と寺しか知らずに暮らしている私たちのような者こそ、御仏に身も心も捧げなければならないのだとおっしゃったではないか。
道念　そんなこと聞き飽きました。それより母さんのことを、こっそり教えて下さい。
浄心　そんなに大きくなっても、おまえはまだ母親のことが忘れられないのか？
道念　近頃じゃ、どうしても会いたくて仕方ないんです。兄僧は母さんに会ったことがあるんだから、知ってるんでしょう？
浄心　会ったことなどない。
道念　また騙そうとする。母さんが僕を捨てて、この寺を出るまで、三年も一緒にいたと聞きましたよ。
浄心　それは下らない噂さ。
道念　どうか教えて下さい。ご住職様に内緒で、母さんの居所を教えて下さい。
浄心　十年も前の話だ。今さら知っているわけがないだろう。
道念　ご住職様が教えるなとおっしゃったんでしょう？
浄心　ご住職様もご存じない。
道念　そんなはずはない。五年前に一度訪ねて来たんでしょう？　どうして僕だけ会わせてくれなかったんです？　兄僧は顔を知ってるんでしょう？　どんな人ですか？
浄心　昔のことだ。もう忘れた。
道念　ぼんやりとなら思い出せるでしょう？
浄心　目の前にぼんやりと浮かぶようで、そのまま消えてしまう。まったく思い出せん。
道念　思い出せるだけでいいから、教えて下さい。
浄心　去年も言ったが、あのソウルの安家のお嬢さんみたいな顔立ちだということは確かだ。
道念　本当にそんなにきれいだったんですか？

法要が終わったようだ。
境内から太鼓の音が喧しく聞こえてくる。

浄心　もうよせ。だいたいおまえは今晩教わる経文をみんな覚えたのか？

道念　まだです。

浄心　またご住職様にお目玉食うぞ。（ため息をつき）俺だって歳をとるごとに、おまえには想像もできない、いろいろな煩悩が湧き上がって来るんだ。なかでも女人に対する慕情と欲望の煩悩は、日増しに俺を苦しめる。だから毎晩、徳の高いご住職様の法話を聞いても、いまだに煩悩から解脱できずにいるんだ。おまえはまだ子どもだから、俺のような苦しみを知らないだけでも、まだ幸せだと思わにゃならん。何が不服で村に下りたがり、母親を恋しがって、経文の勉強を怠けているんだ？

道念　もううんざりなんです。お経なんか覚えられやしない。

浄心　いつも他のことを考えてるからだろう。

道念　一生懸命読んでいると、経典の中に母さんの顔が浮かんで来るんです。

浄心　それだけじゃないだろう？　そういえば近頃おまえ、何か怪しいぞ？

道念　怪しいって、何が怪しいんですか？

浄心　おまえ、昨夜、どうしてご本堂に入ったんだ？

道念　（急にどぎまぎする。平静を装って）お経を覚えている時、ふと見たら、蝋燭の火が消えてたんです。それで蝋燭の火をつけようと思って。

太鼓の音とご本堂から聞こえてくる参拝者たちのがやがやした声。

浄心　出てきたようだな。

道念　あれ？　あの方がどうしてこっちにいらっしゃるんだろう？

町の金持ち、安大家の娘、ふらふらと出てくる。白い喪服を身につけている。顔は憂いに満ちている。

浄心　（お辞儀をして）お心、お痛みでしょう。

未亡人　悲しいというより、ただもう目の前が真っ暗で。

道念、うっとりと未亡人を見つめる。

浄心　人並みはずれて賢く可愛いお坊ちゃんでしたから、御仏がご自分のおそばに呼び寄せられたのでしょう。

未亡人　あの子は極楽に行けて良かったかもしれませんが、私はあの子が生きていてさえくれれば……。

浄心　人の煩悩を知らぬうちにあの世に行くことは、どれだけ幸せかわかりません。

未亡人　あの子を授かるために、百日の祈祷を捧げたのが昨日のことのようですのに、こうして百日の供養をすることになろうとは、夢にも思いませんでした。

浄心　ご心痛、お察しします。

未亡人　（ようやく道念が自分をじっと見つめているのに気付く）この子は、四月に私が仏誕祭に参った時、山木蓮《やまもくれん》を手折ってくれた子ですわね？

浄心　そうでしたか？

未亡人　（道念に）あら、あなた、ずいぶん大きくなったわね。

道念　（恥ずかしそうにうつむく）

未亡人　あなたが手折ってくれた山木蓮、家に持って帰って花瓶に生けたら、半月も咲いていたんですよ。

道念　（不思議そうに）そうですか？　ここでは部屋に生けると、線香の匂いですぐに枯れてしまうんです。やっぱり町の方がいいのかな。

浄心　あの日、お嬢様がお帰りになった後、ご住職様からさんざん搾られたんですよ。自然に生えた生物を手折ったと、こいつは山に

未亡人　あら、それは可哀相に。私のせいだわね？

道念、泣きそうな目で未亡人を見つめる。

未亡人　そんな目で見つめないでちょうだい。

浄心　道念、もうお入り。

道念　はい。

未亡人　（中に入ろうとする道念を引き止めて）もう少しいいじゃありませんか。（道念に）さっき私が部屋に入る時も、窓の隙間から私を見てたでしょう？

道念　見てません。

未亡人　本当かしら？　この目でちゃんと見ましたよ。それに僧房に入った時も、台所の裏口から覗いてたくせに。

道念　兄僧が、僕の母もおばさんに似てきれいな方だとおっしゃったんです。それで僕、おばさんの顔を見ると何だかうれしくて。

未亡人　まあ？　私に似てるの？

道念　（泣き声まじりに）でも心は、心だけは、夜叉のように恐ろしいって。それで僕を迎えに来ないんだって。

未亡人　それで、あなたを捨てて行かれたのね？

道念　でも、どうして襟巻きをせず、出ていらっしゃったんです？

未亡人　（少し驚き）襟巻き？　ああ、部屋に置いてあるわ。ちょいと頭が痛むので、風に当たろうと思って、出てきたのよ。

浄心　こいつは、村の子どもたちが正月を待ちわびるように、お嬢様のお宅の法事がある日を心待ちにしているんですよ。

未亡人　そんなに私のことを？

浄心　そうですとも。お嬢様のことを「真っ白な襟巻きをした婦人《ひと》」って呼んでいましてね。

未亡人　（道念の両手を自分の頬にあて）私もね、なぜかあなたを見るたびに、心惹かれていたのですよ。あなた、この寺を離れて暮らしたくはない？

浄心　お嬢様、何をおっしゃいます？

道念　暮らしたいです。町に下りて暮らしたいです。でも、ご住職様が町に下りることを許して下さらないんです。

未亡人　ご住職様には、私からよくお伺いを立ててみますよ。今日が百日の供養の最後の日だから、うちのインチョルも安らかに極楽に旅立ったはず。だからね、あなた、うちに来て、私をお母さんと呼んでお暮らしなさい。

道念　本当ですか？　嘘じゃないんですね？　僕を騙してるんじゃないでしょうね？

未亡人　私がいつ嘘をついたの？

道念　とんでもない。でも、みんな僕に嘘ばかりつくから、信じられないんです。

未亡人　それじゃ、私だけは嘘をつかないって思っていらっしゃい。

道念　はい。僕をきっと連れて行って下さい。

浄心　道念、誰に甘えているんだ？　お嬢様、こいつを養子にすることは諦めて下さい。ご住職様が絶対にお許しになりません。

道念　おばさんが、ご住職様にうまく頼んでくだされば大丈夫です。ご住職様もきっと一緒に行けとおっしゃるはずです。

未亡人　心配しないでも大丈夫。あなた、ソウルに行ったことないでしょう？

道念　ええ。ここから遠いのでしょう？

未亡人　そうね、ここから四十里ばかり離れているわ。

道念　行ったことはありませんが、ご住職様からいろいろ聞いています。

未亡人　どんなこと？

道念　昔は大きな王宮があったって。

未亡人　今もありますよ。

道念　このお寺の本山の大雄殿や薬師堂の何十倍も大きいんでしょう?

未亡人　そうよ。その後を城壁がぐるっと囲んでいて、東西南北に四大門があるの。昔は、夕方の鐘がなると門を閉めて、通れないようにしたのよ。

道念　ご住職様も、王宮は同じ俗世でも、俗世の中では清く尊いところだとおっしゃっていました。そして僕に「人が十善の王位に生まれ、宮中に住まうためには、前世でそれだけの徳を積まなければならない。だから、おまえも一生懸命徳を積み、現世に善い行いをして、来世には高貴な身分に生まれるように」とおっしゃいました。

浄心　だが、お嬢さんのお宅は王宮ではなくて、普通の家だぞ。

道念　ソウルならどこだっていいんです。兄僧、兄僧からもご住職様によく頼んで下さい。

未亡人　(道念を静かに見つめ)私を「お母さん」と呼んでごらん。

道念　(小さく)お母さん!

未亡人　(道念を抱きしめ)一生おまえを本当の息子だと思って、私のそばから離しませんよ。

浄心　(涙を拭き)ご住職様がお許しになればよいのですが、もともと頑固な方ですし、それに、これの母親の過去が過去なだけに、そう簡単にはお許しになりますまい。

未亡人　あなたはここにおいで。私が行って、ご住職様に話してくるから。

浄心　養子にしたいとの申し出が、一度や二度ではありませんでしたからな。

未亡人、境内に入る。

浄心、後を追う。

道念、口に手を当て、「仁寿のおじさん」と呼ぶ。

遠くから「仁寿のおじさん」とこだまが返ってくる。

きこり、「どうした?」と言いつつ、熊手を持って入ってくる。

道念　(うれしそうに)僕、ソウルに行くんだ。ソウルに行けるんだ。

きこり　ソウルだと?

道念　うん。

きこり　おまえさん、また逃げ出そうって言うんじゃなかろうな?

道念　逃げ出したりするもんか。真っ白な襟巻きの婦人《ひと》が、僕を養子にしてくれるんだって。

きこり　養子？　そりゃ本当か？

道念　ああ。今、ご住職様にお願いに行った。

きこり　道念、おまえも運が開けてきたな。

道念　僕、もうずっと前から、いつかあの婦人《ひと》の口から、その言葉が飛び出すんじゃないかと思ってたんだ。

きこり　いきなりおまえがソウルの金持ちの家の養子になるなんて、それこそ夢のような話だな。

道念　あの婦人《ひと》がこの寺に通われるようになった頃、僕に言ったことがあるんだ。

きこり　何と言ったんだ？

道念　「あら、あの小僧さん賢そうね。養子にしたいわ」って。その言葉が本当になったんだ。

きこり　おまえがソウルに行ったら、俺も一度遊びに行くよ。

道念　ああ、きっと来ておくれ。応接間に通して、ご馳走を出すよ。仁寿のおじさんが好きなお酒もたくさんご馳走するよ。

きこり　そいつはいい。（空を見上げ）どうやら雪になりそうだな。

道念　いっぱい積もったってかまいやしない。泉のそばに氷がはったら、どうやって水を汲もうかって、いつも心配してたけど、もう心配ない。ソウルのお宅には召使が大勢いるから、僕が水なんか汲まなくてもいいんだもの。（二、三歩歩いて、思い出したように足を止め）あっ、忘れてた。（と、急いで崖の方に走り去る）

きこり　（びっくりして）おまえ、またウサギの罠を仕掛けたのか？

道念　（振り返り）きっとかかってるよ。（と言いつつ、下っていく）

　きこり、周りの落ち葉を掃き集める。

道念の声　おじさん、おじさん。

きこり　（見下ろし）かかったか？

道念の声　ああ、ものすごくでかい奴だ。ちょっと見張っておくれ。

きこり　よし、きた。

　その時、住職が未亡人と話しながら境内から出てくる。

きこり　（お辞儀をして）これはこれは、ご住職様。

住職　うむ、どうだ。

きこり　昨夜の風で、どんぐりがずいぶん落ちまして。

住職　どんぐり豆腐[5]を作ったら、少し持って来ておくれ。

きこり　はい。

住職　ああ、それからご苦労だが、中に入って客のお膳を運んでくれんか？　人手が足りなくて、猫の手も借りたいほどだ。（未亡人に）お言葉には感謝しますが、わしは絶対に俗世にはやらないつもりですのでな。今日のお話はなかったことに。

きこり、境内に入りながら、道念に、住職が来たと後ろ手に合図する。しかし、道念は気付かないらしい。

未亡人　でも、あの子の将来も考えてやりませんと。このままずっと寺で一生を送らせるおつもりならともかく……。

住職　一生送らせましょう。この汚れた俗世に西方浄土の姿をこれっぽっちでも備えた場所があるとすれば、それはこの寺をおいて他にありませんからな。

未亡人　世間で罪でも犯してこの寺に来たのならともかく、まだ世間を見たこともない子を、一生ここに置くというのは……、なんと言ったらよいか、ちょっと酷ではありませんか……？

住職　俗世を見たことがないというのは、まことに幸せなことじゃありませんかな？

未亡人　でも両親を恋しがって、世間で暮らしたがっているじゃありませんか。それに歳がいけば、ここにいても俗世の者が持つ煩悩は自然に持つようになると思いますわ。

住職　もし煩悩に悩まされても、ただ単に恋しがり、見たがるだけで、酒を飲んだり、女に溺れたり、仏が禁じた六戒を平気で犯すような心配はありませんからな。

未亡人　そんな行いは私がさせませんわ。

住職　どんなに止めても、自然と耳に入り、目に入るというものです。

未亡人　なぜです？　家から外に出さず、ここで暮らしていたのと同じように、お経を読ませ、修行させれば、ご住職様のご指導をいただくのと同じことではありませんか。

住職　四方を山に囲まれたこの山寺でさえ、町に下りたがっている奴が、ソウルへ行って、家でじっとしていると思いますか？

未亡人　それでは、何年かだけでも私にお預け下さい。しばらくそばに置き、またこの寺にお帰ししますから。

住職　私はただ……、煩悩の根源から道念を未然に遠ざけるために言っておるのです。一度足を踏み入れてしまったら、時すでに遅し、気がついた時には、自分が深い泥沼にはまってしまったことに気がつくでしょう。どんなに足掻いても抜け出せず、ずぶずぶと罪の泥沼に浸かってしまうというものです。私自身、俗世から足を洗い、仏門に帰依するまでに、どれだけの修行と苦行を積んだことか。私自身の経験からのことです。これ以上おっしゃいますな。

未亡人　それでは道念の将来や幸せなどとは申しますまい。ただ、この私のためを思って、どうか養子に下さいませ。

住職　そこまでおっしゃられると、私も困りますな。

未亡人　夫に先立たれて三年も経たぬうちに、たった一人の息子にまで先立たれ、目の前が真っ暗でございます。心にぽっかり穴が空いたようでしたが、あの子が私を慕うのを見て、俄かに情が芽生えました。この先、あの子に心縋って暮らしでもしなければ、虚しさに、もう一時も生きていられないような気がいたします。

住職　お嬢様のお心、誰よりもよく存じております。

未亡人　ご存知とおっしゃりながら、これほどお願いしても許してくださらないのですか？

住職　お嬢様、どうか悪くお取りなさいますな。

未亡人　それでは、一年だけそばに置いて、またお寺にお帰しいたします。

住職　……。

未亡人　それでもだめとおっしゃるのですか？

住職　……。

未亡人　それでは半年でもいけませんか？

住職　どうかご理解下さい。

未亡人　それでは道念を呼んで、あの子の考えを一度聞いてみて下さい。あの子が私について来ると言えば、私にお預けになり、もし嫌だと言えば、私も無理は言いますまい。

住職　聞いてみるまでもなく、あれは今すぐにでもついて行くと大騒ぎするでしょう。

未亡人　それでは、なぜお許しにならないのです？

住職　とにかく、考える時間を下さらんかな。今日中に連れて行かなければならない訳ではありますまい。とにかく近いうちにお宅にご連絡いたしましょう。

未亡人　それでは、お許しはいただけたものと思っております。それから母にも、そのように申し伝えておきます。

(と言って、寺に入る)

住職　あいつめ、仕事をさぼって、またどこに行きおった？　まったく世話の焼けるやつだ。

　きこり、寺から出てきて、住職が出てきたと、あわてて合図する。しかし道念は完全に熱中していて気付かない。

きこり　全部運んできました。

住職　ご苦労だったな。

道念の声　ウサギの糞が多いところに仕掛けておけば、百発百中さ。

きこり　（あわてて道念の声が聞こえないように怒鳴り声をあげる）仁寿、仁寿！　あいつめ、また木のてっぺんに登りやがって！　さっさと降りて来い！　まったく、あいつが木の上に仕掛けた鳥の巣を見ると、がっくりきちまいますわ。

道念の声　仁寿のおじさん、ご住職様はまだ出てこないかい？

きこり　き、木を伐り倒すたびに、鳥の雛が死んじまうんで。こ、これからは木を伐る前に巣を移しかえてやらないと。

住職　（冷徹に）あれは道念の声だな？

きこり　まさか、そんなはずは。

道念の声　仁寿のおじさん、ちょっと来てごらんよ。すごい大物だよ。

住職　あの声は間違いない。（崖に向かって）道念、道念、そこで何をやっとる？

道念の声　（震える声で）何でもありません。

住職　何でもないなら、なぜ、そんな所にしゃがみこんどるんだ？　（突然驚愕して一歩退く）こいつ、ウサギを捕まえたな？　こっちに来い。今すぐにだ。

道念の声　ご住職様、ウサギは逃がしますから、堪忍して下さい。

住職　そのまま早くここへ持って来い。

道念、ウサギを持って登って来る。

住職　誰が捕まえろと言った？

道念　……。

住職　誰が捕まえろと言ったんだ？　早く答えなさい。

道念　ご住職様、もう二度としません。

住職　花でさえ決して摘んではならぬと言ってあるはずだ。まして動物を捕まえるとはもっての外。これっ、五戒を諳んじてみろ。

道念　不殺生《ふせっしょう》、不偸盗《ふちゅうとう》、不邪淫《ふじゃいん》、不妄語《ふもうご》、不飲酒《ふおんじゅ》。

住職　（言い終わらぬうちにすばやく）戒律の中でも殺生が一番大きな罪だということはお経を聞かせるたびに言って聞かせたな。

道念　はい。

住職　知らずにしたことならともかく、知っておるのになぜやった？　うん？　知っておるのになぜやった？　（寺内に向かって）浄心、浄心！

道念　ご住職様、二度としません。二度としませんから。

浄心、寺から急いで出てくる。

浄心　お呼びですか？

住職　こいつを今すぐ山神堂に閉じ込めろ。三日も閉じ込めて飯を食わさなければ、罠にかかったウサギがどんなに可哀想か分かるだろうて。

道念　ご住職様、今度だけ堪忍して下さい。

住職　だめだ。（浄心に）それから木の枝で、鞭を二本作って来い。

浄心　もう二度としないと言っているのですから、今度だけはご堪忍を。

住職　何を言う。おまえは、わしの言いつけ通りにしていればよいのだ。さっさと連れて行け！

浄心、道念に一緒に来るよう促す。

きこり　（何を思ったか、突然道念の手からウサギを奪い）ご住職様、実は、あっしが罠を仕掛けたんで。道念が仕掛けたんじゃありません。

住職　おまえが仕掛けたなら、どうしてこいつがウサギを持っているんだ？

きこり　あっしが木を伐っている間、ちょいと罠を見張ってくれと頼んだんで。

仁寿、境内から歌をうたいながら出てきて、この光景を目撃する。

仁寿　（父の言葉を遮り）違います、ご住職様。

きこり　（息子の頭を殴り）おめえは黙ってろ。（住職に）罠は本当にあっしが仕掛けたんで。道念じゃありません。

住職　本当におまえが仕掛けたんだな？

きこり　はい。

住職　道念、本当か？

道念　（浄心の後に隠れたまま無言）

住職　誰が仕掛けたんだ？　本当のことを言いなさい。

きこり　あっしが仕掛けました。

住職　道念、そうなのか？

道念　（思わず）はい。

住職　（きこりを見て）まったく、おとなしく木を伐っておれば良いものを、誰がおまえにウサギを捕ってくれと頼んだ？

きこり　面目ありません。

住職　（仁寿の腰に結わえ付けた、捕まえた鳥を入れた袋を見つけ、再び驚く）なんだ、こいつめ、鳥の雛をこんなに捕まえたのか？　うん？　今すぐ出て行け！　おまえも行け！　そしてもう二度とこの寺に足を踏み入れるな。おまえたち親子のせいで、うちの道念まで罪に染まってしまうではないか。

仁寿、腹を立てて何か言おうとするのを、父がにらみつけて引き止める。

きこり　太い薪だけまとめて、帰ります。

住職　帰る前に、そのウサギはわしの目の前で逃がして行ってもらおう。

きこり　はい。

きこり、ウサギを逃がす。

ウサギ、文字通り脱兎のごとく跳び去る。

きこり、背負子をせおい、動こうとしない息子の背を押して去る。

住職　あんなに元気に跳ね回っているものを、なんだって捕まえたりするんだ。（道念に）だから境内にむやみに人を入れるなと言ってあるのに、どうして入れた？　（浄心に）中に入って、仕事の続きをしなさい。

浄心、「はい」と答えて、境内に去る。

道念　入るなと言ったのに、崖の方から回って入ったんです。

住職　（道念を薪の上に座らせて）そうとも知らず、おまえを叱ってすまなかったな。ああ、それから、あのソウルの安家のお嬢様が、おまえを半年ほどそばに置きたいとおっしゃっとる。他の者なら絶対許さんところだが、他でもないあのお嬢様の申し出だ。考えて、二、三日のうちに連絡すると言っておいた。

道念　ご住職様、ありがとうございます。

住職　ソウルに行っても、わしの言いつけを一つでも破ったら、すぐに呼び戻すぞ。

道念　はい。

住職　それから行く時に、わしが経典をやるから、むこうで一生懸命読んで、帰ってきたらわしの前で諳んじてみせるのだぞ。

道念　はい。行く時は、私一人で行くのですか？

住職　お嬢様は今日お帰りになる。わしがあちらのお宅に行って、おまえのことでいろいろ頼んでおくこともあるから
な。おまえは、わしが三、四日後に連れて行こう。そう

心得て、それまで顔もきれいに洗い、手の爪、足の爪もきれいに切って、向こうのお宅で笑われないようにしなさい。
道念 はい。
住職 人はまず、礼儀作法をきちんと身につけなければならん。

仁寿、膨れっ面をして、下りた道を駆け戻ってくる。きこり、落ち葉の束を抱えたまま、「仁寿！　仁寿！」と叫びながら追いかけてくる。しかし、時すでに遅し。

住職 こら、こいつ、二度と来るなと言ったのに、なんで来た？
仁寿 こいつ呼ばわりするない！　本当の大物は誰が捕まえたか知ってるかい？
住職 なんだと？
仁寿 うちの父ちゃんが人がいいからって、馬鹿にすんな！
道念 やい、ご住職様に向かって、なんてこと言うんだ？
仁寿 やい、おまえは黙ってやがれ。ご住職様、罠を仕掛けたのは誰か、本堂に行って観音菩薩様の後を見てごらんよ。何が隠してあるか。それを見りゃ、誰がウサギを捕まえたか、いっぺんに分からあ。（道念をにらみつけ）この嘘つき、うちの父ちゃんに罪を擦りつけやがって。
住職 （道念に）おまえはここでじっとしていろ。（急いで境内に去る）
きこり （背負子のつっかえ棒で仁寿の背中をひっぱたき）さっさと家に帰れ！
仁寿 父ちゃんは黙ってなよ。（道念をからかい）ざまあみやがれ。
道念 ふざけるとぶっ殺すぞ。
仁寿 へん、頭にきたな。あのウサギの皮を剥ぐ刀で、俺をぶっ殺す気か？　親なし子の鬼っ子は、人も平気で殺せるのか？　俺を殺したら、おまえなんか地獄に落ちて、九十九回死ぬことになるぞ。

道念、これ以上我慢ならぬという風に、とびかかって殴りつける。二人、お互いの襟首をつかんで、転げまわって争う。安家の娘が山門から出てきて走り寄り、二人を引き離す。きこりも二人を止める。

未亡人 やめて、やめなさい。道念、その手を放しなさい、早く！

道念、仁寿の襟首をつかんでいた手を放し、憤りを抑えきれず、泣き出す。

仁寿　茂みの中のハゲ坊主、沼の向こうのハゲ坊主(6)……やあい、やい！　(からかいながら山を下りる)

未亡人　(服の泥を払ってやりながら)泣くのはおよし。さあ涙を拭いて。なんで喧嘩なんかしたの？

道念　……。(泣く)

未亡人　もうすぐソウルの家に行ったら、あんな子の顔は見なくてもすむのに、なんで喧嘩なんかするの？　さあもう泣くのはおよし。ほら。

道念　ソウルに行っても……、みんなに親なし子の鬼っ子ってからかわれたら？

未亡人　そんなこと言わせるもんですか。私が黙っていませんよ。さっきみたいに笑ってごらんなさい。ほら、ね？

道念　(すぐに気を取り直し、にっこり笑う)

未亡人　(抱きしめ)まあ、いい子ね。

道念　お母さんが生きているか死んでいるかも分からないのに、僕だけお宅に行って、幸せに暮らすと思うと、なんだか申し訳なくて……。

未亡人　(悲しくなり)やっぱり私よりお母さんの方がいいのね。

道念　ええ。

未亡人　お母さんも私に似ていらっしゃるなら、今はきっと、私みたいに何の不自由もなく暮らしていらっしゃることよ。

道念　いいえ、きっと苦労してるに違いないんです。

未亡人　どうしてそう思うの？

道念　この前、正月の十五夜に、松の松明を燃やして、ご住職様が、道念のお母さんが幸せに暮らしているかどうか占ってみようとおっしゃって、みんな集まって火をつけたのに、お母さんの松明はすぐに消えてしまったんです。

この時、境内から住職の「道念、道念」と呼ぶ怒鳴り声。

未亡人　ほら、早く返事して。

道念　いやです。

未亡人　また何か悪さしたのね？

住職の声　道念！　道念！

未亡人　ほら、早く返事をして、行ってごらんなさい。かんかんに怒ってらっしゃるわ。

道念　行きません。閉じ込めるなら、閉じ込めればいいや。怖くなんかない。

未亡人　何を言うの？

突然、境内が騒がしくなり、参拝者たちの悲鳴、叫び声、どたばたと廊下を走る音などが聞こえてくる。

未亡人　どうしたのかしら、突然？

参拝客の女たちが、どよめきながら出てくる。

未亡人　皆さん、どうして出ていらっしゃったんです？
寡婦　供養だなんて、とんでもない。
若妻　おお、こわい、南無阿弥陀仏。
未亡人　どうしたんです？　一体何があったんです？
寡婦　ご本尊の後ろに死んだウサギを隠してお経をあげたんじゃ、供養なんかしたって無駄に決まってるよ。
未亡人　死んだウサギ？
若妻　それも一羽じゃなくて、六羽も。

未亡人、急いで境内に入ろうとする。その時、防寒帽をかぶった未亡人の母、恐怖に震えながら境内から出てくる。

母　（腕をつかみ）入るんじゃないよ。仏様がお怒りだ。あ、なんてことだろう。知らずとはいえ、あれじゃ仏様にお経をあげるどころか、仏様を汚したようなもんだよ。南無阿弥陀仏、南無阿弥陀仏。
未亡人　いったい誰がそんなことを？
母　私の知ったことかい。ほら、ご住職様が持って出てきなさった。

住職、ウサギの毛皮を指の先でつまんで、怒りが心頭に達したという様子で出てくる。その後ろから浄心、僧たち、参拝者、見物の男たち。

住職　道念、これはどういうことだ？　殺生した上、嘘までついて、おまえはどんどん荊の茂みに足を踏み入れているのだぞ。
未亡人　この子が、そんなにウサギを捕まえるはずがありません。誰かにもらったんでしょう。
若い僧　売っても二両にはなるものを、一枚どころか、六枚も誰がくれるものですか。
母　誰かにもらったにしても、よりによって清らかな菩薩様の後ろに隠しておくなんて。
住職　まさかとは思っていたが、わしの目を盗んで、こんな恐ろしいことをしようとは夢にも思わなんだぞ。飼い犬に手を噛まれるとはこのことだ。ああ恐ろしや。わしの目は誤魔化せても、十方衆生《じっぽうしゅじょう》の心をお見通しになられる仏様の目を誤魔化せると思うか？（突然、震えだし）南無観世音菩薩。

参拝者と僧たち、全員合掌し、「南無観世音菩薩」を唱える。

母　ああ恐ろしい。あの子、顔色も変えずに突っ立ってるよ。普通なら、「ごめんなさい、悪うございました」と言って、謝るものじゃないか。

住職　（静かに、しかし厳粛な問答調で）いつか、わしはおまえに、この山に伝わる古い言い伝えを聞かせてやったな？

道念　はい。隋の国の大軍が高句麗に攻め入り、乙支《ウルチ》文徳《ムンドク》という将軍がそれを防いだ時のことです。

住職　その時、この山に砦を築き、敵軍を防いだ兵士たちは何歳だったと言った？

道念　十三、四歳だったとおっしゃいました。

住職　よく恥ずかしくもなく口にできるな？　おまえはいくつだ？

道念　十三です。

住職　十三にもなって恥ずかしくないか？　平気で嘘をつき、人の目を欺いて、こんな悪さばかりしおって。昔、矢を受けて倒れながら鐘をならした兵士も、この寺の小僧で、おまえと同じ、道念という名だったのだぞ。一晩閉じ込められて、脛を打たれるのが怖くて、自分の罪をきこりに擦りつけ、おまえは平気な顔をしていられるのか？

道念　お仕置きが怖くて、嘘をついたのではありません。

住職　それじゃ、なぜだ？

道念　今日閉じ込められたら、お嬢様のところに行けなくなると思って、悪いとは知りながら嘘をつきました。

一同、水を打ったように静まりかえる。

未亡人、感情の激動を抑えようと苦心する。

住職　（少し憐れみを感じるが）よもや死ぬようなことがあっても、卑怯な真似だけはするなと言ってあるはずだ。ソウルに行けなくなるのが怖くて、嘘をつくとは何事だ。

道念　ご住職様、悪いことをしたのは自分でも分かっています。

住職　このウサギを捕まえたことも悪いと思っているのか？

道念　はい。

住職　悪いと知りながら、なぜやった？

道念　お嬢様の真っ白な襟巻きを巻いたお姿があんまりきれいだったので、母さんが迎えに来たら差し上げようと思って作りました。

　未亡人、感情が高まり、後ろを向いて泣く。

住職　（憐れんで）母親のことはもう口にするな。あの罪深い女のために、おまえまで罪を犯すのか？（ため息をつき）これもみな因果応報というものだ。

若い僧　よりによって魂を慰める仏前に、殺生した獲物を捧げるとは、御仏がどれほどお怒りか？

母　まったく汚らわしいことを。（杖で地面をたたき）孫のインチョルは極楽に行くどころか地獄に落とされたに違いない。（住職に）何をぼんやりしていらっしゃるのです？

住職　大奥様、面目ございません。（浄心に）今すぐ本堂をきれいに拭き清めなさい。庭も掃いて、水をまけ。

　浄心と僧たち、境内に入る。

老人　たまたま行ったら市の立つ日[7]という諺があるが、これじゃ、その逆だわい。

若者　まったくです。せっかく山を越えて来たのに。さあ、帰りましょう。

　参拝者たち、ぶつぶつ文句を言いながら、一人、二人と寺を去る。

未亡人　（追いかけていって引止め）なぜお帰りになるのです？　お戻り下さい。大したことじゃないのに、どうしてそんな。

住職　（参詣人たちに）どうぞお入り下さい。

　未亡人の親戚、参拝者、再び境内に入って行く。舞台には、住職と未亡人、道念の三人だけが残る。

住職　こいつを娑婆に出したら、それこそ夜叉になります。きっぱりお諦め下さい。

　浄心、あわただしく再び出てくる。

浄心　お嬢様がまずおいでになりませんと、この場がおさまりません。

住職　中においで下さい。

未亡人、浄心の後について境内に入る。

道念　（屹然と）ご住職様、私は娑婆に出て暮らしたいのです。

住職　黙れ。罪を犯した分際で何を言う。

道念　私に嘘をつくなとおっしゃるなら、私に母さんの居場所を教えて下さい。

住職　おまえの母親は大罪を犯した女だ。おまえにとっては母親と言うより、天下の仇と言ったほうがいい。破戒したおまえの母親の罪深い血が、その血を分けたおまえの体にも流れているからこそ、おまえは他人の何倍も仏を拝まなければならないのだ。

道念　どうしてそう母の悪口ばかりおっしゃるのですか？　美しい観音菩薩様は、そのお姿のようにお心も慈悲深いとおっしゃられたではありませんか。この寺に来る人々は皆口を揃えて、おまえの母さんはさぞ美しかろうとおっしゃいます。もしそうなら、私には、ご住職様のおっしゃるように、母がそんなに恐ろしい罪を犯したとは思えません。

住職　それは御仏にのみ当てはまることだ。おまえも唯識論に書かれている経文を知っておるだろう？

道念　はい。

住職　外面似菩薩《げめんじぼさつ》、内面如夜叉《ないめんにょやしゃ》とおっしゃった。おまえの母親は、この経文のように、顔は菩薩のように美しいが、心は夜叉のように恐ろしい毒を持っているのだ。

道念　ご住職様、そんな悪魔のようなはずはありません。

住職　おまえの父親の罪が、おまえの母親にもうつったのだ。

道念　うつるですって？

住職　おまえの父親は猟人《かりゅうど》だったからな。一日に獣を何十匹も捕まえて、御仏の心を踏みつけにした大悪非道の人間だ。早く本堂に行こう。冷水で体を清め、わしが御仏に、おまえの犯した罪をきれいに洗い清めてくださるよう拝んでやろう。

道念　いやです。いやです。一日中、線香の匂いをかいでいると、頭がくらくらする。

住職　罰当たりな。（静かになだめ）道念、おまえ、あの池を見ろ。五月には花が咲き、葉には玉のような露が宿るだろう？　あの静かな池も、水をすっかり汲み取ってしまえば、底は真っ黒な泥だけだ。それだけじゃない。十年も棲みついた大蛇が、竜になって空に飛び立とうと、舌なめずりしながら、雨が降るのを待っているんだぞ。娑婆もあの池と同じだ。外から見れば、平和で幸福そうに見えるが、中に入れば、あらゆる罪悪と塵芥《ちりあくた》が渦巻き、それこそお経に書かれている通り、五濁悪世《ごじょくあくせ》なのだぞ。

道念　そんなことありません。みんな、そうじゃないって言ってます。池の底には、蓮根という美味しい根っこがあるだけで、大蛇なんかいないって。

住職　誰がそんなことを言った？　誰が？

道念　寺に来る村の人に聞きました。

住職　それじゃ、村人の話は正しくて、わしの話は嘘だと言うのか？　お経や御仏のお話はみんな嘘だと言うんだな？　ああ！　なんというやつだ。（かんかんに怒る）

道念　ご住職様、はっきり言って、私はもうこの寺にいたくないのです。

住職　甘い顔をしておればいい気になって、何を言う。あ、そんな目でわしを見るな。殺生をしたせいで、全身に邪気が漂っておる。

未亡人、境内から出てくる。後ろからその母。

道念　（未亡人にしがみつき）お母さん、僕を連れて行って下さい。

未亡人　心配はおよし。

住職　心配するなと？　お嬢様はこいつを連れて帰るおつもりですか？

未亡人　もちろんです。

母　よしなさい。おまえは、この子がしでかしたことを自分の目で見ても、まだわからないのかい？

未亡人　お母さん、この目で見たからこそ、ますますこの子を連れて帰りたくなりました。あんなことを仕出かしたのは、母親が恋しくて堪らなかったからでしょう。今、この子を正しい道に引き戻すためには、私の愛情で包み込んで育てるしかありません。

母　この子は、前世に自分の両親の罪を背負って生まれたんだよ。だから救いようがないのさ。天然痘がこじれるように、こうして避けるに避けられない罪が、一つ一つ起こっているじゃないの。こんな子のことより、うちのインチョルが極楽に行けるようにすることでも考えなさい。

未亡人　インチョルはどうせ死んだ子です。もう一度法事をすれば済むことではありませんか。

母　この子が、ウサギの襟巻きをご本尊の後ろに隠しておいただけならともかく、若いお坊さんの話じゃ、昨夜、その汚らわしい物を、観世音菩薩様の首にかけて、うっとり眺めていたと言うじゃないか。

未亡人　（泣いて気が触れたように）お母さん、私はもう、この子なしでは生きていかれないのです。はじめから考えなかったことならともかく、一度心に決めたのですから、もうこの子なしでは生きられません。

住職　お嬢様が、本当にこの子を愛しておいでなら、そばに置いてご自分の慰めにしようとしてはなりません。この子の骨の髄にまで染み付いている前世の罪から魂を救い出すために、この寺に置いてやって下さい。この子は自分一人の罪だけではなく、自分の両親の罪まで洗い清めねばならないのです。相当の功徳を積まない限り、あの世に行っても、恐ろしい地獄を免れることはできません。

道念　私は死んで地獄へ堕ちても、この山を下ります。来る者は拒まず、去る者は追わずというのが、この寺の原則だと、いつもおっしゃっていたではありませんか。

住職　（烈火のごとく怒り）うるさい。一度だめだと言ったものは、だめだ。（未亡人を見て、宣言するように）お嬢様がご主人を亡くして、一人息子を亡くされたのも、すべて前世に罪を犯されたからです。ご自分の罪を洗い清めず、この罪で汚れた子を連れて行ってどうしようとおっしゃるのですか？　もしまた、この話を蒸し返されるなら、もうこの寺には二度と来ないでいただきましょう。

住職、振り返りもせず、境内に去る。
母もついてゆく。

未亡人、住職の言葉に衝撃を受け、全身を震わせる。
糸の切れた操り人形のように、ぐったりと切り株に座り込み、泣く。

道念　お母さん、このまま一緒に、どこかへ逃げましょう。

未亡人　それはできないのだよ。おまえはこの寺に残り、ご住職様の言うことをよく聞いていらっしゃい。

道念　蝋燭の明かりが揺れるご本堂をどうやって一人で守るんです？　雨がざあざあ降る晩や、ふくろうが鳴く夜明けには、怖くて堪らないんです。

未亡人　それがおまえの宿命なのだから、私の力では、どうにもできないのだよ。

未亡人、道念を誰かに奪われでもするかのように、しっかりと抱きしめて泣く。
浄心、山門から出てくる。

浄心　道念、早く鐘を撞きなさい。

道念　（涙を拭き）はい。

浄心、山門の前の灯篭に灯をいれて、再び境内に入る。

未亡人　私はもともと罪深い女だから、おまえを連れて行ったら、おまえまでどんな災いを受けるかもしれない。それを考えたら怖くなったのですよ。だからお戻り。その代わり、私が月に一度、満月の明るい晩におまえを訪ねて来ますからね。

道念　はい。

未亡人、泣く道念を慰めながら、境内に入る。
周囲は次第に暗くなる。
やがて鐘の音が聞こえてくる。遠くやまびこ。
きこり、薪を抱えて現れ、背負子に積み、煙草を一服する。
頭にちらちらと舞い落ちる雪を払いもせず、憂いに満ちた表情で鐘の音に聞き入る。
間。
やがて鐘の音も静まる。
道念、笠をかぶって、頭陀袋《ずたぶくろ》を背負い、遍路の杖を持って出てくる。

きこり　（背負子をせおって立ち上がり）今の鐘は、おまえさんが撞いたのかい？

道念　そうだよ。毎日、僕が撞くんだ。

きこり　毎日、木を伐って、山道を下りて来る時に聞く鐘の音だ。だが今日の鐘の音は何だかやけに哀しいな。（立ち上がって、道念の格好に気付き）おや？　おまえさん、なんで頭陀袋なんか背負ってるんだい？

道念　今度はもう帰ってこないかもしれない。

きこり　どうしてだ？　ご住職様に托鉢して来いと言われたのか？

道念　違うよ。内緒で出て行くんだ。

きこり　こんなに雪が降っているのに、泊まるところもないじゃないか。どこに行くんだ？　おい、行くあてはあるのか？

道念　朝鮮八道、端から端まで行ってみるさ。

きこり　そんなこと考えずに、おとなしくご住職さまの言うことを聞いておいで。

道念　もうずっと前から出て行こうと思っていたんだ。でも、ご住職様を騙して隠れて出て行くのは申し訳なくて、出て行けなかったんだ。

きこり　両親が見つかればいいが、もし見つからなかったら、この寺に戻るわけにもいかんだろう。そうしたら乞食にでもなるしかないぞ。よく考えてみろ。

道念　きっと見つけるさ。僕が門口で「托鉢です」と言うと、戸が開いて、女の人がこの頭陀袋にお米を入れながら、僕のことをじっと見つめるんだ。そして突然、「道念、私の息子、道念」と叫んで、裸足で飛び出してくる夢を何度も見たよ。

きこり 行くなら早く行け。雪が積もる前に。こっちから行くか？

道念 崖の方を回っていくよ。

きこり それじゃ達者でな。俺はこっちから行くよ。

道念 うん、さようなら。

きこり、薪を背負って下りていく。

道念、二、三歩、歩きかけた時、本堂から住職が読経する声。足を止めて、思い出したように、頭陀袋から小さな巾着を取り出し、松の実を一握り手のひらに取り出し、山門の前に置く。

道念 （跪き）ご住職様、これは、リスが冬ごもりの前に、切り株の穴に蓄えていた松の実です。母さんが迎えに来たら差し上げようと、毎朝こっそり取っておきました。師走の夜長、眠れない時にお召し上がり下さい。（山門に向かって丁寧に頭を下げる）ご住職様、お元気で。

遠く人里を見下ろし、長いため息をつく。

静寂。

境内からは木魚と念仏の声だけが清らかに聞こえてくる。

雪は次第にはげしくなる。

道念、山門を何度も振り返りながら、崖の道を下りていく。

幕

初演　劇団 劇研座、一九三三・三

(1) きこりを指す。韓国では、人を呼ぶ時、子どもの名前に、お父さん、お母さんをつけて、「○○のお父さん」、「○○のお母さん」と呼ぶ習慣がある。

(2)「カジャウル」という地名は全国に点在するので、その位置を特定することは難しい。ただし作家本人が、学生時代に金剛山に旅行した際に見かけた童僧からイメージを膨らませて執筆した作品であると書き残しているので、江原道の金剛山（現在は北朝鮮）のふもとに近い村であると想像される。

(3) 韓国の民謡『鳥よ、鳥よ、青い鳥よ』

(4) 朝鮮に伝わる双六のような遊び。サイコロの代わりに棒（ユッ）を投げて駒を進める。

(5) 韓国語で「ムック」と言う。どんぐりの粉を水で溶いて固めたもので、蒟蒻や寒天のような食感である。

(6) 性的な意味が込められている。

(7) 韓国の諺。偶然に予想外のいいことに出くわすこと。

咸世徳と『童僧《わらべそう》』

咸世徳《ハム・セドク》の人生は、日本の植民統治、そして解放、朝鮮戦争という近代史の荒波の中で創作を行った多くの文学・芸術人たちが直面せざるを得なかった苦悩や葛藤を物語っているように見える。

咸世徳は一九一五年、西海岸に面した港町仁川に生まれ、仁川商業学校を卒業後、ソウルの書店で働きながら、当時、劇作家・演出家として活躍していた柳致眞に師事し、劇作を学びはじめた。一九三六年『朝鮮文学』に処女作『サンホグリ』を発表。一九三九年には東亜日報が主催する演劇コンクールに『童僧』（柳致眞　演出）を出品、続いて一九四〇年には朝鮮日報新春文芸に『海燕』が当選し、本格的な執筆活動を展開した。また、正確な時期は不明だが、一九四二年から一九四四年の間に一年余り日本の築地小劇場に留学し、日本人作家と共同で作品を演出したという記録も残されている。短い生涯に、翻案・脚色を含め二十余作の戯曲を執筆したが、残念なことにその多くが現存しない。

初期は柳致眞の影響を受け、リアリズムを基盤として現実を告発する劇を執筆した。それらは主に自身の故郷である海辺の町や島を舞台とし、貧しさ故に常に死と直面しなければならない漁民の暮らしを生き生きとした言葉で捉え、浪漫主義的リアリズムの土台を築いたと評価されている。処女作である『サンホグリ』は、本書にも収録した柳致眞の『土幕』との類似が指摘される作品で、サンホグリという小さな漁村を舞台に植民統治化の漁民の暮らしを描いている。また、この作品の続編とも言える『舞衣島紀行』（一九四一）は彼の代表作の一つである。

その後、『芋とイタチと女教師』（一九四六）という作品を通して植民地の略奪政策を告発したが、この作品は検閲で全面削除を命じられた。植民統治下にあった朝鮮半島では言論の自由は許されず、厳しい検閲と弾圧のもとに置かれており、演劇界ではいわゆる親日的な演劇が盛んに奨励されていたのである。この時期を前後して、彼の作風は次第に現実描写から、ある意味でセンチメンタルな叙情的リアリズムの色彩を濃くしていく。『童僧』はこうした系列に属する作品の一つで、以後に発表された

『海燕』（一九四〇）、『落花岩』（一九四〇）、『エミレエの鐘』（一九四二）などもこれに属している。また、この時期に書かれた彼の作品の多くが親日的な内容を含み、後日、親日文学人として糾弾された。

しかし、一九四五年に第二次世界大戦が終結し、朝鮮半島が植民統治から解放されると、彼は朝鮮演劇同盟に加入し、社会主義を標榜する作品を書きはじめた。一九四七年に出版された戯曲集『童僧』の前書きで、彼は「この戯曲集は作家咸世徳の前時代の遺物として保存することにのみ意味がある。私は八月一五日を境にこれらの作品世界から完全に脱皮した」と宣言している。この時期の代表作と言われる『古木』（一九四七）は、悪徳地主の没落を通し、封建制の残存勢力、日本帝国主義の残存勢力を打破し、新たな民族国家の建設を謳う代表的な社会主義リアリズム劇である。

急速に社会主義に傾倒した咸世徳は、一九四七年後半に演劇仲間と共に北に渡り、李承晩《イ・スンマン》大統領を米帝国主義の傀儡として批判した『大統領』（一九四九）、済州島四・三事件を人民に対する反動的な大弾圧として描いた『山の人々』（一九四九）などを発表した。だが、一九五〇年に朝鮮戦争が勃発し人民軍が南下した際、従軍記者として同行し、手榴弾の爆発によって死亡したと伝えられている。

咸世徳は北に渡った社会主義作家という理由で、韓国内では永らく評価されなかった。しかし一九八八年に越北作家たちに対する研究、出版が解禁され、研究者たちの関心が集まりはじめた。特に劇団演友舞台が「韓国演劇の再発見シリーズ」と銘打ち『童僧』が上演されると、戯曲の完成度の高さに関心が高まり、その他の作品の研究も進んだ。

『童僧』は、咸世徳が学生時代に江原道の金剛山に旅行した際に見かけた童僧から、インスピレーションを得て書き上げた作品である。一九三九年の初演時には『道念』というタイトルで上演されたが、四七年に刊行された戯曲集『童僧』に収録される際に改題された。戯曲集の表題からもわかるように、これは作家自身の最高傑作であるだけでなく、韓国の近代戯曲史上もっとも優れた作品の一つであると評価されている。密度の高い演劇的時間、テンポの速い展開、緻密な構成、無理のない葛藤構造、各人物の繊細な心理描写、叙情性の高い台詞など、叙情的リアリズム演劇の最高峰にも挙げられる作品である。ちなみに『童僧』は一九四九年に『心の故郷』というタイトルで映画化されている。

生きている李重生《イ・ジュンセン》閣下

呉泳鎮《オ・ヨンジン》

登場人物

李重生《イ・ジュンセン》　五三歳　実業家
禹氏《ウシ》　五四歳　妻
夏珠《ハジュ》　三五歳　長女
宋達之《ソン・ダルチ》　四〇歳　婿
夏妍《ハヨン》　三〇歳　次女
夏植《ハシク》　二四歳　長男
李重建《イ・ジュンゴン》　六三歳　李重生の兄
崔栄厚《チェ・ヨンフ》　四五歳　李重生の顧問弁護士
林杓運《イム・ピョウン》　三二歳　李重生の秘書
ヨンソクの親爺　六六歳　作男
朴氏《パクシ》　四七歳　近所の女
おかみさん　四〇歳
玉順《オクスン》　一四歳　女中
福順《ボクスン》　一五歳　女中
金《キム》議員　四〇歳　国会特別調査委員
刑事　市警経済係員
盲人１・２、弔問客（金《キム》、卞《ピョン》、洪《ホン》）

時　現代[1]
所　ソウル

第一幕

舞台

李重生氏邸の舎廊棟《サラン》(2)。オンドル部屋に繋がる上手側に日本風の畳部屋が少し見える。解放の前には多く見られた、いわば「和鮮折衷」の家屋である。背景は我らが主人公ご自慢の庭である。

石灯籠だけではなく、遠くにぼんやりと東屋まで見え、一見して豪華な邸宅の構造に違いない。部屋の中に置いてある植木鉢もすべて高価そうに見えるが、どこかごてごてとして悪趣味で、風流な趣は感じられない。上手には母屋に通じる門があり、下手は別棟の舎廊棟になっている。下手の後ろに裏庭に通じる垣根沿いの道が少し見える。幕が開くとヨンソクの親爺が植木鉢に水をやっている。部屋の中では奥方の禹氏と近所の朴氏とが片付けに忙しい。

禹氏　おまえさんもちょっと手を休めて、こっちに来て足を休めたらどうだい？　うちの暮らしは戦前も戦後も相変わらず、目の回るような忙しさ。これじゃ私もたまりませんよ。アメリカに占領されていた頃もそうだったけど、占領軍軍政庁(3)のお偉方だの、各部署の幹部だの、まったく料亭じゃあるまいし、一流の板前さんが出入りするわ、芸者さんたちが大勢来て入り浸るわ。それればかりか……。

朴氏　姉さんは幸せ者ですよ。今も昔も旦那さまの羽振りは少しも衰えませんからね。

禹氏　おや、まあ、これが幸せなんて言えるもんですか。だって、ビールを飲み始めたら、一ダースでも、二ダースでも飲んでしまうんだから、酒飲みで名の通った外国のお客様でも、舌を巻いて引き下がるのよ。だからおまえさんも知ってるように、うちの材木会社も、うちの人が引き受けるも引き受けないも言わぬうちから、解放になった途端、軍政庁のお役人さんから無理やり任されたんですよ。ほら、冬になるとおまえさんの家に送っていた薪、あれがそうよ。この国の山林業を一手に任されてるも同然だから、それくらいは何でもないけど。ふっふ……。

朴氏　まあ、うちも他人様に物をお裾分けする身分になってみたいものですよ……。（禹氏の傍に寄る）ふぅー、ヨンソクの親爺さん、裏庭の井戸から冷たいお水を汲んできておくれ。

禹氏　（ヨンソクの親爺に）まだそんなところでもたもたしてるのかい？　油を売るのはいい加減におし。（朴さんに）まったく、あのおいぼれ、息子のヨンソクが戦争で亡くなってからというもの、すっかりこの家に居座って、もう十年もあのざまですよ。

朴氏　そりゃ気の毒だけど、そんなことはヨンソクのとこに限ったことじゃありませんからね。皆自分の運命ですもの。朴参判《パクチャンパン》(4)のとこの次男坊も亡くなられて。あ、そうそう、姉さん！　お坊ちゃんの夏植さんのその後のお便りは……？

禹氏　便りなんかあるわけないでしょう。解放後に引き上げてくる途中で、ロシア軍だか共産軍だかに捕まったことまでは風の便りに聞いたけど、今は生きているのかどうかさえ分からないんだからね。

朴氏　（ヨンソクの親爺に）ほら、ごらん、旦那様のところだってこの有様なんだよ、十年も経ったんだから、もうお忘れなさい。誰かを恨んだりしちゃいけませんよ。

ヨンソクの親爺　恨むなんてとんでもない。お坊ちゃまも自分から進んで行ったわけじゃないでしょうが、うちのヨンソクが死んで、それから半年も経たないうちに解放になってみると、あの時いくら旦那さまの命令でもお断りすればよかったと、それればかり悔やまれて。ふう……。

禹氏　（朴氏に）あの頃、日本の総督府に出入りしていたうちの人にしてみれば、仕方ないことだったんだよ。うちの夏植だってそれで志願入隊させたんだから。向こうさんたちがうちの人のどこを気に入って、あんなに金まわりのいい会社を任せてくれたと思う？　蒔かぬ種は生えぬってね、ただ指をくわえて見てたんじゃ、何の見返りもありゃしませんよ。

朴氏　そりゃ、旦那様のことですから、うまく立ち回られたんでしょう。

禹氏　ほら、お客さんがいらっしゃる前にさっさと片付けなさい。庭もきれいに掃いて。

ヨンソクの親爺　はい……。

禹氏　裏庭も掃除して。それから精米所に行ってもち米をひいてもらって、お風呂も沸かして、薪も割っておいてちょうだい。

ヨンソクの親爺　何から片付けましょうか。

禹氏　さっさと裏庭から掃いておくれ。

ヨンソクの親爺　はい、はい……。（のろのろと垣根沿いの道に退場）

禹氏　ほら、この忙しいのに亀じゃあるまいし、いつもこうなんだよ。年寄りはあの調子で役に立たない、若者は遊びまわるのに夢中ときてるんだから。

朴氏　下のお嬢様は、まだ仁川《インチョン》の別荘から戻ってないんですか？

禹氏　あの子は年がら年中家にいないからね。学校を卒業してからはもうそわそわと腰が落ち着かなくて。それにお父様の会社のことで外国人と付き合いはじめてからは、そのランドルフだかランドセルだかいう若い男と仲良くなって……。変な噂でも立てられたらどうしよう。

朴氏　年頃の娘は早く片付けるに限りますよ。変な噂が立つ前に……。さあ、ここはこのくらいにして、奥の部屋に行ってみなくちゃ。

禹氏　足を休める暇もないね……。あんたには、いつもお世話になりっぱなし。私は、あんたなしじゃとても生きていけませんよ。

朴氏　まあ、姉さんったら……。そんなことおっしゃると、私帰りますよ。（上手に退場。すれ違って玉順が箒と水桶を持って現れる）

禹氏　こらっ、どこをほっつき歩いてたんだい？　今頃のそのそ入って来て。お客さんがいらっしゃると言って朝から大騒ぎだっていうのに。

玉順　だって、奥様がもち米をひいてこいとおっしゃったんじゃありませんか。

禹氏　口答えするんじゃないよ。それで粉はひいてきたのかい？

玉順　もう蒸してます。（部屋に上がってあちこち拭く）

禹氏　お餅は誰がこしらえたんだい？

玉順　上のお嬢様がやりました。チャドリのとこのおかみさんと。

禹氏　私に一言も断らず、自分たちだけで勝手にやったのかい？

玉順　でも、ちょうどいい加減でしたよ。硬くもなく柔らかくもなく、とても上手に。奥様が加減を見ても大して変わらないでしょうし。
禹氏　口の減らない娘だね。
玉順　だって、そうじゃありませんか、この間も……。

ヨンソクの親爺、水桶を持って現れる。

禹氏　親爺さん、また無駄足を踏んでるよ。
ヨンソクの親爺　……。
禹氏　掃除なんか、玉順一人で充分じゃないの。
ヨンソクの親爺　精米所にはこの子が行ってきたそうです。
禹氏　誰が精米所に行ってこいと言ったの。急いで板前さんを呼んでおいで。朝から来ると言ってたのにお昼になっても何の連絡もない……。（叫ぶ）何をお地蔵さんみたいにぽかんと突っ立ってるんだい？　もうすぐ旦那様のお帰りですよ……。
ヨンソクの親爺　わ、わかりました。（下手に去りながら）ふん、言われた通りにやっても、あの調子だ。

宋達之、畳部屋から口に歯ブラシをくわえて出てくる。今まで寝ていた様子。

宋達之　僕も何かお手伝いしましょうか？
禹氏　今ごろ起きたのかい？　そんなんで、病院の仕事はどうするんです？
宋達之　ヘッヘッ、この頃はいい薬が多くて……。
玉順　若旦那、お湯を用意しましょうか？
宋達之　うん？　いや、裏の井戸に行って顔を洗うよ。
禹氏　今日みたいな日くらい早起きしたらどうです。長のつく方々、市長や裁判長、お偉いさんたちがお揃いで見えるんですよ。おまえさんだってお客さまの相手をしなきゃならないでしょう。
宋達之　僕はそういうことはできませんから。（手ぬぐいを持って裏庭の方に出て行く）
禹氏　（独り言で）たった一人の婿だというのに、まったくあの調子で。（舌打ちする）
玉順　奥様、それは言いすぎですわ。婿を可愛がるのは姑って言うじゃありませんか。上のお嬢様の言うこともよく聞くし、家のことも手伝ってくれるし、大人しいし、非の打ち所のないお婿さんじゃありませんか。
禹氏　黙ってさっさとあの部屋の掃除でもおし。
玉順　（ぶっきらぼうに）はい。（玉順、畳部屋の中に入る。福順が上手から出てくる）

福順　奥様、カルビの煮物の味加減を見て下さい。板前さんも自信がないって言ってます。
禹氏　はいはい。私がいないとカルビの煮物も作れないんだから。こんなに忙しいんじゃ、体がいくつあっても足りませんよ。ちょっと、玉順。
玉順　（部屋の中で）はい。
禹氏　掃除が終わったら部屋の戸締りはしっかりとしておくれよ。分かったら返事をおし。
玉順　（部屋の中から顔を出して）はい。
禹氏　（出て行く。玉順、口を尖らす。福順は縁側に腰かける）
福順　あなた、お掃除終わったの。
玉順　うん、適当に掃いておけばいいんだから。
福順　じゃ、こっちにいらっしゃい。いい物あげるから。
（玉順、箒を持ったまま傍に座る。福順、エプロンの中に隠してあったお菓子や果物を出す）
玉順　わあ、おいしそう。
福順　黙って食べて、玉順。ばれたら大変よ。板前さんの腕はやっぱり違うわ。
玉順　そうね。上のお嬢さんじゃ、こうはいかないわね。板前さんはいつ来たの？
福順　もちろん朝早くから。
玉順　それじゃ、ヨンソクの親爺さん、また無駄足だわ。
福順　え、ヨンソクの親爺さん、どっか行ったの？
玉順　さっき奥様が板前さんのところに行って、呼んでくるように言い付けたの。ほっほ……。そのくせ何もかも自分一人でやってるような顔して。
福順　しかも、人の仕事に文句ばかりつけて。ね、そうでしょう？

中から〝ヨンソクの親爺さん〟と呼びながら、おかみさんが出てくる。
非常に早口。
次の会話は非常に速いテンポで交わされる。

おかみさん　こらっ。こんなところにいて、なんで返事もしないんだい。ヨンソクの親爺さんを探しておいで。奥様が餅をつくからって。
福順　ヨンソクの親爺さんはお使いに行きました。
玉順　板前さんを呼びに行ってます。
おかみさん　変だね。板前さんはもう来てるっていうのに、なんだって板前さんを呼びに行ったんだい？
玉順　奥様が板前さんのところに行って、板前さんを連れてくるようにおっしゃったんで板前さんのところに行ったんです。

おかみさん　板前さんはうちに来てるのに、何で奥様は板前さんのところに板前さんを呼びに行かせたんだい？

玉順　それは奥様は板前さんがうちに来てるのを知らなかったから、板前さんのところに行かせたんでしょう。ね、福順。

福順　そうですとも。

おかみさん　おだまり。

玉順　だって、本当ですもん。

おかみさん　まったく口の減らない娘だね。

玉順　そりゃ粟飯ばかり食べてりゃ口も減らなくなります⑤わ。

おかみさん　それじゃ、ご馳走でも食わせろって言うのかい？

玉順　あら、お菓子だって食べたいわ。ねえ、福順。

福順　お止しなさいよ、玉順。

おかみさん　まったくこの娘ときたら……。（言い争いの最中に達之が垣根の方から現れる）

宋達之　何を騒いでるんだい？

おかみさん　あら、若旦那様。それがですね。大監だの令監だの裁判長だのというお偉方がお出でになると言って、猫の手でも借りたいほど忙しいっていうのに、この娘が口答えばかりするんでございますよ。奥様がお餅をつこうとヨンソクの親爺さんをお探しなんですが、板前さんはもう家に来てるのに、板前さんが家に来てるのを知らずに板前さんを呼びに……。

玉順　板前さんのところにお使いに行ったんです。

おかみさん　板前さんの家に……。

玉順　行っちゃったというわけなんです。

おかみさん　行った、行ったって、うるさいね、この娘は。

（また喧嘩が始まる）

宋達之　僕がやってみようか。

玉順　はい、若旦那様。是非そうして下さい。

福順　若旦那様、是非お願いします。わあ、面白そう。

（夏珠、部屋から出てくる）

夏珠　あなた、ここでこの子たちと何を騒いでるんです、恥ずかしい。

玉順　若旦那様、お餅をついて下さいな。

夏珠、睨む。達之、こそこそと部屋に上がり、本棚の本を探すふりをして畳部屋に入ろうとした時、

夏珠　あんたたちは台所に行って手伝いなさい。

玉順　はい。（三人下手に退場）

夏珠　あなた、あなたもそそくさと食事を済まして席を立

たずに、こういう機会にお偉いさんたちと親しくなったらどうなんです？　お父様がいらっしゃらなければ、そういう方々の傍に近寄ることすらできないじゃありませんか。付き合うなら、お父様のようにすればいいんです。毎日、物書きとか絵描きなんかばかり集めて……。人生がどうのこうの、愛は丸いとか四角いとか、ふん、あの人たちが、あなたを養ってくれるとでも言うんですか？　それとも一日中、畑に芋かなんか植えて、一日三食、芋ばかり食べていけるとでも思ってるんですか？

宋達之　そりゃ、僕の趣味なんだから。

夏珠　そんな趣味変えたらどう？　それが趣味だったら最初から農学部か文学部に行けば良かったのよ。どうして医者になんかなったんです？　もともとはお金を儲けようと思ったんじゃないの。

宋達之　そういうわけじゃない。

夏珠　そういうわけじゃなかったら何です？　お父様は山林会社[6]の子会社として製紙会社を作るんだそうよ。O・E・Cのお金で……。

宋達之　決まったのか。I・C・Aのドルを買う金はどこから調達したんだろう？

夏珠　あなた、お金さえあれば、誰にでもできることよ……。英語なんか一言も知らないお父様が、靴の底が減るほど足繁くアメリカの機関に通ったのよ。アメリカの機関に。アメリカの機関も大きい山林会社を持ってるお父様に払い下げるのが当然だと判断して、それに、誰が見てもそれが当たり前なことでもあるし。分かった？

宋達之　山林会社はお義父さんのものなのかい？　日本の奴らから奪いとった国有林だよ。お義父さんはただの管理人だろう？

夏珠　管理人でもあり、主人でもあります。

宋達之　そうか。

夏珠　しっかりしてちょうだいよ。（外から大声で騒ぎながら李重生と林杓運が下手から登場）

李重生　用意はできたか？

夏珠　お父様、お帰りなさい。

李重生　ええと、林君。急いでO・E・Cのランドセルのところに車を送りたまえ。あの人たちは時間に厳しいから。

林杓運　ランドルフ。

宋達之　ミスター・ラン？　ラン……。

林杓運　ランドルフ。

李重生　ふん、ややこしい名前だ。

林杓運　今はもう帰ってるんでしょうか？　何日か前にお嬢さんに会うと言ってましたけど。

李重生　君……。彼が仕事の約束を破るような人間に見え

るか？　恋愛は恋愛、仕事は……。（手で口を塞ぐ）

宋達之　ははあ、それでこの何日か、夏妍を見かけなかったのか。ふふ……。

李重生　何だと？

宋達之　？

夏珠　あなたは黙ってらっしゃい。お父様、お客さんはもうすぐですか？

李重生　う、うん。ええと、ビールあるだろう？　何本か持って来い。

夏珠　はい。（上手の方に去りながら達之に目配せする）

宋達之　ビール？　ビール？

李重生　おまえ、今日は病院に行かないのか？

宋達之　患者もあまり来ないので一日休もうかと……。

李重生　（達之の言うことは聞かずに）それから書類などを揃えて、大至急中央庁や銀行に行ってこないとな。融資の申し込みがこんなに簡単に済むとは。はっはっ……。

林杓運　（部屋に行って電話をかける）半島林業ですか？　こちら管理人宅ですが。

李重生　どうせなら社長宅と言いなさい。管理人も社長も同じことだろう。

林杓運　李社長宅ですが、通訳の崔さんに言って……。通訳を知らない？　通帳じゃなくて、英語の通訳の崔君ですよ。やっと分かったか。詳しいことは崔君に言っておいたから、大至急、車でO・E・Cに行けと伝えて下さい。何？　それは、君が口出しするようなことじゃない。（切って）会社の連中は、みんな阿呆ですよ。社長もこれから韓国全国の紙を生産供給なさるおつもりでしたら、気苦労が絶えないでしょうね。

李重生　「万夫関に当たるや、一夫も開く莫し」だな。

宋達之　「一夫関に当たるや、万夫も開く莫し」[7]。（李、睨む。宋、呆れて）李、李白の漢詩です。

李重生　ええと、おまえ、今日は病院に行かないのか？

宋達之　患者もあまり来ないので一日休もうかと……。

李重生　（それは相手にせず）林君も俺の右腕となって積極的に手伝ってくれたまえ。わが半島林業は今日まで韓国の林業を独占してきた。そればかりか、これから銀行の融資さえ受ければ、数百万ドルの製紙機械が手に入るんだ。そうなれば、韓国で需要される紙のほとんどは、この李重生が供給することになる。はっはっ……。わかるか？　紙だよ、紙。つまり紙幣を作る原料だ。はっはっ……。林君、目を瞑ってみたまえ。目を瞑って耳を澄ませばいつも、俺の頭には甘く切ない詩が湧き上がってくる……。広々とした大海原、斧の跡一つ付いていない千年の老木、十抱え、百抱えもある巨大な大木は、天を貫かんばかりに枝を伸ばし、ミミズのように曲がりくねった根は大地深く根を張り、朝に夕に名も知らぬ鳥や獣がやってきて、チューチュー、チューチュー、カッコー、カッコー、ホーホケキョ、ホーホケキョ、はっはっ……。時には絹糸のような春雨、さやさやと吹く秋風が万丈の山、千尋の谷を懐に抱いて子守歌を歌い、時には天が裂け、山が揺らぐほど喚いて震わせる……。これが森林というものだ。

宋達之　素敵な自然詩ですな。

李重生　何、象徴詩ではないのか？　ええと、まばゆい朝の光と朝露の一つ一つが、俺にとっては、そのままダイヤモンド、サファイア、ルビーになるのだ。白頭山や赴戦《プジョン》(8)の白樺、九月山《クオルサン》(9)のハンノキ、大小の木の葉がそのまま百ファン、千ファンの、ひらひらと舞う紙幣になる……。漢江の流れのように、太平洋の波のように限りなく流れてくる紙、紙、食べても使っても余る。刷っても刷っても足りない紙幣！　はっはっ……。詩を吟ずるなら、こういう詩でないとな。古人の言うには一年の計は穀物を植えるにしくはなし、十年の計は木を植えるにしくはなし、と言ってるが……。百年の計は製紙産業に勝るものはない。

宋達之　一樹一獲なる者は穀なり、一樹十獲なる者は木なり、一樹百獲なる者は人なり……。

李重生　何だと？

宋達之　あ、あの管子の言葉に……。百年の計は人を……。

李重生　(無視して) 林君、これから事業を進めていくうちに、この李重生に農林部長官……。せめて造幣局長の席ぐらい転がり込んでこないとは限らないじゃないか、おい。林君もしっかりせんとな、はっはっ……。

林約運　恐れ入ります。

電話の音。

林約運　(受話器を取り) はい、はい！　管理人宅です。

李重生　今日からは社長だと言ってるじゃないか。

林約運　はい……。あ、社長宅です。何？　いない？　そういう人間はいないってどういうことだ？

李重生　誰のことだ？

林約運　(電話) いったいどういうことだ？　通訳の崔君が三ヶ月も連絡を取り合っていた人間が今日になって突然消えるなんて、まさか蒸発したわけじゃないだろう。湯気や煙じゃあるまいし。

李重生　うん、誰がいなくなったって？　崔君は出勤してないと言ってるのかね？

林約運　い、いいえ、社長…。車でO・E・Cに出迎えに行ったら、そこにはもともとランドルフなんて名前の者はいないと言われたそうです。
李重生　ランドセルだろう。
林杓運　ランドセルもランドルフもいない上に、崔君も昨日からぷっつりと顔を見せていないそうです。社長！
李重生　まだ仁川から戻ってないんじゃないか？
林杓運　いいえ。アメリカの機関にはもともとそういう人間はいないと言われたそうです！
李重生　そんな馬鹿な！　それじゃ、O・E・Cでドルを買ってやる、俺の金をドルに換えてやると言って、俺の金を持って行っちまったのは一体どこのどいつだ？
林杓運　そうですね……。（深く考えてから）最初からランドルフや崔君の態度はどうも怪しいと思ったのですが。
李重生　おい、何を言ってるんだ。（電話を持って）誰だね？　私だ、私……。な、なんだと？　O・E・Cに行ってみたら、うちの会社の名義でドル購入を申し込んだ記録はなかったと言うのか？　馬鹿を言うな！　（受話器を置いて）えい、我社には使い物になる奴が一人もおらん。おい、林君、俺と一緒にそのA・E・CだかO・E・Cだかに行ってみよう。どうやら誰かの罠にはまったか、崔君が誰かに買収されたようだ。首に縄をくくってでも、ランドセルを連れてこようじゃないか。で、通訳の崔君はどこに行ったんだ？
林杓運　昨日から顔を見せていないと、さっき言ったじゃありませんか。
李重生　顔を見せないだと？　それじゃ、湯気か煙のごとく消えちまったとでも言うのか？　林君、この李重生がこんなことで引き下がると思うか？　とんでもない。万夫関に当たるや、（宋を見て）……。一夫関に当たるや……。
宋達之　万夫開く莫し……。
李重生　そう、それだ。おまえは俺が戻ってくるまでに、芸者を十人ほど呼んできてくれ。芸の達者なきれいどころを見繕って来るんだぞ。
宋達之　……。
李重生　林君。じゃ、俺と一緒に行こう。

李、林は下手に去る。達之はぼんやり見送り、帽子を持って上手の奥の部屋に入る。舞台は暫くからっぽだが、しばらくして達之と夏珠、登場。

夏珠　あなた、芸者のことなんか何も知らないくせに、どうするんです？
宋達之　じゃ、どうするんだ？　お義父さんに頼まれたんだぞ。

夏珠　下手なことして後で叱られるかも知れないわよ。今度の宴会は、ちょっとやそっとの宴会じゃないんですからね。

宋達之　友だちに頼んでみるよ。

　　達之、下手に去る。すれ違って刑事登場。
　　夏珠、奥の部屋に向かって、

夏珠　玉順！　おかみさん！　早くお膳を運んでちょうだい。

玉順の声　はい。

刑事　ここが李重生さんのお宅ですね？

夏珠　えっ、びっくりした……。そうですが。

刑事　ご主人にちょっとお会いできますかな？

夏珠　この家の主人は外出中ですが。

刑事　いらっしゃいませんか？　会社ではお宅へ帰られたばかりと言われましたが。

夏珠　お出かけになりました。

刑事　確かにお出かけですね？　（間）間違いありませんな？

夏珠　一体どちら様ですか？　庭まで入ってきて、ずけずけと。ここが誰の家だと思って。

刑事　もちろん半島林業の管理人である李重生さんのお宅に間違いないと思って参りましたが。

夏珠　若いくせに、ずいぶん横柄ですのね、失礼だわ。この家の主人に会いたければ、前もって約束してから来るのが当たり前じゃありませんこと？　いきなりふらっと入ってきて、忙しいこの家の主人に会えると思ってるんですか？

刑事　おやおや、これはお言葉ですな。それでは、時間の約束をしましょう。お戻りになったら、本日午後五時までに警察署の経済係りに出頭するよう、お伝え下さい。お待ちしております。もしも来られなかった場合は逮捕します。

夏珠　逮捕ですって？

刑事　下手に逃げたりはできないはず……。では、時間の約束はしましたよ。

夏珠　あ、あの、何かの間違いじゃありませんか？　父はさっき中央庁に出かけたばかりですが。

刑事　（独り言）じゃ、行き違いか。失礼しました。

夏珠　あの……。どういうことでしょう？　どうして父を逮捕するんですか？　今日、署長さんもこちらにお見えになるはずですが。

刑事　もちろん署長にも会っていただかなきゃなりませんが、まずは私に会っていただかないと。ああ、こんなに敷

居の高いお宅とは知らず、失敬しました。（下手に去る。玉順とおかみさんがお膳をいくつか持ってくる）

玉順　お嬢様、宴会はオンドル部屋でしょうね？　お肴も大体用意できましたから、お客様がお見えになったらおっしゃって下さい。

夏珠　（答えずに急いで奥の間に入ろうとしたその時、林杓運が慌てて現れる）お母さん！　お母さん！

林杓運　お嬢さん！

夏珠　あ、林さん！　もうお客さまがお見えですか？

林杓運　お客さんどころか、お嬢さんびっくりしないで下さい。お父様は……。（震えながら耳打ちをする）

夏珠　一体どういうこと？　今しがた家にも来たのよ。

（禹氏、登場）

禹氏　私がいないとお膳の用意もできないのかい？　これじゃ体がいくつあっても足りないよ。

夏珠　そうじゃなくて、お母さん。（耳打ちする。禹氏、急に顔色が変わる）

禹氏　それで？　それで、どうしたの？　林さん、分かりやすく説明してちょうだい。

林、震えて口が開かない。

夏珠　（玉順とおかみさんに）あんたたちが聞くような話じゃありませんよ。奥に入って仕事をなさい。

おかみさんと玉順、下手に去る。

林杓運　（震えながら）クリゲ[10]にさしかかったところで……。僕は最初、チンピラかなんかだと思ったんです。それが実は刑事で。僕を車から降ろすと、その場で社長にガチャンと手錠をかけて……。

夏珠　手錠を？

林杓運　（まだ震えて）はい、それから、そのまま車に乗り込んで、乙支路《ウルチロ》[11]の方に走って行きましたから、おそらく中部署に行ったんだと思います。

禹氏　でも、どうして連れて行かれたんです、警察に？

夏珠　前に何か、お父様によくないことでもあったんですか？

禹氏　お父様みたいに善良な方が何をしたと言うの、夏珠。縁起でもない。

林杓運　これは僕の考えですが、社長は林業をほとんど独占してるだけでなく、さらに莫大な援助を受けて製紙会社まで作ろうとしているので……。おそらくそれを嫉んだ誰かが告げ口をしたのではないかと思いますが……。あ、はら、仁川に行ってた下のお嬢様がお帰りですよ。
夏珠　あの子まで突然どうしたのかしら？

夏妍、洋装にスーツ・ケースを持って下手に登場。

夏妍　……。
夏珠　お父様が、夏妍……。（夏妍、呆然と突っ立っていたが、スーツケースを放り出してヒステリックに泣き始める）
禹氏　どうしたんだい？　何の連絡もなく。あのね、大変なことになったんだよ。
夏妍　お父様が何なのよ！
禹氏　どうしたんだい、夏妍！
夏珠　どうしたの、帰ってくるなり……。家の誰かが死んだとでも聞いたの？
夏妍　お姉さんは何も知らないくせに。お母さん、悔しくて悔しくて、お母さん。お姉さんだって、あんな目に遭ったらとても生きていられないと思うわ……。私だって、私だって死んでしまいたい、お母さん。
禹氏　どうしたって言うの？　早く説明してごらん。
夏妍　お姉さんならどうする？　私、仁川から追い出されたのよ。
夏珠　別荘から？　何を言ってるの？　あなたをどうして……。主人のお嬢さんを誰が追い出したりするもんですか。
夏妍　嘘よ。お父様はあの別荘の主人じゃない。管理人を騙して奪い取ったのが、ばれちゃったの。それに、これ見てよ。お父様が宝物みたいに大事にしてたランドルフも偽者だったのよ。（手に持っていた新聞を叩きつける）偽者。
林杓運　（新聞を拾って読む）なんだって……？　ランドルフと名乗る無国籍の外国人が、アメリカの援助機関を偽り、仁川の繁華街で豪遊しているところを逮捕される！　何！　ランドルフが……。ランドルフが仁川で？
夏妍　詐欺師よ。詐欺師……。詐欺師……。（泣く）
林杓運　ああ……。あいつら、どうも怪しいと思った……。
夏珠　夏妍。
夏妍　何もかも、何もかも偽者なのよ。（喚きながら泣く）
禹氏　何をそんなに騒いでいるの？
林杓運　いや、奥様、それがですね、大変なことになりました。（耳打ちする）

禹氏、呆れて口も利けない。一瞬の静寂。突然、部屋の電話が鳴る。林、素早く走って行き、電話を取る。
一同緊張。

林杓運　はい？　はい、そうです。李重生宅でございます

……。はい！　はい。（受話器を置くや否や）
夏珠　だれから？　お父様ですか？
林杓運　いや、違います。宋先生が芸者たちと一緒にもうすぐ着くそうです。

第二幕

第一場

一ヶ月後の同じ場所。
午前十時ごろ。夏珠は電話機の前に座っており、禹氏と達之は縁側に腰かけている。時折、畳部屋から鼾の音。誰か寝ている様子である。

禹氏　おまえさんは学生の頃から出入りしてたからよく知っているでしょうね？
宋達之　それは、外で考えてるよりは楽です。
夏珠　そりゃあなたは平気かもしれないけど、お父様のような方が、一日や二日ならともかく、一月《ひとつき》、二月《ふたつき》もどうやって牢屋で暮らせると思うの？　猫の額みたいに狭いところに十人も二十人も押し込まれて、お便所も同じ部屋の中にあるっていうじゃありませんか。そうでしょう？
宋達之　そう。それにあそこでは特別扱いなんかないからな。
禹氏　臭くてたまらないだろうね……。部屋に古い足袋一

足あっても臭い臭いと顔をしかめてたお父様が、そんな匂いをどうやって辛抱するんでしょう。（泣く）

夏珠　（一緒に泣く）ごろつき、詐欺師、殺人強盗、ありとあらゆる人種が一つの部屋に押し込められるんですって。でしょう？　あなた。

宋達之　うん。

禹氏　ああ、お父様は私が傍にいるだけで癇癪を起こすのに……。

夏珠　蚤はいるわ、南京虫はいるわ！　虱だってうようよしてるから、暇つぶしに虱潰しをするんですって、お母さん。

禹氏　可哀想に。どうしたらいいんだろうね。あなたのお父様は蝿一匹飛んでいても寝られない性分だっていうのに。

宋達之　朝飯済まして昼飯までの虱潰しも、一つの楽しみだよ。

夏珠　あなた、その時の習慣が未だに残ってるんじゃないの？　お金儲けは見向きもせず、家の中にこもってゴキブリばかり取ってるじゃありませんか……。馬鹿なこと言ってないで、お父様が早く出られるように何か知恵を絞ってちょうだい。

宋達之　林君の話ではここ一日、二日で出られるそうだよ。

夏珠　林さんだけに任せておいていいんですか？　舅が牢屋に入れられて一ヶ月も苦労してるっていうのに……。そりゃあなたの性格を知らないわけじゃないけど、あんまりだわ。

宋達之　じゃ、僕にどうしろと言うんだ……？

夏珠　分かるわけないでしょう。赤ん坊じゃあるまいし。何から何まで手取り足取り教えなきゃできないんですか？

宋達之　冷静に考えても今度のことはそう簡単にはいかないよ。罪状が一つや二つじゃないからな。まず業務報告を十年も繰り上げて、実際の生産高の十分の一にも満たないように報告していたんだから、これは詐欺横領にあたる。

夏珠　何ですって？

宋達之　それに公文書偽造、脱税！　禍《わざわい》は一時に訪れるものだよ！

禹氏　それじゃ、おまえさんはお父様が牢屋に入れられているのは当たり前だって言うのかい⁉

宋達之　いいえ、お義母さん。まあ法的に言えばそういうことになると言ってるんです。それに銀行の融資の申し込みも、結局自分の物じゃない森林を担保にしてますから、これもまた……。おそらくそう簡単には出てこられないと思いますよ。

夏珠　やめてちょうだい！　じゃ、出てこられないようにお祈りでもしたらどうなの。まったく、よくもあんな呑気に……。

禹氏 （畳部屋の方を見て）大きな声出すんじゃないよ。伯父様が目を覚ましたら、また大変だからね……。おまえさんは患者さんの診察ばかりで、こういうことは分からないだろうけど、お父様のことが心配であの子もいらいらしてるんだよ。お父様はあっちこっちに仕事を広げたまんま牢屋に入れられてるし、伯父様は弟のせいで自分の家まで奪われる羽目になったと言って毎日お酒を飲んであの有り様、どうすれば事をうまく収められるか、誰にも分からないんだからね。

夏珠 財産の話が出たから言うけど、お父様もいつどうなるか分からないじゃない。もう駄目かも知れないわ。全部取られる前に予め財産を分けて、どうにかして伯父様にも家を買って差し上げるべきよ。お母さんもお父様ばかり頼っていないで、お母さんの取り分はちゃんと取っておいて下さいよ。

禹氏 でも、今日にでもお父様が出てこなけりゃ、何もできないじゃないか。

夏珠 私たちなんか商才もなければ、家もなし、夫の実家にお金があるわけでもなし。一生、家一軒持てずにどうやって暮らしていけるかしら？

禹氏 そりゃ、お父様がきっと何とかしてくれますよ。まさか自分の娘が食べていけないのに、放っておくわけはないでしょう。

夏珠 まあ、お母様ったら。食べていけないとは言ってないわ。少なくとも人並み以上の暮らしがしたいと言ってるだけよ。で、お父様の全財産をどうするつもり？

禹氏 しっ……。（畳部屋を警戒する）

夏珠 （声を落として）夏妍は金持ちのところにお嫁にやればいいし、弟の夏植はまだ生きているのかどうかさえ分からないんだから問題外だし、可哀想なのは私たちよ。そうでしょう？

宋達之 （同じく声を落として）食っていけないようだったら僕も稼ぐよ。

夏珠 （大きい声で）あなたは黙ってて。（またひそひそと）きっと、十億ファンにはなるわよね？

禹氏 そりゃ私もよく分からないけど、大した値打ちのない土地でも、田畑全部合わせて、あちこちに散らばってる土地を売れば、十億にはなるだろうね。

夏珠 あら、まあ。それじゃ、半分に分けても五億ファン。でもまあ、暮らすにはそれくらいないと。じゃ、私たちの取り分は……。

禹氏 しっ！

李重建老人が、畳部屋から出てくる。

夏珠　伯父様！　ようやく目が覚めましたの？

李重建　うん？　う、うん。今日は何かいい知らせはないのか？

夏珠　さっき林さんが、今日あたりお父様が出られそうだって言ってましたよ。

李重建　ん、今日誰が出てくるって？　誰が？

夏珠　出られそうですってよ。お父様さえお帰りになれば、万事解決できるはずです。

李重建　こらっ！　おまえの父親が出てくるだと？　詐欺、横領、脱税で牢屋に入れられた人間が、そんなに簡単に出られる国の法があるもんか。もし出してくれると言っても、どの面下げてのこのことここに戻ってくるんだ？　出世すると言って先祖代々の田畑や土地を売り払った挙句、それでも足りずに、老いぼれた兄の一軒家までぶん取っちまうような奴がこの世のどこにいる。

禹氏　そりゃあの人も、こんなことになるとは夢にも思わなかったでしょう。ただ李家一族の栄誉のためを思って、したことじゃありませんか。そんなにご立腹にならなくても。

李重建　李家一族の栄誉？　はっはっ……。大臣様と一緒に釣りをするのが栄誉か？　わしはそんな栄誉なんぞにゃ無縁だが、六十になるまで、風邪一つひかず、満足に暮らしてきた。それをあの弟の奴め、大物実業家である李重生閣下の兄が、こんなちっぽけな藁葺きの家に住んでいては自分の顔が立たないだと！　瓦葺の家を建ててやるから地価証券を全部売り払おうだと！　わしが瓦葺の家に住みたくて先祖代々の田畑を売り払ったと思うか！　幼い頃に両親に死なれて、残されたのはわしとあいつの二人だけ。金のやりくりをするとか言って、日本の奴等と芸者どもを仰山引き連れては、ある時は野遊びに行く、またある時は釣りに行くと言って、鶏をつぶせ、牛一頭はふれと我が物顔に命令されても、嫌な顔一つせず喜んでもてなしてやったのに。あの恩知らずめ、自分の金じゃなく、わしの金で建てた一軒家をこっそり自分の名義にしおって。達之、おまえはどう思う？　これぞ生き馬の目を抜く大悪党と言わずに何と言う。達之、あいつが金を横領する癖は日帝時代からなんだ。

宋達之　それは……、そういうことになりますね、結局。

李重建　そうだとも。この家で人間らしい人間はおまえ一人だけだ。

夏珠　伯父様、もう部屋に上がってご飯を召し上がって下さい。お父様が出てこられたら、きっと解決してくれますわ。

李重建　ふん、この女狐め！　解決してくれるだって？　はっ、おまえらは皆同じ穴の狢だ。同じ穴の狢。だろう、達之？

宋達之　え、あ、はい……。

電話の音。夏珠、走っていって受話器を取る。

夏珠　もしもし、はい、はい？　林さんですか。まあ、それは、それは！　分かりました。はい。（受話器を置き、禹氏に耳打ちする）お父様が出られたって。

禹氏　出られたの？

夏珠　伯父様を早く奥へ行かせて。それでなくてもお父様はお疲れなんですから、からんだりしたら大変よ。

禹氏　（重建に）さあ、もうお入りになって、ご飯を召し上がって下さい。どうぞ、迎え酒も熱燗にして用意しておきましたから。

李重建　（独り言）猫なで声を出すところを見ると、また金でもふんだくられそうだ、ふん！

夏珠　（達之に大きい声で叫ぶ）あなた、あなたが奥にお連れして！

宋達之　うん？　うん……。

李重建　はっはっ！　奥に行こう。一日の禍は明け方の酒、一生の不幸は勝気の女房にあり、という諺がある。おまえの罪じゃない。そうとも、そうともさ。酒を飲むことは欠点じゃないからな。さあ、行こう。

夏珠　（達之に耳打ちする）完全に酔っ払うまでお酒を勧めてちょうだい。分かった？　ここにいたらお父様にからむに違いないから。

宋達之　お義父さん、出てきたのか？　いや、それは奇跡だ。

李重建　誰が出てきたって？

禹氏　い、いいえ。どうぞ、奥へ。

二人、退場。

夏珠　（達之に）それから親爺さんにお風呂を沸かしておくよう、言ってちょうだい。

宋達之　（舞台の裏で）はいよ……。

禹氏　どうしてこんなに早く出られたのかしら？　きっと林さんが手を尽くしてくれたんだろうね。

夏珠　手を尽くすも何も、誰がそう簡単にお父様に手出しできるものですか。

禹氏　急いで座布団を出して、ビールも何本か冷やしておいて。

夏珠　お母さんは早く新しい服を持ってきてちょうだい。ここは私がやりますから。冬なんだから、ビールは冷やさなくても大丈夫よ。

禹氏　それもそうだね。それじゃ、座布団だけ出せばいいね？　はいはい、そうしましょう……。

禹氏、上手に退場。夏珠、一人で部屋の中を拭き、椅子などを整頓する。慌しいところへ夏妍が下手に現れる。

夏妍　お姉さん、また何か宴会でもあるの？

夏珠　朝っぱらからどこをほっつき歩いて来たの？

夏妍　私の用事なんだから、関係ないでしょ。

夏珠　あんたは家のことなんか、どうでもいいの？

夏妍　じゃ、私にどうしろって言うの？　別に悲しくもないのに悲しそうに溜息ついたりしなきゃいけないってわけ？　誰かさんみたいに。ちゃんちゃら可笑しいわ。お父様は牢屋に入れられるようなことをしたから入れられたんじゃないの。

夏珠　じゃ、あなたはお父様が出てきても嬉しくないのね？

夏妍　お父様、出られるの？

夏珠　じゃ、出られない方がいいの？　早く奥に入ってお母さんの手伝いでもしなさい。口ばかり達者で役に立たないんだから。

夏妍　お姉さんはいつから孝行娘になったの？　可笑しくてたまらないわ。

夏珠　あんた、仁川から帰ってきてからどうかしてるわ、捻くれちゃって。暇さえあれば私に食って掛かって。私がこの家の財産を食いつぶすとでも思ってるの？　心配しなくても、時が来れば、私もこの家のお世話なんかになりませんよ。

夏妍　そんなこと言ってないわ。私も明日から稼ぐんですから。就職したの。

夏珠　就職？　まさかあなた、家の恥を曝すつもりじゃないでしょう？　親の顔に泥でも塗るつもり？

夏妍　お姉さんったら。うちがそんなに立派な家柄だと思ってるの？　お父様のお金がそんなに大事なの……？　世間じゃ何て言ってるか知ってる？　前科者の娘を使ってくれるだけでも有り難いことよ……。

夏珠　お黙り！　どうせ贅沢に飽きたお金持ちのお嬢さんの気まぐれでしょう？

夏妍　もうよして。毎日、逮捕されないかどうかびくびくして、家宅捜索されて……。そんなにお金が大切なの？　自分の生活が大切なの？　世の中が変わってるのが分からないの？

夏珠　そんなによく分かってるなら、なぜお父様に言えないの？

夏妍　言えますとも！（間。ヨンソクの親爺、下手に急いで登場。一瞬緊張が解ける）

ヨンソクの親爺　お嬢様……。旦那様のお帰りです。本当にまあ、すっかりやつれられて。気の毒に。早くお出迎え下さい。

夏珠は下手に迎えに行き、親爺さんは下手の奥の間に退場。夏妍、ぼんやりと立ち、縁側に腰掛ける。やがて李重生・林杓運・崔栄厚弁護士など、賑やかに上手から登場。禹氏は上手から出てくる。李重生には疲れているような気配はない。

夏妍　（立ち上がって）お父様……！

禹氏　あなた！

李重生　おう、元気だったか？　家に変わりはないか？

禹氏　（涙ぐんで）あなたは……？

李重生　（部屋を見回し）ええと、崔先生。こっちにお上がり下さい。今度のことがうまくいった暁には、そのお礼はちゃんと……。どうせ崔先生と私は同じ船に乗ったも同然ですからな。

崔栄厚　そりゃ、ごもっとも。旦那様にいつツキが回ってくるか、それは誰にも分かりませんからな。では、ちょっと失礼。（後について部屋に上がる）

李重生　時間がない。ビールを何本か出しなさい。

ヨンソクの親爺　はい、ビールでございますね……。（親爺さん上手に退場）

李重生、あちこちからたくさんの書類などを持ち出し、畳部屋に入って鳩首《きゅうしゅ》協議。

李重生　ええと、こっちの書類はすべて敷地と家屋の登記書で、これは工場、こっちはまだ設立もしてない建国製紙と韓国製材の株だから、早いとこ処分して……。これは半島林業だから必要ない……。あ、これ、これ。敷地と家屋の名義、この二つをできるだけ早く身近な親族に変更しないと。

崔栄厚　もちろんですとも。あいつらに旦那さまの財産に指一本触れさせる隙を与えてはなりません。ちょっと待って下さい。きちんと支払わなくてはならない公金の総額が六億二千万ファンと、これについての税金と滞納利子が……。

玉順とヨンソクの親爺、ビールとおつまみを持って部屋に入り、再び退場。夏妍は林杓運と縁側に並んで腰かけている。

夏妍　面倒なことで、林さんばかり煩わせてしまいましたわね。しかも他人のことで。

林杓運　とんでもありません。社長のことですから、当然僕の仕事です。

夏妍　力になってくれるような人もいないのに、お骨折りいただいて。でも、どうしてお父様はこんなに早く出てこられたんですか？

林杓運　出してもらったんじゃありません。

夏妍　え、それじゃ？

林杓運　お嬢さん、びっくりしないで下さい。

夏妍　……。

林杓運　社長は……。社長だけでなくご家族の皆さんの問題でもありますが、実は大変な苦境に陥っています。

夏妍　え？

林杓運　お父様の名義になってる財産はおそらく……。

李重生　（部屋から出てきて）ええと、じゃ、崔先生、ちょっと失礼します。皆ここに上がりなさい。おい、おまえもここに座って。夏珠も……。林君。

林杓運　はい。

李重生　夏妍もそこにいるのかい？

林杓運　（夏妍に）お父様が何かお話になるようですよ。

一同、オンドル部屋に入り、半円状に座る。李重生、座中を見回して、沈痛な口調で切り出す。

李重生　いろいろと噂を聞いて、薄々分かっているとは思うが、今度の件は李家一族の興亡に関わる重大な問題だ。だから、心して聞いてもらいたい。それに俺はまだ自由の身でもない。今回はそれこそ一年かかるか、十年かかるか誰にも分からん。

禹氏　えっ？

夏珠　自由の身じゃないって？

李重生　俺が家に帰らないと、何も片付けることができないと言い訳して特別短期保釈で出してもらったから、のんびりしてられないんだ。俺一人苦労するのは大したことないが、ひょっとすると俺の財産まで……。分かったかい？

お祖父様の代から受け継いできたこの財産が一晩で水の

泡になる羽目に陥ってるんだ。一晩のうちに我が家は落ちぶれて乞食になるかもしれないんだ。
禹氏　まさかそんなわけが。
李重生　黙って聞きなさい。ええと、O・E・Cの融資を受けるために利用した半島林業や製材会社は元々俺の物ではなく、それはほとんどが国のものだから、返すとしたらどうしようもないが、ご先祖様から受け継いだ財産だけは死んでも守らなきゃならん。ご先祖様があらゆる苦労をして築き上げた財産だからな。
夏珠　（林に）そうですよ。なんで何の理由もなく自分の全財産を取られなきゃならないの？
夏妍　お姉さんったら。それじゃ、何の理由もなくお父様が一月《ひとつき》も牢屋に入れられてたと思うの？　どうして私が仁川から追い出されたと思ってるの？
夏珠　じゃ、お父様が捕まったのは、当然だとでも言うの？
夏妍　それじゃ、半島林業や韓国製材はどうして返すの？言ってみりゃ、お兄さんの命と引き換えに手に入れたようなものじゃありませんか。それなら、とことんまで戦ったらどうですか？
李重生　夏妍、おまえは私を非難してるのか。不満があったら言ってみなさい。
夏妍　世間ではお父様のことを何て言ってるか知ってますか？
李重生　何と言ってるんだ……？　なぜ言わないんだ？

崔栄厚、隣の部屋からそっと覗いてみる。

夏妍　お父様、ひどすぎるわ。
李重生　黙れ！　恩知らずめ。娘のおまえに一々報告していなかったからといって、父親に楯突くとは。これが二十年も育ててやった恩返しか？　この親不孝者。
禹氏　おまえ、よくも悪くも自分の父親ですよ。親の恩を知らぬ者は、畜生にも劣るって言うじゃないの。親の恩を忘れて、楯突く気かい？
夏珠　お父様によくもそんなことが言えたものね。あなたには親も兄弟もないの？
夏妍　お姉さん、そんな酷い。
夏珠　それじゃ、あんたが正しいって言うの？
林杓運　（夏妍に）お嬢さん、もう止して下さい。お嬢さん……。
夏妍　お母さん！　見返りを期待して育ててくださったんなら、好きなようにして下さい。お兄さんのように戦争に送りだすことができなかったら、パンパンにでもしてランドルフとかいう奴にでも売りつけたらいいわ……。

李重生　なんだと、この馬鹿者！　さっさと出て行け！

（殴りつけそうな勢いで震える）

夏珠　お父様、落ち着いて下さい。夏妍、早くお詫びしなさい。早く。

夏妍　お姉さんは、私がお父様と仲直りしても構わないの？　本心はそうじゃないはずよ。

林杓運　（夏妍に）お嬢さん、ここにいてはいけません。恥ずかしくないんですか？

李重生　この野郎、まだそこに居座るつもりか。出て行け！

李重建、上手に登場。

李重建　出て行けだと？　わしゃ帰る家もない。夏珠、若い者が酒一本でべろんべろんに酔っちまうなんて……。えっ、たった一本だぞ。ふん、おまえの亭主もだらしない男だ。

禹氏　あ、伯父様が。

李重生　（禹氏に）あ、兄さんはいつからここに？

禹氏　それが、あなたのせいでお家を奪われたと、これからはここに住むとおっしゃって。

李重建　ああ……、重生か。この野郎！　これ以上わしから取り上げる物がなくなって、近頃じゃ逆にわしを避けていたようだが。ここで会ったが百年目だ。（よろめきながら部屋の中に入る）

李重生　（慌てふためいて）あ、お兄さん、いついらっしゃったんです？　こちらにお上がり下さい。おまえたちは、あっちに行ってなさい。

李重建　いついらっしゃったかだと？　ふん、それを聞いてどうする？

李重生　お兄さんの家のことですが、ちゃんと解決しますからご心配なく。はっはっ……。そんなつまらないことで、兄さんも人が悪い……。

李重建　おまえが解決するまで待てというのか？

李重生　待つまでもありませんよ。崔先生、ちょっと。

崔栄厚　はい。（隣の部屋から入ってくる）

李重生　崔先生、まず兄の問題から片付けましょう。瑞麟《ソリン》洞《ドン》(12)の家を兄の名義に換えることにしよう。

禹氏　こんなに簡単に済むことを、お兄さまはこれまであなたのことばかり恨んでいらっしゃったんですよ。

李重建　その家は何坪だ？

李重生　敷地百五十坪に建坪六十坪。これくらいなら文句はないでしょう。

李重建　さすがのおまえも天罰は怖いとみえるな。
李重生　そりゃそうですとも。私たち家族が何不自由ない暮らしができたのも、すべて兄さんのお蔭じゃありませんか。
李重建　それから牛の代金はどうする気だ？　おまえが役所のお偉方たちに食わせた牛が、合計十二頭にもなるぞ。
李重生　十二頭。
李重建　鶏百九十羽、米十五俵。
李重生　ちょっと待って下さい。書きましょう。（手帳に書きながら）牛が十二頭、牝牛ですか、それとも牡牛ですか？
李重建　おまえは牝牛のカルビしか口にしないだろう。
李重生　牝牛十二頭に鶏が百五十羽と……。
李重建　百九十羽……。
李重生　そうか。百九十羽に米が……。
李重建　十五俵に現金が三千五百ファン。
李重生　すると、全部合わせていくらですかな、崔先生？
崔栄厚　詳しいことは分かりませんが、現金と住宅を除いても、査定価格で三百万ファンにはなると思います。
夏珠　なんですって！　三百万！
李重建　なぜ査定価格にするんだ？　相場にするべきじゃないか。
崔栄厚　待って下さい。勘定の方法よりもっと深刻な問題があるじゃないですか。もっと根本的な問題が。
李重生　うむ……。
崔栄厚　このままだと、瑞麟洞の家ばかりか、旦那さまの全財産を処理する上で大きな難関にぶちあたります。
李重生　どういう難関だね？
崔栄厚　最後の手段であると同時に大きな冒険でもあります。二人っきりでお話できないでしょうか。
李重生　分かった。おい、（禹氏に）子どもたちを連れて奥に入っててくれ。林君も。お兄さんはもう安心して、どうぞお休み下さい。
李重建　だめだ。きちんと解決してもらうまでは……。

禹氏と夏珠は中に入る。崔弁護士、重生に耳打ち。重建はうとうとする。

夏妍　林さん、裏庭を歩きましょう。裏庭もこれで最後になるかも知れないし。（林杓運、後について裏庭に通ずる垣根沿いに行く）
夏妍　鳥が飛び立ちゃ梨の実落ちる、首が飛べば食いっぱぐれって言うけど、ほほ……。この騒ぎで林さんの首が飛ぶかもしれませんわね？

林杓運　僕なんか、何度首が飛んでも構いませんよ。今度のことがうまく解決さえすれば。
夏妍　うまく解決できるわけないでしょう。林さんはそんなに簡単に片付くと思ってらっしゃるの？　あの……、林さんの就職、私が頼んでみましょうか？
林杓運　今度はお嬢さんの秘書にしてくれますか。はっはっ……。
夏妍　まあ、冗談じゃありませんよ。私が就職した工場でも事務員が足りなくて困ってるんです。
林杓運　え、お嬢さんが就職を？
夏妍　ええ、それでさっきお姉さんとも喧嘩したんですのよ。林さんもやっぱり反対ですか？
林杓運　い、いや。で、どこに……？
夏妍　韓国製材の会計課。
林杓運　お父様が経営してる……、製材会社のことですか？
夏妍　（頷いて）ええ、父が経営してた。（してたを特に強調）
林杓運　ええっ……？　（二人退場）
崔栄厚　結局、あちらさんが問題にしてるのは、詐欺、背任横領、公文書偽造及び脱税犯である、偉大なる事業家李重生というわけです。ですから偉大なる李重生さえいなくなれば、問題は実に簡単！　脱税した金や延滞した利子や横領した公金を取り戻そうとしても、取り戻せなくなるわけですからね。
李重生　俺がいなくなる？
崔栄厚　そうです。この世の中から、地上から消え去るというわけです。
李重生　なんだと！　おい、俺を殺す気か？
崔栄厚　しっ！　はっはっ！　そういう意味じゃありません。人間死んだらおしまい、当然死ぬわけにはいきませんよ。（耳打ちをする）はっはっ、法律的に自殺というのはそんなに難しいことではない。はっはっ、相続法に関しては私の右に出る者は誰もいません。
李重生　はっはっ、そりゃ、崔先生は相続法の権威者ですからな。
崔栄厚　私は旦那さまのお書きになった遺言状……。遺言状はすでに作成してあることにしなくてはなりません。そうしておいて、後はただ遺言状の内容通り、極めて法律的に正確かつ迅速に片付けるというわけです。ですから旦那さまは、ご自分の全財産を一番信頼できる、頼もしい、また今後、李重生の事業に関わることのない、したがって事業の経験もしくは野望もなく、法律の常識もない、忠実な財産管理人を一人お決め下さい。旦那さまはその背後から、すべてを動かせばいいというわけです。厄介な李重生さえいなくなれば……。
李重生　もし、そいつが死んだらどうなるんだ？　俺の財産はまたしても宙に浮いて……。それはいかん。
崔栄厚　夏植君でもいいし、お兄様でも構いません。
李重建　（びっくりして目を覚まし）な、なに、今度はわしの名前をどうするって？
李重生　しっ！
李重建　しっ？（見回す）
崔栄厚　そして残る問題は、生きている旦那さまの死亡診断書を誰が書くかということですが……。
李重生　それは婿に任せればいい……。
李重建　誰が死んだ？
李重生　黙っていて下さい、兄さんは……。（膝を打ちながら立ち上がって）そうか、よし、よし！　崔先生、適役が見つかりましたぞ！　はっはっはっ！　馬鹿と鋏は使いよう……か。
李重建　馬鹿？
李重生　兄さん、外に漏れたら大変なことになりますぞ。
崔栄厚　大変どころか、李家一族の危機です。秘密、秘密、絶対秘密ですよ。
李重生　お兄さんの三百万ファンも私の全財産も、ぱあになってしまうんですよ。崔先生、さあ、中に入りましょう。
二人、上手に去ろうとして、李重生だけ戻って李重建に耳打ち。
李重生　秘密です。分かりましたね？（去る）
李重建　秘密……。秘密？（目を丸くして怖くなってあたりを見回す）

第二場

翌日の夕方。
宋達之、植木の葉を一枚ずつむしりながら。

宋達之　あげる、あげない、あげる、あげない、あげる、あげない、あげる……。いや、もう一度。あげない、あげる、あげない、あげる、あげない、はっ、そりゃそうだ。自分の名前をそう簡単に貸すわけにはいかないさ。もう一度……。あげる、あげない、あげる、あげない、あげる、こりゃ困った。（夏妍、下手に登場）

夏妍　お義兄様、何一人で遊んでらっしゃるの？
宋達之　これが遊びに見えるかい？　僕にとっちゃ重大なことなんだ。あ、そう、そう、初出社はどうだった？
夏妍　お腹が空いたわ。
宋達之　恋でもしてるのかい？
夏妍　恋をするとお腹が空くの？
宋達之　もちろん。
夏妍　ほほ……。お義兄様ったら。ねえ、運動場にお散歩に行ってみましょうよ。なんだか大きな市民大会を開くんですってよ。
宋達之　どんな市民大会だい？
夏妍　悪質な資本家を打倒するデモ、お父様みたいな人の粛清を訴える集まりに、うちの会社も参加するんですって。帰りに私が中華料理をご馳走するわ、就職の記念に。
宋達之　家に心配事があるのに、そんなところに行くのはどんなもんかな。
夏妍　心配事って何の心配事？　お姉さんに叱られるのが怖いんでしょう？　分かってますよ、それくらい。
宋達之　怖くなんかないさ。家に問題があるからだよ。
夏妍　お義兄様がいたって、何の役にも立たないでしょう？　お義兄様も私もこの家ではどうせ邪魔者扱いですもの。
宋達之　いや、僕が結論を出さなきゃならないことがあるんだ。夏妍は聞いてないのかい？　お義父さんが僕に頼んだこと。
夏妍　いいえ、お義兄さんがお父様の役に立つことなんてあるかしら？
宋達之　馬鹿と鋏は使いようだからね……。（周囲を見回し）誰にも言っちゃいけないよ。実はね、お義父さんが僕に名前を借せって。
夏妍　お義兄様の名前を借りるって、どういうこと？　名前ならお父様にだってあるじゃない。
宋達之　しっ、つまり、李重生はこの世から姿を消し、お義父さんが宋達之になるっていうことさ。
夏妍　じゃ、お義兄様は？
宋達之　僕はこのままさ。
夏妍　ほほ……。まるでお芝居ね。それじゃ、お義兄様が私の父親、お姉さんは私の母親になるってこと？　あら、まあ、ということは、お義兄様はお母様の夫にもなるわけね……。ほほ……。
宋達之　はっはっ……。（夏珠、奥の間から出てくる）
夏珠　何が可笑しいの？
夏妍　（笑いながら）あら、お母様のおでましよ、お義兄様。
夏珠　……？

夏珠　早く入って夕食になさい。
夏妍　はい、お母様！　じゃ、お義兄様は行かないわね。
夏珠　どこ行くの？
夏妍　ちょっとお散歩。お義兄様は家に大切な用があるから行けないんですって。ラララ……。（鼻歌を歌いながら奥の間に）
夏珠　あの子ときたら、まるで糸の切れた凧だわ。一日中ほっつき歩いて、少しも家に腰を落ち着けようとしないんだから。
宋達之　家じゃ気が休まらないからだろう。
夏珠　誰もあの子に家事を手伝えなんて言ってませんよ。家でごろごろするのがいやだなんて、まったくいいご身分だわ。
宋達之　そりゃ何もやることなしにいるのはつらいよ。
夏珠　それなら、あなたもこれからはお父様の代理人になってちょうだい。何もやることなしにいるのは退屈でしょうから、お金にもならない病院は片付けて、お父様の代わりに出入りしながらお偉いさんともお付き合いして、いいじゃない。悩むことなんか何もないじゃありませんか。
宋達之　でも、名前を取られたら、何かしら不便なことになるのは確かだよ。
夏珠　取られるわけじゃないでしょ。お父様が亡くなれば、名前はそのまま残るんだから。そしたら、また取り戻せばいいじゃないの。
宋達之　お義父さんが亡くなれば、この宋達之もこの世から跡形もなく消えてしまうことになる。そればかりか、お義父さんがまたもや無理をして牢屋にでも入れられたら、人知れず苦労するのはこの宋達之なんだぞ。そうじゃないか。仕方なくお義父さんの代わりに牢屋に入らなくちゃならないのは、この僕なんだから。
夏珠　牢屋に入れられるなんて、縁起でもない。早く決心なさい。お父様はもう遺言状も書いて、サインさえすれば万事オーケーですってよ。
宋達之　じゃ、僕の友だちはどうなる？　ぽかんと穴が開いちゃうじゃないか。
夏珠　あんな碁の仲間となんか付き合わなくてもいいじゃない。あなたはお父様のために、それぐらいのこともできないの？
宋達之　そりゃ気の毒だけど……。お義父さんが宋達之として振舞っている間は僕は何もできないし、第一、「宋達之内科医院」という看板も下ろさなくちゃならないし、もう少し慎重に考えないと。
夏珠　まったく融通の利かない人ね……。一日、二日考えたんだから、いい加減、結論をお出しなさい。これ以上、何を考えるって言うんですか？　そう難しく考えることはないのよ。あなたは何年か大人しく家でじっとしていればいいのよ。その間、お父様があなたの名前を借りて、宋達之として振舞うでしょう。とは言ってもお父様も若くはないわ。何年かすれば、お父様の名誉と事業はどうなると思う？　それも宋達之の名前で積み上げたあらゆる業績が、すべてあなたの物になるんじゃないの。濡れ手に粟とはこのことじゃありませんか。おやおや、待ちあぐねて出ていらっしゃったわ。（李重生と崔弁護士、奥の間から出てくる）

李重生　決心は付いたか？

夏珠　ええ、もうすぐ決めますって。

崔栄厚　そりゃ宋先生が悩むのも当然です。いわば生きるか死ぬかの問題であり、人生の問題とも言えますからな。

李重生　（部屋に上がりながら）何をそんなに深刻に考えてるんだ？　ええと、崔先生、もう一度遺言状を読んでくれますかな？　何か抜けていないかどうか。

崔栄厚　（朗読調で）「閻魔大王よ、どうかご照覧あれ。小生は死を以って生涯のあらゆる過ちを償わん。悔い改めるは、古《いにしえ》の聖賢も許したまうところなり。閻魔大王よ、願わくはこの李重生を憐れみ、許したまえ。さて……、小生の動産、不動産、家屋、有価証券などを問わず、小生所有の全財産を○○○に譲り渡すものとし……」旦那さま、この名前の三文字が問題ですね……。「小生所有の全財産を○○○に譲り渡すものとし、某は当然次の事項を処理すべし。第一に、現金三百ファンと瑞麟洞○○番地所在の家屋百五十坪を兄、李重建氏に譲渡すること。第二に、小生の信任し敬愛する顧問弁護士……。」第二項目に一言入れました。お兄様が是非とも入れるべきだと……。

李重生　そうか、そうか。

崔栄厚　「小生の信任し敬愛する」……。へへ、「敬愛」は省きましょうか？

李重生　続けたまえ。

崔栄厚　「顧問弁護士、崔栄厚に対する適当な謝礼金を忘れないこと。第三に、顧問弁護士、崔栄厚はすべての手続において、いささかも法律的な手抜かりのないよう万全を期すこと。某年、某月、某日、李重生」こんなもんでいかがでしょう？

李重生　あの頑固者の兄が書いたにしては上出来だ。それじゃ、あとは俺が書き入れよう。（机の前に行く）

崔栄厚　日付は昔の……、つまり今度の事件が起きるかなり前にしておいて下さい。そうでないと法律上の効力が発生しません。

夏珠　あなたも聞いたでしょう。（耳打ち）お父様があと何年生きられると思う？　どうしてそれがわからないの？

お母さんの話を聞いたでしょ？　あれこれ合わせれば、少なくとも十億万ファンにはなるんですってよ。それに家が何軒、現金がいくらあるか分かってるんですか？　製材会社、山林会社を返したところで、私たちは一生何の心配もなく暮らせるのよ。お父様が生きている間に、それを全部使い果たすとでも思う？　福が転がり込んでくるのに、それを足で蹴飛ばす馬鹿がどこにいますか？　名前を貸すのに何の元手がかかるわけでもなし。早く決心なさい。誰もあなたに生きるか死ぬか決めろなんて言っちゃいませんよ。お父様が亡くなる時に、ご自分の全財産をあなたにくれるってこと、それだけ考えればいいんです。ね、いいわね？　じゃ、そう決めますね。決めますよ、ね？

宋達之　トゥービー、オア、ナット、トゥービー、ザッツ・ザ・クエスチョン……。(to be or not to be that's the question)

夏珠　それは何？

宋達之　ハムレットさ。有名な独白。

夏珠　(部屋に行きながら) お父様。

李重生　どうした？　決心は付いたか？

夏珠　他でもないお父様の頼みですもの。

李重生　そうか、そうか。

崔栄厚　それじゃ、宋達之と名前も書き込んでおきましょう。今何時ですか？　五時三十分、時間も書いておいて下さい。遺言状はそう書くものです。

李重生　(書きながら) 遺言状の作成の日付は今から三年前……。このくらいで充分だろう……。自殺執行は本日五時二十分。

宋達之　生きるべきか死ぬべきか、それが問題なのだ。

李重生　じゃ、第二段階に移って、自殺はどんな方法にしましょうか？

崔栄厚　(頚動脈を切る真似をしながら) もちろん剃刀が一番です。(夏珠に) 奥様もお呼び下さい。

夏珠、奥の方に入る。劇の進行に従って禹氏と夏珠、登場。

崔栄厚　剃刀が一番手っ取り早い。さあ、ここに横になって下さい。剃刀は右手に握って。さあ、今この瞬間から旦那さまはお亡くなりになりました。遺言状はこのまま机の上に置いてあります。この部屋は血の海……。赤いインクないかな。なければきれいに拭きとってしまったことにしましょう。血の匂いが鼻を突く部屋は一面血の海です。さあ、皆さん、驚いて飛んできて下さい。奥様のご主人であり、お嬢様のお父様であり、宋先生の舅、いや、かつて韓国の生んだ企業家であり、偉大なる事業家、李重生氏の最期です。

禹氏と夏珠は部屋の中に、宋達之は縁側の前で中腰になってぐずぐずしている。

崔栄厚　じゃ、次はお葬式の日取りを決めて訃報を印刷しましょう。四、五日葬じゃ貧乏臭いから、七日葬が常識でしょう。法律的には二十四時間経てば埋葬してもいいのですが、この家のレベルじゃそうもいかないでしょう。じゃ、七日葬に決めます。出棺は午前五時、早朝にすれば弔問客も少ないでしょうから……。

李重生　（いきなり起き上がって）崔先生、どうやって一週間も死んだ振りをしてろと言うんですか？　狭苦しいお棺の中で……。三日葬にしましょう。

崔栄厚　それじゃ、中を取って五日葬、旦那さまは動かないでじっと横になってて下さい。じゃ決めますよ。喪主の方、異議はありませんね？　告別式の場所はご自宅。（紙に一々書き込みながら）お墓は明星《ミョンソン》コル。(13)お墓を明星コルにしたのにも理由があります。はっはっ……。明星コル。誰が明け方、交通の便もない七里も離れた場所について行きますか？　はっはっ……。喪主の方も異議なしですね？　じゃ、決めますよ。宋先生、これを早く印刷所に回してきて下さい。大至急千枚ほど刷ってほしいと。

李重生　（再び起き上がって）千枚じゃ足りない。お役所だけにしても。

崔栄厚　はっ……。亡くなった方は黙っていて下さい。紛らわしいですから。じゃ、二千枚にしましょう。喪主の方も異議なしですね？　それから、宋先生は喪主ですし、もう一つやることがあります。ここに来て診断書を一枚書いて下さい。死因は頸動脈切断、出血多量です。それから、親爺さん、親爺さん！

親爺、中から出てくる。夏妍も後からついて出てくる。

崔栄厚　親爺さんはこれを持って印刷所に行って、一番いい紙で二千枚刷ってきてくれ。お金はたくさん出すから今日中にやってくれと頼むんだ。それから、帰り道にお棺を一つ買ってきてくれ。松でもいいし、桐でもいい。

ヨンソクの親爺　お棺ですか？

李重生　高いのは要らん。松でもいいから、一番安いのでいいぞ……。

崔栄厚　知らなくていい。さあ、これを持って行け。（財

布から紙幣を何枚か取り出して渡す。親爺さん、首を傾げながら)

ヨンソクの親爺　奥様、これ……。本当に買ってきていいんでしょうかね?

禹氏　つべこべ言わずに、崔先生のおっしゃる通りにしなさい。

ヨンソクの親爺　はい。(親爺さん、去る。夏妍、声を上げて笑う)

崔栄厚　お嬢さん、笑ってる場合じゃありませんよ。

夏妍　ほほ……。(宋を除いた一同睨む)

崔栄厚　宋先生、死亡診断書は書けましたか?

宋達之　どうやって書けっていうんです。ぴんぴんしている人の死亡診断書を。

崔栄厚　書けないというんですか?

宋達之　ぴんぴんしてるじゃありませんか……。

李重生　(起き上がって) 何だと。書けないだと?

宋達之　だって、法律違反ですよ。詐欺にもなりますし……。

李重生　じゃおまえは、俺が本当に死なきゃ診断書が書けないというのか?　俺が死ねば、法律違反じゃないんだな?

宋達之　……。

夏珠　今更何を言ってるんです、あなた。

禹氏　いくら家で肩身の狭い思いをしてるといっても、舅に向かって死ねとはまさか本気じゃないだろうね?

李重生　うむ、けしからん奴だ。

夏珠　あなた!　答えなさい。

李重生　書けないのか、え?

崔栄厚　宋先生、ここは一つ目をつぶって……。

夏珠　何をぼんやりしてるの、あなた!

崔栄厚　宋先生。

宋達之　それだけは……出来ません。

夏珠　なんですって……?

遠くから行進曲が聞こえる。

夏妍　ほら、通り過ぎるわ。お義兄様、市民大会に行きましょうよ。私、さっきから待ってたのよ。

宋達之　うん、そうしよう!

夏妍、下手に出て行く。達之も夢から目が覚めたかのように後を追う。一同ぼんやりと眺めている。静かに国歌が聞こえる。

崔栄厚　……。旦那さま、どうしましょうか?
夏珠　馬鹿な人。
李重生　どうするもこうするもない!　この李重生が一度決めたことをそう簡単に翻すとでも思うか?　腰抜け婿が死亡診断書に判を押さないくらいで、驚く俺じゃない。一度決めたことは一歩も譲らないのがこの李重生の生き方だ。誰が俺の決心を挫けるものか。決行するぞ。そう、決行するとも。夏珠、早く病院に行って「宋達之内科医院」の印鑑とおまえの夫の印鑑を持ってきなさい。
夏珠　はい。

夏珠、下手に出て行く。行進曲、次第に大きく聞こえる。一同、思わず耳を傾ける。

第三幕

前幕から三、四日後の夕方。同じ場所。畳部屋には逆さまに立てた屏風の端が見える。

線香の煙、木魚の音と共に、盲人達の読経の声が、高く低く聞こえてくる。お経は普段レコードで聞くような、あの軽快でユーモラスなおめでたい調子のお経である。

外の客間と裏庭の東屋から時折聞こえてくる笑い声は、到底喪家らしくない。

幕が開くと喪服を着た喪主の宋達之が一人でオンドル部屋でうとうとしている。隣の朴氏が禹氏と一緒に出てくる。朴氏は何か一杯入っている器を持っている。

朴氏　それじゃ私は、うちの人に夕食を食べさせてから、また来ます。うちじゃ何かお祝い事でもあったのかと思いますよ、きっと。ほほ……。(畳部屋を覗きながら)気の毒なのは亡くなった人ばかりですわね。もう少し生きてさえいれば、お坊ちゃまにも会えたでしょうに。それでも天の情けというのか、父親の死に目に会えるよう、お葬式の前に帰って来られるなんて。これこそ神様の思し召しですよ。あんな風に居眠りするなんて、お婿さんはよっぽど疲れているんですね。

禹氏　じゃ、行っていってらっしゃい。おまえさんなしじゃ、私はとても生きて行かれませんよ。この恩はいつかきっと返すからね。

朴氏　姉さんったら。そんなこと言うと、もう二度と来ませんからね。（下手に退場。禹氏、部屋に上がって宋を起こす）

宋達之　あ？　あ……。お経を聞いていたら、つい眠くなっちゃって。

禹氏　夕べもぐっすり眠ったくせにまだ眠いのかい？　しっかりしておくれよ。今日はお役所から調査に来ると言ってるんだから。

宋達之　ああ、眠い。夏植君はまだですか？

禹氏　夏植は夏妍が迎えに行ったから、もうそろそろ帰ってくるはずだけど、それよりお役所からのお客が心配だよ。問題がなければいいけど。しっかり気を引き締めて、お客さんが来たらすぐ知らせておくれ。お酒とお肴は用意してあるから。（上手に退場。宋は自分の身なりを確かめてから欠伸。李重建が、弔問客　金、卞、洪と一緒に裏庭から出てくる。皆酔っ払っている）

李重建　さあ、こっちに上がって、軽いつまみでもう一杯やろうじゃありませんか。

金　いやあ、もう充分いただきました。

卞　このくらいで、私らも失礼しないと。

李重建　いやいや……。葬式に来て、さっさと席を立つ者がどこにいますか？　おい、誰かいないか。

洪　あの胸に響く上品なお経は、都染《トリョム》コル(14)から来た坊さんですな？

金　もともと暮らし向きのいいお宅だ。何から何まで行き届いていますな。おそらくあの盲の坊さんは都染コルから来てるんでしょう。

李重建　大した読経ですな……。おい、親爺。（親爺、お膳を持って出てくる）

ヨンソクの親爺　お呼びでしょうか。

李重建　それは、どこへ持っていくんだ？

ヨンソクの親爺　さっきから外の客間にお客さんがいらして。

李重建　ここも頼む。

洪　ああ、もう結構。今日が最後でもあるまいし、これからはちょくちょくお邪魔しますよ。

ヨンソクの親爺　旦那様、お坊ちゃまがお帰りだそうです。死んだのは結局、うちの息子のヨンソクだけ……。（首を

横に振りながら下手に退場）

李重建　それも運命というものだ。元気をお出し。

金　この間、白参判《ペッ・チャンパン》のお宅の葬式にもあのお坊さんが来ていたな……。

卞　白参判の旦那であれ、ここの旦那であれ、実に惜しい人を亡くしたもんだ。世間では業突く張りとか悪党とか言われ、口さがない連中に悪い噂も立てられたが、まことに国宝的な存在でしたよ。兎にも角にも何をやったにしても、これほどの財産を築き上げたんだから大したもんじゃありませんか。悪党であろうが詐欺師であろうが、そんなことは構わない。共犯であろうがなかろうが関係なし。とにかく金さえ儲ければ、それでよしですからな。

洪　それに自害往生されたのを見ても、大したもんだ。普通なら、この世に未練が残って、そう簡単に死ねるもんじゃありません。で、おいくつでしたかな……？

宋達之　五十……？

洪　甲寅、乙卯、丙酉の年だから、五十三でしょう。

宋達之　五十三……。

卞　生涯築き上げた全財産を、残らずこの婿に遺して逝かれたのを見てもただ者ではありませんな。普通なら息子がいなけりゃ、娘か女房に財産を譲るものだが、そっくりそのまま婿に財産を譲ったんだそうですね？　しかも一億万か二億万は下らないはずでしょう……。

金　そんなわけないでしょう……。この家だけでも二億万ファンは軽く越えるはず。この家を建てる時に見せてもらいましたが、建坪だけで三百八十坪……、以上でしたっけ？

宋達之　どうですかね。まだそこまでは……。

李重建　（独り言）なのに、たった三百万ファン。

洪　そりゃあそうでしょうな。突然の不幸で、そんな余裕があるはずもない。（舌を打つ）

洪　自殺する前に、何か普段と変わった様子はありませんでしたか？

金　あるわけないでしょう。普段と変わらず泰然としていらっしゃったんでしょう。

李重建　（机の引き出しから剃刀を取り出して）この剃刀で頚動脈を一思いにすぱっと。

卞　ほう……。（舌を打つ）

李重建　どくどくと流れる血が、まるで蛇口から溢れる水のように……。どこもかしこも血みどろ、この部屋は一面血の海となりましてな。皆さんが今座っておられる場所も全部血の海。

洪　ここですか……。何だか気味が悪いな。酔いがさめちまう。何だかぞくぞくして、座っていられませんな……。

金　洪さん、そろそろ帰りましょう。実は甥の奴が家に来ることになっておりましてな。
洪　私もすっかり忘れてた。町内会があるのを。
李重建　もう一杯どうです。
洪・金・卞　いや、ま、ま、また今度……。（下手に退場）
李重建　暗いですから、お気をつけて。

その時、畳部屋を通って出て来た二人の盲人、自分たちが言われたと勘違いして、

盲人1　私どもには、明るいも暗いもございません。
李重建　さよう。さあ、どうぞ中に入ってお休み下さい。今晩も夜通し読経でさぞかしお疲れでしょう……。
盲人2　私どもには、昼も夜もございません。（と言って中に入る）

李重生、屏風の上から首を出して、あちこち見回しては、するりと抜け出してくる。経帷子に頭巾といういでたちが超現実的である。

李重建　おまえ、こんなところにのこのこ出てくるな。
宋達之　客が大勢来ているのに見つかったら……。
李重生　兄さん、客間といい、部屋といい、東屋といい、客が溢れかえってるじゃありませんか。お祝い事だとでも思ってるんですか？　これじゃ家の米櫃が空っぽになっちまう。
李重建　伯父さんから又従兄弟の従兄弟、義理の親戚のそのまた親戚まで、李家の親類縁者一同揃っておる。
李重生　お役所からは誰も来とらんか？
宋達之　いや、まだ……。
李重生　ふん、けしからん奴らめ。来るべき者が来ないとは……。いくら薄情とは言え、俺が死んだと聞いて、誰一人駆けつけないとは何事だ。覚えてろよ。昨日まで俺の前で尻尾を振っていた連中が、今日になってくるりと背を向けるとは。思い知らせてやるぞ。俺が再び生き返った暁には……。えいっ、けしからん。夏植もまだ帰らないのか？
宋達之　ええ、夏妍が迎えに行きました。
李重生　夏植にも一部始終をちゃんと説明しておけ。事をしくじらないようにな。

その時、電話のベルが鳴る。李重生、驚いて、あわてて隣の部屋に転がり込む。宋達之、電話を取る。

宋達之　はい、はい、少々お待ち下さい。お義父さん、電

話……。
李重生　おい……。死んでいる俺がどうやって電話に出るんだ。
宋達之　ああ、そうか。（続けて電話に応答する）はい、はい、分かりました。
李重生　（隣の部屋で）誰だ？
宋達之　林さんと崔先生がこれから来るそうです。国会の特別調査委員会の金議員と一緒に。
李重生　（また出てくる）ふうっ……。狭いところに横になって指一本動かせずにいると、神経が妙にぴりぴりしてくる。で、金議員一人しか来ないと言ったのか？
宋達之　他には別に。
李重建　（重生に）おい、さっさと入れ。経帷子を着ているのと、喪服を着てるのが向き合っているのを見てると、何だかぞくぞくして、気味が悪い。
李重生　あ、そうだ。兄さん、さっき、ここに座っていたのは洪と卞と金じゃありませんか？
李重建　さあ、初対面で覚えてないな。
李重生　面長のが洪。
李重建　で？
李重生　鼻の下にしみのあるのが金。
李重建　で？
李重生　禿げ頭が卞。
李重建　で？
李重生　また来たら、酒なんか出すことありません。あいつらは俺が死ぬのを待っていた連中だ。洪というのは、戦前に五分の利子で三万ウォン借してやったのに、まだ利子一文も払ってない。（達之に）おまえも覚えておけ。金というのは、鍾路《ジョンノ》の一番いい場所にある俺の店を借りてるくせに、毎月五千ファンしか家賃を払わない。卞というのは魚河岸の仲買料五万ファンを分けることにしたのに、二月《ふたつき》経っても顔も出さない野郎だ。しまった、遺言状に書いておくんだった。（達之に）忘れないで、今度来たら催促しろ。分かったな？
宋達之　えっ、僕が……、それを……？
李重生　そしてもう一度言っておくが、遺産だの財産だのそういうことは一切口にしないこと。俺が隣の部屋で聞いているが、まったく知らない顔をしていればいい。おまえはそういうことは気にしないだろうが、答えたりして大失敗をやらかす恐れもあるからな。分かったか？
李重建　しっ、誰か来る。
李重生　うっ！（慌てて隣の部屋に行こうとして机の脚に足を引っ掛けて転ぶ。隣の部屋に入って屏風の後ろに隠れる。盲目の坊主、奥の間から出てきてぶつぶつお経を唱えながら畳部

屋を通って去る）

ヨンソクの親爺　（下手から急いで出てくる）お役所からお客さんがお見えです。

李重建　うん、早いな。親爺さんは奥に入って酒と肴を充分に出してくれ。酒はええと、ほら……、外人さんの飲むやつ。それが上等だそうだから、それを出しなさい。肴も何か美味そうなものを見繕ってくれと、奥様に頼んでな。

ヨンソクの親爺　はい、はい。ご心配なく。朝から用意して待っております。（中に入ると、崔弁護士、林杓運、金議員登場。李重建、足袋のままで下りて出迎える）

李重建　お忙しいところをわざわざお出でくださり、まことに恐れ入ります。

崔栄厚　どうぞ、お上がり下さい。故人も喜んでくれることでしょう。ああ、ご紹介しましょう。こちらは故人の兄上であられる李重建さんです。こちらは喪主で、故人の婿です。

李重建　よく調べて、何とぞ寛容にお取り計らい下さい。とんだことで、わしのような年寄りはろくに眠ることもできません。（挨拶に代える）

金議員　この度はご愁傷様でございます。

宋達之　はあ……。恐れ入ります。

金議員　お棺はどちらに……？

宋達之　そちらの部屋です。

李重建　そんなに急がなくても……。まずは一杯召し上がって……。おい、誰かいないか？

金議員　いや、時間がありません。ご焼香を…。

宋達之　はい、どうぞこちらへ。

金議員　それでは、ちょっと……。（二人隣の部屋に入る。禹氏、飛び出してくる）

禹氏　林さん、来たの？　お役所からも誰か来たんでしょう？　私たちのことを何とかうまく話して下さいよ。うちの財産をふんだくられないように。主人も亡くなったことになってるし。

崔栄厚　しっ！

禹氏　あら、私としたことが。主人に先立たれ、残された家族がせめて路頭に迷わないように、うまく取り計らって下さいよ。

林杓運　奥様は奥の方にいらした方がよろしいかと思います。崔先生が何もかもうまくやって下さいますよ。

崔栄厚　余計な心配は御無用です。はっはっ。すべてこの腕にかかっているんです。千載一遇の好機をまんまと逃がすものですか。はっはっ。

禹氏　じゃ、くれぐれも頼みましたよ。お酒はいくらでもありますから、女中に言いつけて下さい。ビールだって、主人の好きだった洋酒だって、まだ何箱も残ってますから。

林杓運　早く奥へ。もう出てきますよ。

禹氏　じゃ、崔先生くれぐれも頼みましたよ。（禹氏が奥へ入ると、宋と金が再び登場）

崔栄厚　どうぞ、こちらに。お酒と肴が用意してありますから、一杯どうぞ。

金議員　いや、そろそろ失礼します。

崔栄厚　わざわざ足を運んでいただいたのに、このままお帰しするわけにはいきません。

金議員　じゃ、宴会にでも来たように、飲んで騒げとおっしゃるんですかな？

崔栄厚　はっはっ。そういう意味ではありません。さあ、どうぞ、一杯。

金議員　（仕方なくグラスを受け取る）ところで故人には、学徒支援兵として出征した息子さんがいらっしゃいましたね。まだ消息はありませんか？

崔栄厚　それなんですがね。三代続いた一人息子の家系で、旦那様も目に入れても痛くないほど可愛がっていた息子さんが、十年も樺太に抑留されていたんですが、なんと昨日突然、今日帰ってくるという知らせが届いたんです。二、三日早くこの知らせが届いていれば、こんなことにならなかったかも知れないのに。

李重建　息を引き取る間際まで、「夏植、俺の息子！」と口走って、安らかに目を閉じることも出来ませんでした。

金議員　それじゃ、兄上はご臨終に立ち会われたんですね？

李重建　そうですとも。わしが目を閉じてやりました。頸動脈で剃刀をすぱっと一思いにやってしまいましてな。

金議員　頸動脈で剃刀をですか？

崔栄厚　ハッハッ……。どうやら酔ってらっしゃるようですな？　剃刀で頸動脈をでしょう。

李重建　しまった……。

崔栄厚　それで、この部屋が一面血の海になったそうです。遺言状なんかはこの座卓の上に置いてあったんでしょう、宋先生……？　遺言状はずいぶん前に書いてあったんですね？

金議員　遺言状には全財産を宋先生に譲ると書いてあったそうですね？

崔栄厚　それがまた故人の太っ腹で偉いところと言えるんじゃないでしょうか。普通なら、いくらお気に入りの婿さんと言っても、実の息子や娘を差し置いて、婿に全財産を譲ることが出来るでしょうか？　まあ聞いて下さい。故人の考えを……。金というものは使い道をわきまえ、国のために使えるような人間が管理すべきものだ。金というのは私利私欲を肥やすためにあるのではなく、国家的な事業を行うために必要なのであって、それがゆえに尊いものであると。つまり金というものは、儲けるより使い方が難しい……。息子の夏植君にしたって、生きて帰ると言ってもまだ世間をよく知らない三十歳ですから、国のためにどう使うべきか分かるはずもなし、お兄さんは世情に疎い方ですから、これも問題外。それじゃあ仕方ない、親類縁者の中でそれでも信じられるのは、ここにいらっしゃる宋先生しかいない……。そこで遺言状にもそう書かれたんでしょうな。そうでしょう？　故人の遺志は……。宋先生……。

宋達之　は、はい。そ、そうでしょうね。

李重生、屏風の上から頭を出し、劇の展開している間、襖まで出てきて耳を傾ける。

崔栄厚　それぱかりじゃありません。遺言状には、「閻魔大王よ、どうかご照覧あれ。小生は死を以って生涯のあらゆる過ちを償わん。悔い改めるは、古の聖賢も許したまうところなり。しからば閻魔大王よ、願わくはこの李重生を憐れみ、許したまえ。」この精神こそ潔白と言わずに何と申しましょう。いやいや、崇高と言うべきでしょうか。

李重建　どうです？　わしが考えた文章は？

金議員　は？　何ですって？（隣の部屋の李重生は気絶しそうな様子）

崔栄厚　（慌てて）お兄様は客間にいらっしゃったらいかがですか？

李重建　ああ、そうだ……。わしとしたことが！　向こうの客間に客がおいでてな。ちょっと失礼。（裏庭の方に行きながら独り言）ああ、危うくへまをやるところだった。達之、親爺に言って裏庭の方に酒の用意をするよう言ってくれ。

崔栄厚　お兄さんは弟さんを亡くして、そのショックでちょっと頭が……。

金議員　それはそうでしょうな。

崔栄厚　ええ、そうなんです。故人は生前、悪党だの業突く張りだの、いろいろ陰口も叩かれましたが、たった一人のご兄弟に対しての愛情は格別でした。今度の遺言状でもご自分のお兄様のことを一番心配なさって。大したもんです。並大抵のことじゃありませんよ。自分の過ちを償うために自らの命を絶つ勇気にしたって、凡人には真似ができませんよ。

金議員　良心の呵責に従えば、当然のことでしょうな。ところで、宋先生のご希望というか、ご意見というか、どんなもんでしょう？

宋達之　意見？
崔栄厚　希望？（李重生は緊張する）
金議員　（達之に）落ち着いてから先生をお訪ねして申し上げるべきでしょうが、故人の遺志もそのようですし、我々もその遺志を尊重する意味で、宋先生の考えを参考にして、お宅に有利になるよう、行政当局と司法当局にも意見書を提出する所存です。お金というものは必要に応じて、有意義に使うべきものではないでしょうか。
崔栄厚　所存？
金議員　（無視して達之に）保健施設のようなものはいかがでしょうか？　お医者さんと伺ってますが……。
崔栄厚　保健施設？
金議員　そうです。韓国は他の国に比べてまだ保健施設が整っていませんからね。（李重生、驚いて飛び上がる）それと言うのも、医者はみんな都会で開業しようとするし、金がなけりゃ注射一本打ってもらえないし、金次第で生命が左右される世の中ですからな。無料で治療を受けられる国立病院はあっても、まだ設備は不十分なんですよ。
宋達之　（急に興奮して）そうなんです。僕が医者になりたかったのもそう思ったからなんです。医者は金儲けじゃない。
金議員　よくわかりました。判決の結果を安請け合いすることはできませんが、宋先生のお考えを関係当局に報告して故人の財産は特別にこの方面に使うようにしましょう。（李重生、ひっくり返る）
崔栄厚　こ、故人の財産を何に使うですって？　へっへっ……。いや、それはちょっと。故人の考えはそうじゃありません。もう少し落ち着いて相談してから決めるべきではないでしょうか。へっへっ！
金議員　それはもちろん当局の幹部が執行すべきことであって、ここで決めることではありません。
崔栄厚　い、いいえ。そうじゃなくて、故人の家族、特に故人の奥様……。ですからここにいらっしゃる相続人の宋先生の義理のお母さんもいらっしゃるし、娘、言い換えますと、宋先生の奥さんもいらっしゃるし、息子さんもいらっしゃるじゃありませんか。他のご家族の考えも聞いてみないと。そうでしょう、宋先生？
宋達之　僕の意見だけじゃ……。
崔栄厚　そうですとも。ご家族の意見も参考にしないと。
金議員　ご存知のはずの方が何か誤解してらっしゃるようですね。詐欺、背任、公金横領、脱税、公文書偽造などを法的に裁けば、故人の財産が一切残らないことはご存知でしょう……。
崔栄厚　それはそうですが、個人の財産の侵害まではできないんじゃありませんか？　しかもこの方が相続された以上……。

金議員　ですから、我々は李重生氏自らが自分の罪を悟り、国民としてのすべての権利と義務を放棄したため、故人の所有であった財産を法的に処分する前に、まず相続人である宋先生の意見を参考までに伺ったまでです。もし、ご家族の中で不満がある場合は、自分の罪を認めたことを立証する遺言状を取り消して、李重生氏をもう一度生き返らせ、相続人の宋達之氏を相手に訴訟でも起こすしかありませんな。

李重生、隣の部屋で「そんな馬鹿な……」と言いかけ、自分で自分の口を塞ぐ。宋と崔、慌てる。

金議員　……。

崔栄厚　い、いや、声が割れて……。（咳払いをして）そんな馬鹿な…。へへ。それじゃ、李重生氏が生き返って、訴訟を起こす余地はあるという意味ですか？

金議員　死人が生き返ることはまずありえませんが、万が一奇跡的に生き返ったとしても、自分で書いた遺言状を翻すことはできないでしょうな。自分の犯した罪はどうします？　詐欺、背任、横領、脱税……。

崔栄厚　ちょ、ちょ、ちょっと待って下さい。はっはっ……。じゃ、宋先生のご意見は伺いましたから、陳情書と言いましょうか、意見書といいましょうか、特別調査委員会に一通提出して下さい。参考にいたします。無料病院の設立は政府の方針とも一致しますから。それじゃ。

崔栄厚　ちょ、ちょ、ちょっと……。金先生。

金議員　大変ご不満のようですな。先生は相続法の権威者ですから、法律的に是非を争われたいところでしょう。それでは、法的な場所で正式にお目にかかりましょう。失礼します。（崔、唖然としている。林杓運、見送る。金が下手に消えると、李重生、飛び出してくる）

李重生　達之！

宋達之　……。

李重生　（両手を振りまわして地団太を踏む）達之！　おまえは一体誰の許しを得て勝手な真似をするんだ。誰がおまえに無料病院を建ててくれと言った？　おい、答えろ。俺が無料病院を建てたくて、こんな目に遭っているとでも思うのか？　俺が言ったじゃないか。遺産だの財産だの一切口にするなと……。おまえ、一体俺に何の恨みがあって、この家を滅茶苦茶にするんだ？　馬鹿なら馬鹿なりに、大人しくしていればいいんだ。何だと？「僕の意見はそうですが」、誰もおまえの意見なんか聞いちゃいない。俺の財産、俺の金のことに、どうしておまえが口を出すんだ……、え？　意見だと？　おまえのような奴に意見を言う資格があるか？　言わせておけば、総合病院だと？　義理の父親の財産をどぶに捨てるつもりか？　この大馬鹿者め！　どこでそんなくだらないことを覚えた？　おまえは、生きている、いや死んだ！　ああ、いや生きている李重生……。死んだ李重生の財産管理人でしかないということが分からないのか？　この馬鹿！　さっさと出て行け！（達之、黙って立ち上がる）どこへ行くんだ！　そこに座れ。で、どうするつもりだ？　俺は一体どうすればいいんだ？

　この家は、土地は、現金はどうするつもりだ？　……おまえのそのご立派な意見通り、くだらない無料病院に金をつぎ込めと言うのか？　何か言ってみろ。俺がこれまでどんな思いでこの財産を築き上げてきたか分かってるのか？

　なぜ黙ってるんだ？　おまえが仕出かしたことだぞ、おまえがどうにかしろ。

崔栄厚　旦那さま、もう止しなさい。何かいい方法があるはずですよ。宋君はまだ世間のことをよく知りませんから。

李重生　（崔に）何だと。そういう貴様は世間のことが分かっていて、この始末か？

崔栄厚　落ち着いて下さい。私にどうしろと言うんです。

李重生　貴様はどうして俺に死ねと言った？（剃刀を振り回しながら）え、弁護士さんよ、俺に何の恨みがあって、剃刀で死ぬ真似までさせて、四日も、五日もこんな目に遭わせ、恥をかかせたんだ？　遺言状はなぜ書かせた？　俺の財産を没収する証拠にでもするつもりだったのか？　顧問弁護士を信じた結果がこれか？　こんなことになった責任は一体誰が取るんだ？　あの遺言状、あいつらに弱みを握られるような遺言状をどうして書かせた！　おまえに死人にされたせいで、俺は自分の口で何ひとつ文句が言えなくなってしまったんだ。なぜこの俺を殺した？　なぜこの俺を死人に仕立てたんだ？　この李重生を……。

崔栄厚　何だと、気でも狂ったか！　私があなたの手下か召使だとでも思ってるのか？　誰に向かって言ってるんだ。

李重生　ええい、盗人猛々しいにも程がある。貴様！　恩知らずの薄情者め。生きながら死人にされたおかげで、何ひとつ言えずに、根こそぎ財産を奪われたんだぞ！　これもすべて貴様のせいだ。

崔栄厚　はっはっ……。少しは口を慎しみなさい。お宅の事情はさておき、私の報酬はちゃんと支払ってもらいますよ。なんならお宅のお婿さんに私の手数料を請求しましょうか？

林杓運　崔先生、今日はこの辺でお帰り下さい。

崔栄厚　帰れだと？　ここまで言われて黙っていられるか。いくら正気じゃなくとも、ここまで言われる筋合いはない。え、そうだろう、林君！
李重生　（震えながら）ええい、この詐欺師め、まだ言うか！
崔栄厚　私が詐欺師なら、あんたは何だ？

読経の声だけが物悲しく聞こえてくる。一同、重い沈黙と緊張の空気に包まれる。ヨンソクの親爺がリュックサックを持って、そそくさと現れる。

ヨンソクの親爺　旦那様、坊ちゃまがお帰りです。坊ちゃまが。おめでたいことだ。さあ、早く外においで下さい。
（達之、庭に飛び出して、夏妍と夏植を迎える）
宋達之　ああ、夏植君！
夏植　お義兄さん……。お父さん！
林杓運　夏植さん。
夏植　林さん。
崔栄厚　旦那、明日職員を通して請求書を送りますから、よく考えるんですな。下手をするとお互いのためになりませんよ。生きていながら死んだ振りをした罪は……。はっはっ。これは何罪になるのかな。刑法、それとも民法かな。
（退場）
李重生　夏植！
夏植　（ようやく父の服装に気づき）お父さん、一体どうしたんです？
李重生　夏植、生きていたのか。おまえ……。（上手から禹氏、夏珠、玉順、登場）
禹氏　ああ、よく帰ってきたね。（泣く）
夏珠　夏植！
夏植　お母さん、お姉さん、お元気でしたか？
禹氏　ああ……。おまえが生きて帰るなんて……。
夏珠　苦労したでしょう。さあ、早くお入り……。お父様、外に出てて大丈夫なんですか？
李重生　何もかもおしまいだ！　おまえの亭主のおかげで、全財産ぶんどられる羽目になった。おまえの亭主が、俺の金で総合病院を建てたいと言い出したんだ。
夏珠　えっ？
李重生　おい、夏植、さっき崔の言うことを聞いたか？　俺は死んででも、家や財産を守ろうとしたんだ。それを、ええい、（達之に）俺はおまえに何と言った？　俺が無料病院を建てたくて、おまえに俺の身代わりになってくれと言ったとでも思ってるのか？　おまえより無能で死んだ振りをしてるとでも思ってるのか。おい、夏植、あいつらが寄ってたかって、俺を悪者に仕立て上げ、詐欺横領の罪を着せようとしてるんだ。だから死んだ振りでもしない限り、この家を守れないと思ったんだ。こつこつ貯めて、代々受け継いで来たこの家の財産を、あいつらにぶん取られる言われはないからな。そうとも奪われる筋合いはない！　そこでいろいろと思案した挙句、この始末だ。ええい、いくら恨んでも恨みきれない野郎だ！　崔弁護士の奴もこれで一儲けしようとしてたんだ。夏植、家はもう金も財産も失って、乞食同然だ。俺はどこに訴えることもできず、何ひとつ言うことができなくなってしまったのだ。（むせび泣く）おまえの義兄さんが、義理の兄が、何もかもぶん取ってしまった。あいつらが家の財産を潰してしまったんだ！　夏植。

夏植　お父さん！

李重生　なんだ、夏植！

夏植　僕が夏植だってことはお分かりですね？　僕のことはどうして何も聞かないんです？

李重生　おお、そうか、さぞかし苦労したろうな。

夏植　日本の奴らに連れて行かれて死ぬほど苦労した挙句、それでも足りずに樺太で十年も苦役に服し、ようやく帰ってきました。樺太では今も、お父さんみたいな人間に無理やり戦地に送り出された若者や、北朝鮮から捕まってきた多くの同胞が、残虐なソ連の統治下で強制労働させられています。

夏珠　（達之に）あなた、何で偉そうに口を出したのよ。

宋達之　僕はやりたくないって言ったじゃないか。こんな芝居をさせたのは一体誰だ？　（喪服を投げ捨てる）

夏珠　誰があなたに無料病院の話をしろなんて言いました？

宋達之　僕の勝手だろう。僕が何の意見も考えもない頓馬だとでも思ってるのか？　僕は自分の名前で生きる権利もない人間だとでも思ってるのか？　馬鹿にするのもいい加減にしてくれ。

夏珠　自分がいいことをしたとでも思ってるの？　うちを滅茶苦茶にしておいて、この馬鹿！

夏植　お姉さん！

夏珠　馬鹿でなくて何よ？　馬鹿なら馬鹿なりに大人しくしてりゃいいでしょ。

宋達之　（夏珠の頬を打ち）何だと！

夏妍　あ、お義兄様！

宋達之　夏植君、僕はこの家の財産を潰そうなんて思ってない。財産も、お義父さんの地位も名誉も大事だが、どうして国を騙し、法を犯さなきゃならないんだ？　正しきを助けるどころか、悪しきに手を貸すなんてもっての他じゃないか。我々がそれをしてしまったら、一体誰が国の仕事を助け、我々に続く世代はどうしろと言うんだ？　お義父さんのことだって、自分一人の欲と悪知恵で解決できる問題じゃない。しかも僕のような人間が、中に入って何かを企んだりするとでも思うかい？　それに、いくら僕の義理の父だと言っても、そうする必要があるとも思わない。僕は口べただから上手く言えないが、とにかく今はお義父さんのような人が前に出て、何かを叫んだりする時代でもなければ、これからの時代は何らかの勢力を当てにして、自分一人の利益のために奔走したりしてはいけない時代なんだ。そいつらはいいかも知れないが、本当に国のことを考えている人たちはどうなるんだ？　夏植君、君は僕がお父さんを庇わないからと言って、僕を憎むかい？　と言っても、僕にはお義父さんを訴えるような度胸もない。夏植君、僕はどうすればいいんだ？　僕に何か過ちがあれば遠慮なく言ってくれ。操り人形のように喪服を着せられて、うとうと居眠りをしている僕の姿はさぞかし滑稽だろう。

夏植　義兄さん、落ち着いて下さい。僕にはよく分かります。お父さんの時代はもう過ぎたんです。義兄さんも、もう過ぎ去った過去のことにこだわらないで下さい。義兄さん、僕らの前には僕らを新しい独裁者に売り渡そうとする連中がいます。僕はこの目でさまざまなことを見てきました。ハルビン、チチハル、樺太！　本当にぞっとします。義兄さん、祖国が独立したことも知らずにいる彼らのことを思うと……。さあ、中に入りましょう。話したいことが山ほどあるんです。家のことやお父さんのことなんかは時間が解決してくれるでしょう。

禹氏　（重生に）あなた、あなたはどうします？　（禹氏と夏珠は躊躇いながら中に入る。間。李重生、目を瞑る）

李重生　夏植……。

夏植　はい？

李重生　俺はどうしたらいいんだ？　おまえの父さんは、それじゃ、どうすればいいんだ？

夏植　……。お父さん、早くその見苦しい経帷子を脱いで下さい。恥ずかしくありませんか？

夏植、退場。舞台には李重生一人が魂が抜けたように突っ立っている。

読経の声が大きくなる。

裏庭から「親爺さん、親爺さん！　さっきから酒と肴を持って来いと言ってるのに何やってるんだ？」という重建の声と、にぎやかな弔客の話し声。隣の朴氏が独り言を言いながら下手に登場。

朴氏　ほらね、やっぱり姉さんは幸せ者よ。消息知れずだった息子が、父親の葬式に合わせて帰ってきたんだから。これはやっぱり天のお恵みですよ。ひゃあ、ゆ、幽霊！

（来た道を逃げ去る。李重生、再び出てきて周りを見回し、落ちていた剃刀をぼんやり見つめる）

李重生　幽霊？　はっはっ！　それじゃ俺は、家も金もない幽霊か……。夏植……。（やがて裏庭に消える。読経の声と月の光が物悲しい。舞台はしばし空っぽ）

ヨンソクの親爺　（お膳を持って裏庭の方に行く）そうか、そうか、うちのヨンソクが。……我が国の独立軍に入ろうとして日本軍に捕まり、殴り殺されたか……。そうか、そうか……。ヨンソク、よくやった。この父も誇りに思うぞ。これからはお坊ちゃまがおまえの代わりにわしの面倒を見て、おまえの分まで国のために一生懸命やってくださるそうだ。ヨンソク……。そうだな。わしら老いぼれはもう皆死んでも構わない。さっさと死んだほうがいい。これからは若旦那さまやお坊ちゃまのような若い人に、たくましく働いてもらわんと。ほほ、わしらはもう棺桶に片足突っ込んだも同然だからな。はっはっ……。（裏庭の方に行くなり、「ひゃあ！」と悲鳴をあげ、「旦那様！　旦那様！」と叫びながら後ずさりして出てくる）

ヨンソクの親爺　奥様、奥様、誰かが遺体を棺桶から引っぱり出して、裏庭に持ち出しました。奥様、なんと、こんな恐ろしいことが……。

お膳を地面に落とす。家族全員が驚いて飛び出してきて、その場に釘付けになる。

裏庭と客間からも重建と弔客が飛び出してくる。月は一段と明るく、読経の声が次第に高くなる。

幕

初演　劇芸術協議会、一九四九・五

(1)本作品が初演された一九四九年当時を指す。

(2)朝鮮の伝統的な住宅を韓屋と言う。韓屋は独特な構造を持ち、一般的に、敷地の中に中庭を設け、中庭を中心に①コの字型、②ロの字型、③ニの字型に建物が配置されている。一般的に、外から通じる門から一番近い位置に舎廊棟があり、中庭を挟んでその後ろに母屋がある。舎廊棟は主に家の主が起居したり、客の接待に使われる。母屋は主に女性たちの生活空間として使われ、台所なども母屋に付随している。本作品のト書きによると、李重生氏の邸宅は二の字型の配置で、別棟の建物もあるらしい。

(3)在朝鮮アメリカ陸軍司令部軍政庁。一九四五年九月八日から一九四八年八月一五日の大韓民国建国までの間、北緯38度線以南の南朝鮮を統治していた公式の行政機関。

(4)朝鮮王朝時代の従二位の中央官職。

(5)粟飯ばかり食べると、つまらないことをぺらぺらしゃべるようになると言われている。

(6)日本の植民地時代に山林の管理をした役人を山林看守といい、山林看守を雇って管理していた会社のこと。

(7)一人が関所を守っていれば、一万人がかかっても通れない。きわめて要塞堅固なこと。

(8)咸鏡南道蓋馬高原の南にある景勝地。

(9)黄海南道の殷栗郡と安岳郡の境界にある、韓国五大名山の一つ。九五四メートル。

(10)地名。現在の乙支路一街、二街の間の坂の名前。黄土の小高い坂が西日に照らされ、まるで銅のように光ったためにこのような名前がついたという。

(11)ソウル市内の道路名。中部警察署はこの道路に面している。

(12)現在、鍾路区にある地名。光化門と鍾路一街の間にある。当時の中心街に位置する住宅地。

(13)地名。同じ地名は全国にいくつかあるが、ソウルから一番近い所は京畿道楊平郡丹月面にある山村。

(14)旧地名。現在は鍾路区新門路になっている。昔、織物を染色して宮廷に納入していたことからこのような名前がついたという。

呉泳鎮と『生きている李重生閣下』

「芸術は単なる娯楽ではなく、民族のための道具としての役割を果たさねばならない」という呉泳鎮《オ・ヨンジン》の言葉が示しているように、彼は民族主義者として、政治家として、同時に芸術家として波乱万丈な生涯を送った。

呉泳鎮（一九一六〜一九七四）は平壌の資産家である呉胤善《オ・ユンソン》の末子として生まれた。敬虔なクリスチャンであった父は、平壌で唯一の私立学校であった崇仁《スンイン》商業学校を設立し、物産委託業である庚信商会を経営しながら、安昌浩《アン・チャンホ》(1)・曺晩植《チョ・マンシク》(2)などを支援し、民族運動に加担した。呉泳鎮が京城帝国大学予科を経て朝鮮語文学科を選び、後に日本に留学して映画を学んだのも、文盲の多かったこの時代に映画を通して民族を啓蒙したいという理由からであった。彼は京城帝国大学在学中の一九三七年、朝鮮日報に『映画芸術論』を寄稿し、映画評論で文壇に足を踏み入れた。

一九三八年に日本に渡り、東京発声映画製作所で本格的に映画を学んで帰国した彼は、父の経営する崇仁商業学校で教鞭をとりながら、『国民文学』にシナリオ『ベベンイグッ』を発表し、正式に文壇デビューを果たした。そして一九四三年にシナリオ『孟進士《メンジンサ》宅の慶事』、一九四九年には『正直な詐欺師』、『生きている李重生閣下』などを発表し、シナリオ作家、劇作家として知られるようになった。

呉泳鎮は解放後、故郷で朝鮮民主党の党首である曺晩植《チョ・マンシク》の秘書を務めながら、本格的に政治活動をはじめる一方、映画芸術委員会を組織し活動を行った。しかし共産主義者らによって朝鮮民主党が解体され、彼はソウルに避身する。その後、著述活動を通して共産主義思想を痛烈に批判するが、北から派遣されたテロリストによって負傷するなど、彼の政治人生は決して平坦ではなかった。そして四・一九革命(3)が五・一六クーデター(4)によって挫折すると、その衝撃により、一時精神に異常をきたし入院することにもなった。結局、現実の政治に幻滅を感じた呉泳鎮は、一九六七年以降、政治から足を洗い、創作活動に専念した。約四十年にわたって執筆された二十余作の戯曲やシナリオには、政治や社会に対する彼の深い関心が表れている。

作品は、主題別に分類すると次のように分けられる。まず、伝統をモチーフにした作品。植民統治末期に発表された『ベベンイグッ』と『孟進士宅の慶事』、そして晩年に書かれた『ハンネの昇天』などの民俗劇や、古典を現代的にアレンジした『許生伝』、『私のあなた』などである。民族主義を根本とする彼の思想は、伝統文化に対する関心、伝統様式の受容、諧謔精神の復活などの問題意識を目覚めさせた。彼の代表作である『孟進士宅の慶事』は、もともとは日本の依頼によって日本語で書かれたシナリオ（当時は映画化されなかった）であったが、作家自身が自叙伝の中で明らかにしているように、「軍国主義体制化で何も書くことができなかったので、普段から関心を持っていた伝統に対する反省と拡大」を意図して執筆されたものである。封建的な婚姻制度の矛盾と両班の欲と偽善を風刺したこの作品は、現在もミュージカルとしてしばしば上演されている。

二つ目に現実社会をモチーフとした『生きている李重生閣下』、『正直な詐欺師』、純粋な自然人として暮らしていた海女の視線を通して文明社会に対する幻滅を描いた『海女、陸に上がる』などの社会風刺劇。三つ目に、朝鮮時代末期の歴史を題材にした『東天紅』や『風雲』などの歴史劇、そして最後に、精神疾患治療中に心理治療をもとに書かれた一連のサイコドラマである。

呉泳鎭の民族主義思想、および諧謔的な表現技法は、『生きている李重生閣下』で頂点に達したと言えよう。三幕四場で構成されたこの作品は、一九四九年五月に劇芸術協議会により初演されたが、発表当時には大した反響を得られなかった。しかし一九五七年に『人生差し押さえ』と改題し、劇団新協によって再公演されると大きな反響を呼んだ。

この作品は、題名からして風刺と諧謔の精神に溢れている。まず、生きている人間に対してわざわざ「生きている」という言葉を用いていること自体が、「生きているのはけしからん、死んで当然」とでも言いたげな作家特有のアイロニーの表れである。また「李」という漢字は韓国語では「二」と同じ読音であることから、「李重生」という名前はおのずと「二重生」という言葉を連想させ、「死んでいるが生きている」、「愛国者のような顔をして、裏では売国行為を行っている」主人公の二重的なイメージを反映している。また、天下の悪党である李重生にわざわざ「閣下」という称号をつけているのも皮肉と言えよう。

『生きている李重生閣下』は社会的な矛盾と腐敗に対す

る告発という重いテーマを扱いながら、個性的なキャラクターの造形、テンポのいい構成と痛烈な喜劇性により、韓国喜劇の新たな方向を提示したという点において高く評価されている。なお、本作品は『人生差し押さえ』というタイトルで映画化され、一九五八年に駐韓米亜細亜財団から脚本賞を授与された。

(1)独立運動家。教育者、政治家。愛国啓蒙運動に従事し、各地に学校を作って民族教育に従事した。

(2)独立運動家、教育者、政治家。キリスト教信者としての立場から非暴力・非服従による独立運動を展開し、「韓国のガンジー」とも呼ばれている。

(3)一九六一年四月一九日、李承晩大統領の長期独裁と不正選挙に抗議し、全国の学生、市民らが起こした大規模な民主運動。これによって李承晩政権が倒された。

(4)一九六一年五月一六日、朴正煕の主導により、陸軍士官学校八期生出身らが中心となって軍事クーデターを起こし、政権を掌握した。

不毛の地

車凡錫《チャ・ボムソク》

登場人物

崔《チェ》老人　六〇才　婚礼道具店の主人
母　親　五七才
敬寿《キョンス》　二六才、息子、軍隊除隊
敬才《キョンジェ》　一八才、息子、高校三年
敬愛《キョンエ》　二三才、娘、映画俳優を夢見ている
敬暉《キョンウン》　二〇才、娘、出版社(1)で植字の仕事をしている
不動産屋の老人　六五才

時
現代(2)

場所
ソウル

舞台
　賑やかな商店街の一画にある崔老人の古い瓦の家。正面にガラスの引き戸がついている板敷きの茶の間を挟んで部屋が二つあり、下手に「型に曲がった台所と味噌などを保管する壺置き台、引き戸の向こうは店、上手には門を挟んで物置と別棟の部屋一つが、三、四坪にもならない狭い中庭を囲んでこじんまりとある。古くなった屋根には緑の苔や雑草が生え、長い間、風雪を耐えてきたこの家の歴史を物語っているようである。背景には、見た目にも新しく、きれいな建物の群れが見え、上手、下手にも、やはり三、四階建てほどの最新式の建物が並んでおり、この古い瓦屋根の家を、まるで廃屋のように見下している。下手側の建物はまだ建築工事中なのか、丸太で組まれた作業用の足場に筵がかかっており、建物の半分は隠れたままだ。このように対照的なまわりの障害物によって、この古い家には一日中、日が当たらないせいか、一際《ひときわ》暗く、じめじめとして、陰鬱な空気が冷たい風のように漂っている。時は初夏のある日曜日の午前。
　幕が上がると、疾走する路面電車や自動車の騒音が引っ切りなしに聞こえてくる。中庭では敬暉がブリキのバケツに入れた洗濯物を洗っており、台所で皿洗いをする母親のみすぼらしい姿が見える。下手の塀の下につくられた小さな花壇の前に、さっきから崔老人がしゃがみこんで、草花や青菜などの手入れをしている。口にくわえたパイプから時おり吐き出す煙草の煙がのんびりした雰囲気を感じさせる。しばらくして、敬才が水桶を担いで狭い門を何とか通り抜け、敬暉の前におく。

敬才　ふうっ、今日はなんであんなに人が多いんだろう……共同水道はまるで戦場だよ！（と言いながら、水甕に水を注ぐ）

敬暉　（洗濯を続けながら）雨が止んだから、どこの家も洗濯が溜まってるんでしょう……。

敬才　父さん、うちも今度引っ越す時は、絶対水の出る家にしようよ。水汲みばっかりやらされてたんじゃ、大学なんか受かりっこないよ！　一日や二日じゃないんだから……。

崔老人　（振り返りもせずに）ああ……。

敬暉　あんたも自分勝手なことばっかり言うとこは、敬愛お姉ちゃんにそっくりね！　どこの誰がこんな路地の奥に住みたくて住んでると思うの？

敬才　住みたくなかったら他のところに移ればいいじゃないか。なのに何だってこんな鼻くそみたいな狭い穴の中に住んでるんだよ？

崔老人　（目をかっと見開いて）なんだと？　この家がどうだっていうんだ。

敬才　うちの家族でこの家が気に入ってるのは、お父さんだけじゃないか。

崔老人　住みたくない奴はいつでも出ていけ。寺が嫌になったら坊主が出ていくのが当たり前だろう。

敬才　（残りの水桶をあけながら）坊主がいない寺なんて何の役にも立たないじゃないか。おばけでも出てくるんじゃないの……。

崔老人　（少し声を上げて）おばけが出ようが石油が出ようが、家を持ってるっていうことがどれほどありがたいことか分かってるのか、こいつ！

敬才　（不服そうに）ありがたいと思えることが何か一つでもあればね……。

崔老人　（ぱっと振り向いて）なんだと？

敬暉　（いち早く雰囲気をかえようとして）敬才、もういっぺん汲んできて！　水がなくなったらどうするの……。

敬才　またかよ！　おれ、約束があるんだけど……。

敬暉　（睨み付けながら）それじゃ、私との約束はどうなっても知らないよ。

敬才　（不機嫌そうに）正植《チョンシク》と図書館で勉強することになってるんだ……九時四〇分までに行かないと。

母親　（皿洗いの桶を持って台所から出てきながら）忙しいなら早く行きなさい。皿洗いが終わったら、私が汲んでくるから……。

敬才　（飛び上がりながら）さすがお母さん！　やっぱりうちのお母さんがナンバーワンだ！　そのかわり明日の朝、食事の前に五杯汲んでくるからね、お母さん。

母親　（笑いながら）それじゃ水甕をもっと買っておかないとね……。（と言いながら、穴に水を捨てる）

敬才　（手を洗いながら）水甕を買うお金は、うちの大蔵大臣である下の姉ちゃんが払うということで。（と言いながら別棟の部屋に退場）

敬暉　ずるい！　（洗濯物を絞りながら）お母さんがどうやって水を汲んでくるっていうのよ？　腰が痛くて動くのもやっとなのに……。

部屋の中から口笛が聞こえる。

母親　大丈夫よ……。

崔老人　そうだ、この前の膏薬は全部貼ったか？

母親　ええ、（腰を軽くたたきながら）もう、ずいぶん楽になったわ。

崔老人　何と言っても、あの姜《カン》薬局の処方が一番だ。俺が頼めば、実の兄弟みたいに親身になって薬をつくってくれるんだからな。

母親　そういえば、このご近所で昔から付き合ってきた家は、今じゃあの姜薬局だけですものね。

崔老人　そうだな。うちが（過去を回想しながら）この家に住んでちょうど四七年、あの姜薬局が四〇年になるから、そうしてみると俺もずいぶん長生きしたもんだ。この鐘路《ジョンノ》[3]で育って、結婚して子供を生んで育てて、今じゃ還暦を迎えるまでになった……。

母親　（茶の間の端に座り）本当に……ここ五〇年の間に近所の人が変わり、あんなに家が建ったのを見ると、世の中が変わっていく様子が手にとるようにわかるわ。私があなたのとこにお嫁に来た時だって、近所にうちの塀より高い建物があったかしら？
崔老人　確かにな！　ちくしょう！（左右の高い家をにらみながら）あれでも人の住む家か！　それにあいつらのせいで、うちは一年中、日が当たらなくなっちまった！　おまえも知ってるだろうが、この家だって、昔はこんなんじゃなかったろ？
敬暉　（笑いながら）お父さんったら……何でもあっという間に変わる時代なのよ。
崔老人　変わるのも結構、化けるのも結構だが、良識というものが必要だろう、良識というものが！
敬暉　どうして？
崔老人　あいつら、金を儲けたのはいいが、町中の人間にひけらかすかのように、あんなに何階も積み上げて、隣近所の人間がどれほど迷惑してるか全く考えもしないんだからな！
敬暉　迷惑って？
崔老人　（花壇の方を指しながら）あそこに植えた草花や唐辛子の苗が、ちっとも育ちやしないじゃないか！　さっきも見たが、唐辛子の花はもうとっくに咲いたのに、実がならないじゃないか。おかしいと思ったら、あのみっともないのが左右に突き出して、日が射すのを邪魔してるんだから当たり前だ。そのうち土に草も生えない世の中になる！　世も末だ、世も末。

　その時、敬才が制服を身につけ、本を持って出てきて靴を履きながら、父の話を聞き、大声で笑う。

敬才　まったく父さんたら……。
崔老人　こいつ何がおかしい？
敬才　今の世の中に、よその家の唐辛子畑を気にしながら家を建てる人なんていやしないよ。
崔老人　昔はそうじゃなかった。
敬才　昔のことなんて、今の時代には関係ないさ。今は今でしょ。（雄弁演説家のまねをしながら）歴史は川のごとく休みなく流れ、人生は浮雲のごとく変化無常であるという、この厳然たる事実を、この歴史的な事実を、はっきりと見極めることができる者だけが、自分の運命を切り拓くことができるという事実を、少なくとも知らなければなりません！　おほん！
敬暉　へえ……。
崔老人　何だこいつは、朝っぱらから粟飯《あわめし》でも食った(4)のか！　泡を飛ばして減らず口たたきやがって。
敬才　（服をはたいて立ち上がりながら）減らず口じゃない

よ。これは雄弁大会の時に使った原稿の一節なんだ！　あ……（敬暉に近づいて手を出し）お姉ちゃん、約束守ってよ！

敬暉　もらう側のくせに、ずいぶん大きな顔ね。

敬才　だって労働の報酬をもらうのは、当然の権利だろ！

敬暉　でも雇い主がお金がないと言い張ったら、何にも言えないでしょう？

敬才　誰が？

敬暉　うちの印刷所でも二ヶ月たまった月給を、一昨日やっともらったけど……。

敬才　でも、うちのお姉ちゃんはそんな悪質な雇い主じゃないだろ……。（という具合に、売り言葉に買い言葉）

敬暉　そんなおだてには乗りませんよ！　（濡れた手を払って、財布からお金を出してやる）早く帰っておいで！　裏通りにはチンピラがうようよしてるから……。

敬才　逆に俺がチンピラから巻き上げてやるさ。貧乏人はそんな心配いらないよ。

母親　そんなことないって、一文なしでも取られるものはあるんだから。気をつけなさい。

敬才　心配いらないよ。行ってきます。（出かけようとして）父さん！

崔老人　なんだ？

敬才　寺が嫌になったら坊主が出て行くんでしょう？

崔老人　そうだ……。何だ、急に？

敬才　（左右の高い建物を指しながら）あれを見るのが嫌なら、うちが引っ越さないと！

崔老人　なんだと？

敬才　郊外に行けば厚生住宅がいくらでもあるんだって。家の値段も安いし、何よりも土地が広くて植木や野菜はいくらでも植えられるよ。空気もいいし、静かで、一軒ごとに井戸もあって、とても住みやすいらしいよ。

母親　そうそう、昌竜《チャンヨン》のところも今住んでいる家を売り払って、その厚生住宅に引っ越すんですってよ。

崔老人　そんなに行きたかったら、おまえらも一緒について行け！　おれはこの家で生まれたからこの家で死ぬんだ！

敬才　（わざと大げさな表情で）原爆級の頑固爆弾炸裂！いってきまーす！　（と言いながら飛び出していく）

その時、銭湯で朝風呂に入って戻ってきた敬愛が門から入ってくる。彼女は洗面器や化粧品を抱えており、顔はコールドクリームをべったり塗って、てかてか光っている。頭にはカーラーを巻いたまま。

敬才　ミス・コリアのお帰りだ！
敬愛　ふざけないで。
敬才　いったい姉ちゃんは、いつになったら映画に出演するんだい？
敬愛　もうすぐよ。（と言いながら茶の間の端に腰掛ける）
敬才　彗星のごとく現れたニューフェイス、崔敬愛かい？
敬愛　韓国のキム・ノヴァク[5]よ！
敬才　嘘だあ！　崔オバケじゃないの……？
敬愛　あんた、ちょっとね！　（と言いながら引っぱたこうとすると、悲鳴を上げて退場）
崔老人　敬才の奴め、あいつはどこへ行っても食うのには困らないだろうな。（と言いながら満足そうに微笑む）
母親　ちょっとお調子者ですけどね。（敬愛に）ずいぶん長風呂だね？
崔老人　それでも朝から晩まで苦虫噛み潰したような顔をしてるよりはましさ！　うちの誰かさんみたいにな。（母親と敬暉は意味ありげに目を合わせる。敬愛は爪の手入れをしている）
崔老人　敬寿の奴は昨夜も帰ってこなかっただろう？（と言いながら厳しい視線を投げる）
母親　（弁解するように）どこか友だちの家にでも泊まったんでしょう……。
崔老人　（腹を立て）自分の家があるんだから、帰ってくるのが当たり前だろう。（と言いながら、再び煙草を吸いはじめる）
母親　そっとしておいてやって！　あの子にもそれぐらいの楽しみがないと。
崔老人　楽しみ？　今、俺たちが楽しみなんて言ってられる身分か？
母親　だけど思うように行かないから……。
崔老人　おまえはちょっと黙ってろ！　（と大声で怒鳴る）

敬暉は物干しに洗濯物を干しながら様子を窺い、敬愛は上手側の部屋に入る。

崔老人　人というものは、恥を知らないといかん。あいつも軍隊に行って帰ってきたんだったら、ぶらぶらしてないで働くべきだろう。赤ん坊じゃあるまいし、もうすぐ三十になろうという大の大人が、就職がうまくいかないからって、ぶらぶら遊んでばかりいていいのか？　第一、敬暉に申し訳なくて、そんなことはできんだろう！
敬暉　全くお父さんたら……、兄さんにだって考えがあるでしょう。いくら仕事を探しても雇ってくれないんだから……、兄さんが悪いんじゃなくて、社会が悪いのよ。

母親　その通りですよ。

崔老人　何がその通りだ。え？　年下の妹があの洞窟みたいな印刷工場で、一日中しゃがみこんで活字を拾って稼いだ雀の涙ほどの月給だけを頼りにしてるのが事実だろう。俺だって店が前みたいにうまくいってれば、こんなことは言わん。だが、そこいらの野良犬でさえ新式のものにしか目もくれない世の中だ、伝統婚礼に使う婚礼衣装なんてまったく借り手も付かん。この前の春にしても、たったの四回しか借り手がなかったじゃないか。こんな時、あの新式のナイロンの花嫁ベール二つでも揃えれば、また話は別だが……。

敬愛　（化粧した顔を出しながら）お父さん、ちょっと待ってて。私が最新式のアメリカ製のベールを買ってあげるから。

崔老人　おまえの言うことなんか、豆腐は大豆で作ると言っても信じるもんか。おまえが映画俳優になるのを待ってたら、けつに尻尾が生えらあ。

敬愛　見ててごらんなさい。今日こそ、きっと何かいい知らせがあるはずよ。

母親　敬愛！　おまえももう歳なんだから、結婚することでも考えなさい。

敬愛　結婚なんてつまらないわ。私は結婚しません！

崔老人　それじゃ、結婚もしないで歳取るつもりか？　何言ってるんだ！（と言いながら裏庭に出ていく）

敬愛　映画界に足を踏み入れた以上、有名になって見せるわ。今日、新人俳優を募集するオーディションがあるのよ！

敬暉　（興味を示して）お姉ちゃん、自信あるの？

敬愛　十中八九は確実よ！（と言いながら、勢いよく白粉をはたく）

敬暉　どうして分かるの？

敬愛　（意味ありげに笑いながら）審査員とあらかじめ約束ができてるの。

敬暉　あら！　映画界にもそんなのがあるの？

敬愛　実力は四に、袖の下が六あれば充分よ。

敬暉　実力なんて、お姉ちゃんがいつ演技の勉強したの？

敬愛　映画には演技なんていらないの。まず女優を目指すなら、個性的で美しいマスク、それに肉体美があれば充分じゃない！

敬暉　だけど顔がきれいなだけじゃだめでしょう。

敬愛　誰がそう言ったの？

敬暉　映画雑誌で読んだわ。

敬愛　そりゃ演技力が全然ないのも困るけど、やっぱり肝心なのは容姿よ！（と言いながら鏡に向かって眉を上げた

り目を大きく見開いたりする）
敬暉　お姉ちゃんは容姿に自信あるの？
敬愛　そんなこと自分じゃ言えないわ。審査員が決める問題でしょう……。
敬暉　審査員と約束ができてるって言ったじゃない？
敬愛　（少しいらいらしながら）あんたね、モグラでもないのに、根掘り葉掘りうるさいわよ！　それより、こっちに来て、コルセット締めてちょうだい。
敬暉　また前みたいに息が詰まって気絶するんじゃないの？
敬愛　余計なこと言わないで、早く！

敬暉は部屋に入る。敬愛は何着かの服を出してきて選ぶ。そしてシュミーズ姿になる。

母親　ちょっと、誰かに見られたらどうするの？　戸を閉めなさい。（敬暉がにっこり笑って戸を閉める）
崔老人　（台所側から出てきて）あいつら、他人の家の庭に廃水を捨てるなんて、まったく……。
母親　誰がですか？
崔老人　（左側の建物を指しながら）あの二階の喫茶店の廃水が、裏の柱のまわりに溜ってるんだ。二階からの下水のパイプが破裂したらしい。金を儲けることしか頭にないやつらめ、他人の家がどうなろうと構わないっていうのか……。全く恥を知らん奴らだ。
母親　まさか知ってて、わざとやったわけじゃないでしょう。
崔老人　人がいいのもほどほどにしろ。（声を荒げ）この家が全部腐っても、まさかなんて言ってられるか？
母親　でも周りの家が、家の土台を高くして建てるから、この家が低くなって水がこっちに溜まるんじゃないかしら。誰もわざとやってるわけじゃ……。
崔老人　なんだと……、それじゃ、こっちが悪いって言うのか？
母親　（苦笑いしながら）いい悪いの問題じゃなくて、家の土台を周りの家より高くしないと……。
崔老人　金は、金はどうする？　どこにそんな金があるんだ？　商売がうまくいかずに店を閉めて、税金も払えない有様だっていうのに、え、俺の金で家の土台を高くしろって言うのか？
母親　誰もそんなこと言ってませんよ。何をかっかしてるんです。
崔老人　それじゃ、なんだ？
母親　私だって分かりませんよ。あなたときたら、女房の言うことは屁とも思っていないんじゃありませんか。

崔老人　（愚痴を並べたてるように）ちくしょう……、こう何から何までうまくいかないんじゃ、いっそのこと本当に引っ越しでもしないと……、息子が稼いでくれるわけじゃなし、商売がうまくいくわけじゃなし……、まったく……、しかも店を閉めてから、もう二月《ふたつき》にもなるってのに、何が税金だ！　泣きっ面に蜂じゃあるまいし、あの怪物みたいな建物のおかげで、花壇がだめになっただけじゃなく、家の柱まで腐っちまうとはな……こんちきしょう！

母親　（静かに何かを考えていたが、やがて崔老人の機嫌を伺いながら）あなた……。

崔老人　なんだ？

母親　私、思うんですけど……。

崔老人　なんだっていうんだ？

母親　他の家に移った方がいいんじゃないかと思うの。

崔老人　（言葉なく目をみはる）

母親　子供たちとは何回か話したのよ。

崔老人　さっきの敬才の話か？

母親　ええ。

崔老人　俺がだめと言うものはだめだ……。

母親　だから今まで言えなかったのよ。

崔老人　これはな、俺の家だってことを忘れるな。

母親　家ってのは、人が住むためにあるものでしょう。人が死んで家だけあったたって、何にもなりゃしないじゃありませんか。

崔老人　俺たちに残ってるのはこの家だけだ。

母親　それはみんな分かってるわ。だけど、この家をなくしてしまうって言うんじゃなくて、もう少し小さい家に移ろうって言ってるんじゃありませんか。

崔老人　この家は死んだ親父が買ってくれた家だ！

母親　だからって子どもたちが自分のやりたいこともできず、肩身の狭い思いをしてるのを黙って見てられるんですか？

崔老人　何だと？

母親　敬寿にしても、何のコネもなく就職しようっていうのが間違ってるのよ。近頃じゃ、何かないとうまくいかないでしょう？

崔老人　それじゃ、敬寿の就職資金を作るために、この家を売ろうって言うのか？

母親　それだけじゃありませんよ。敬愛もお嫁にやらなきゃならないし、来年は敬才も大学に行かなきゃいけないし……、これからお金がいることが一つや二つじゃありませんよ。

崔老人　（深いため息をつく）

母親　私だって五十年も住み慣れた家を、好きで売ろうなんて思わないわ。でも成長した子どもたちのためには……。

崔老人　（黙って立ち上がって、花壇のほうへ行き、じっと眺める）

母親　私たちは、どうせ生きても長くはないわ。でも若い子どもたちが可哀相よ。（と言いながら、目頭を押さえる）

敬暉がいつのまにか出てきて茶の間に立っている。崔老人は左右の建物を交互に眺め、ゆっくりと門の方に出ていく。

母親　どこに行くんです？

崔老人　うん、ちょっとな……。

母親　それじゃ今の話は……。

崔老人　（つっけんどんに）考えてみないとな……。（と言いながら退場）

母親　ふうっ、あの頑固さのせいで、苦労するんだから。

敬暉　お母さん、心配しないで。きっと何とかなるわ。まさか飢え死はしないでしょう。

母親　（涙を拭いて）飢えるのなんて怖くないよ、生きていくのが怖いんだよ。

その時、派手な洋装をした敬愛が部屋から出てくる。

敬暉　（感嘆しながら）お姉ちゃん！　そうやって着飾ると、まるで本物の女優さんみたい！

敬愛　私はいつだって本物の女優よ。

敬暉　ほらまた、すぐその気になる。

敬愛　あんた、ちょっとねえ……。（と言いながら靴を履く）

母親　早く帰っておいで。

敬愛　仕事が終わったらね。そうそう、お母さん、今日の仕事がうまく行けば、何の心配も要らないわよ。これよりずっといい家も、自家用車も、それにお兄ちゃんの就職も、万事オーケーですからね。

母親　仕様もないこと言ってないで、お嫁に行きなさい！　そんな映画俳優なんて一生やっていけるわけじゃないでしょう。

敬愛　あら、他人の人格を無視するなんてひどいわ。私は今、自分の人生を決定する一番大事な人生の岐路に立ってるのよ。

敬暉　お姉ちゃんたら、お母さんにそんなこと言っても通じないわよ。

敬愛　（明るく笑いながら）私の唯一の協力者であり後援者はあんただけよ、敬暉。それじゃ行ってきます。

敬輝　きっと合格してね。

敬愛　神様にお祈りでもしといて……。（と言いながら軽く踊るように退場）

母親　全くいつになったら地に足がつくんだか。

敬輝　生まれつきだから、いいじゃないの。

母親　いいって、何がいいんだい？

敬輝　明るくて率直で、自分の思ったとおり素直に行動できるお姉ちゃんの性格が羨ましいわ。私もお姉ちゃんの性格に十分の一でも似たらいいのにな。

母親　そしたら、私はとっくに老け込んで死んでただろうよ。

敬輝　お母さんたら。

母親　おまえがいてくれるおかげで、どれだけ心強いか分からないよ……。（ため息）でも、おまえには苦労ばかりかけて……。

敬輝　お母さん、そんなこと言わないで。私はただ働きたくて就職したんですから。

母親　いやいや。おまえも大学に行きたいって言ってたじゃないの。

敬輝　ちょっと言ってみただけよ。お姉ちゃんも行けなかった大学に私が行けるはずないじゃない。それに家の事情だって大変だし。

母親　本当にね、おまえが女学校に入るまでは、それでも暮らしには困らなかったのに。

敬輝　今だって、お兄ちゃんの就職がうまくいって、お姉ちゃんが俳優に選ばれたら、人並みの暮らしはできるわよ。

母親　そんなこと、あてにならないよ。父さんが、この家を売ると言わない限り……。

敬輝　（間）この家を売ったら、いくらぐらいになるかしら……。

母親　不動産屋の話では二五〇〇万ファン[6]にはなるって話だけど……。

敬輝　二五〇〇万ファン？

母親　そう。

敬輝　それじゃ私たち、それほど貧乏ってわけでもないのね？

母親　家だけあったって仕方ないでしょ。宝の持ち腐れっていう言葉もあるんだから……。

敬輝　それじゃあ五〇〇万ファンで厚生住宅に入って、残りの二〇〇〇万ファンをいろいろ使い回せばいいわね。

母親　そうね。私もそう思うんだけど、お父さんがあの通りだから、きっとだめでしょ。

敬輝　私の勘だと、お父さんもまるっきり反対というわけじゃなさそうよ。

母親　どうして？
敬暉　まあ、直感っていうとこかな。
母親　直感？
敬暉　さっきもお母さんが話を切り出した時、あそこの花壇の前で、どうしようか悩んでるように見えたわよ。
母親　（苦笑しながら）早合点すると後でがっかりするよ……。……でもお父さんがそうしてくれさえすれば、おまえを苦労させないで済むんだけど！
敬暉　私に印刷所をやめろって言うの？
母親　そりゃそうだよ。何のためにあんなところでおまえを働かせておくの？
敬暉　そんなお母さんたら……。
母親　そうよ、私はいつも心の中でおまえに申し訳ないと思ってるんだよ……。まわりはみんな贅沢してるのに、小さなお弁当一つ持って、雨が降っても風が吹いても印刷所に缶詰になって働いてることを考えると、何だか私が悪いことをしてるみたいでね。（涙声になると、動揺する心を押さえるように敬暉はさっと立ち上がる）
敬暉　（不機嫌な声で）他人に同情されたくて就職したわけじゃないわ……。お母さんはいつもそうなんだから……！
母親　悪かったよ……。でもおまえが稼ぐお金だけに頼って暮してるのが申し訳なくてね。それだけだよ……。
敬暉　何が申し訳ないの？　両親のために子どもが働くのは当たり前のことじゃない。お母さんももうそんなこと言わないで。
母親　わかった。もう言わないことにするよ。

その時、敬寿が力なく登場。足取りが少しふらふらしているのは、たぶん酒に酔っているせいだろう。母親と敬暉はそれぞれ嬉しさと同情で出迎える。

母親　敬寿、おかえり。

敬寿は言葉なく茶の間に座り込んで、よれよれの上着を脱ぐ。

敬暉　お兄ちゃん、朝ごはんは？
敬寿　食べた。
母親　どこで？
敬寿　友だちの家に泊まって、朝飯までごちそうしてもらった。（彼の態度はどこか冷笑的で冷めていて自暴自棄の気配が感じられる）
敬暉　（わざとからかうように）ソウルの人にしては今時珍しい。

母親　（顔をしかめて）ちょっとはお酒を控えなさい。自分の体を考えないと！
敬寿　考えた上で飲んだんです。
母親　この子は……まったく。あの永登浦《ヨンドンポ》(7)の工場からの話はどうなったの？
敬寿　もう少し待ってろって……。
母親　（がっかりして）そう……。
敬寿　（独り言）いつだって、待ってろ、待ってろ！　ちくしょう！　死ぬまで待てって言うのか？
母親　だけど待てと言われたんなら、待つしかないでしょう……。
敬暉　この頃は、そんなに簡単に就職なんてできないわよ。
敬寿　そうさ、おまえの言う通りだよ！　みんなそう言うんだ！　友だちも先輩も、いかにも俺のことを心配してるって顔して、言うことはみんな同じさ！　ちくしょう！
敬暉　（今にも泣き出しそうな顔で）お兄ちゃん、私は決してそんなつもりで言ったんじゃないわ。
敬寿　（わざと笑って）そうだろうよ、おまえだけは、俺のかわいい妹だけは違うさ！　とにかく職にあぶれた人間も多いけど、びくびくして自分の職にしがみついてる連中の方が多いみたいだな。
母親　何の話だい？
敬寿　前は、嫌なら職を変えるとか、あちこち職場を移る連中が多かったけど、この頃は滅多にいないっていうことだよ。
母親　そうなの……。
敬寿　一度仕事にありついたら、石にかじりついてでも辞めないんだから、仕事の口なんかできるわけないさ。まったく情けない。
母親　私はまた何の話かと思った……。
敬寿　そうやって、自分の仕事を他人に取られまいと、戦々恐々として生きてるんだから、俺達みたいな人間がもぐりこむ隙間なんてありゃしないよ。
敬暉　本当にね。そうでもしないと生きていけないんですものね。
敬寿　情けない奴らさ！　嫌でも嫌と言えず、泣きっ面に蜂みたいな顔して仕事にしがみついてるんだから、そいつらがくたばるまで俺達の番は回ってこない。そういうわけさ。
母親　でも、戦争から帰ってきた人に、ちょっとは気を遣ってくれてもよさそうなものだけど。
敬寿　（冷笑しながら）そんなことを気遣う世の中だったら、こんな風になってないさ。みんな自分の都合のいい時だけ近づいてきて、用が済んだらそこら辺の野良犬扱いさ……。

はっは……。つまり就職だってコネが必要なんだ！　袖の下でも使わない限り話にもならない！　だから一度就職したら、その元手に利子まで上乗せして、自分の腹を肥やそうとするのが普通なんだ。でも俺にはその金もない！　金が！

母親　いくらひどい世の中だって、そこまで人情も義理もないのかねえ？

敬寿　人情だって？　母親が子どもを捨てて、子どもが父親を殺す世の中に人情だって？　え？　いくら働いても、金は他の奴等の懐に入るようになってるんだ！　俺なんか死ぬしかないよ！　死ぬのが一番楽な方法さ。（と言いながら、茶の間に寝転がる。母親は悲しげな表情で見下ろす）

敬暉　お兄ちゃん、部屋に行って休んだら？

敬寿　敬暉、おまえは俺のことが憎いだろう？

敬暉　（わざと明るく）お兄ちゃん、酔っぱらったんじゃない？

敬寿　俺が酔ったって？　何言ってるんだ。

敬暉　「俺は酔っぱらったぞ」なんて言う酔っぱらいはいないでしょ。

敬寿　（大声で笑って）おまえももうそんなことを言うようになったのか……。もうお嫁に行けるな。

敬暉　お兄ちゃんが結婚するまでは、お嫁になんか行かないわ！

敬寿　南北統一するまでは、って言った方が、もっと感動的だぞ。はっはっは……。

敬暉　（怒って）知らないから、もう。お兄ちゃんは他人の気も知らないで……自分ひとり苦労してるような顔して。

敬寿　（突然起き上がって）何だと？　おまえ今何て言った？（と言いながら食って掛かる）

敬暉　お兄ちゃんは自分勝手すぎるのよ！

敬寿　俺が自分勝手だって？

敬暉　お兄ちゃんの気持ち、私には誰よりもよく分かるわ。でもそんな同情やお情けだけで私たちが生きていけると思うの？　世の中が間違ってるとか、腐ってるとか、嘆いたり非難したりしたからって、私たちの暮らしに何の足しにもならないじゃない。

母親　敬暉！　お兄ちゃんに何てことを……。

敬暉　お兄ちゃんを尊敬してたわ！　誰よりも信じてたの！　でも今は信用しません！

敬寿　俺を信用しないって？

敬暉　お兄ちゃん！　お兄ちゃんは大学の途中で軍隊に入って、今は除隊したばかりだから社会生活についてはまだ経験がないけど、私はこれでも三年間いろんな人たちに揉まれて、社会を経験してきた社会人よ。

敬寿　おい、おまえ、兄の俺に説教するつもりか！
敬暉　説教じゃなくて、意見よ。お兄ちゃんが除隊したあと、家の雰囲気は前より悪くなって、お兄ちゃんのせいで家族みんながどれほど辛い思いをしてるか分かってるの？
母親　敬暉……。
敬暉　お母さんはちょっと黙っててちょうだい。さっきもお兄ちゃんは、自分が就職できないのはお金がないからだって言ったけど、そんなことはお母さんの前で言うべきじゃないでしょ。もし家に、お兄ちゃんの就職のために使えるお金があれば、出してくれないわけがないじゃない。
敬寿　何だと、俺がいつ金を出してくれと言った？
敬暉　直接言ったわけじゃないけど、それを聞いて、心を痛める人がいるってことくらい考えなさいよ！
母親　（泣き声で）敬暉！
敬暉　（次第に声が弱くなり）お兄ちゃん、私たちこの家を売ることになるかもしれないのよ。
敬寿　それが俺と何の関係があるんだ！
敬暉　（再び深刻な表情で）お兄ちゃんは何でもそうやって、ひねくれた態度をとるじゃない。私にはそれが気に入らないの。
敬寿　何だと？　こいつ、言わせておけば……。
敬暉　私を殴るつもり？　殴ってごらんなさいよ。でもそれでお兄ちゃんは満足できるかしら？
敬寿　おまえは……、おまえは俺を憎んでたんだな？
敬暉　怖かったのよ。最近、世間で一番問題になってるのが、除隊した軍人じゃない。お兄ちゃんが帰ってきた時、私はうちのお兄ちゃんだけは違うと心のどこかで願ってたわ。でも一方では怖かったの。道を歩いてても、電車に乗ってても、除隊した軍人を見るたびに、私は気が滅入って、寂しくなったわ。お兄ちゃん！　私の気持ちがわかる？
敬寿　（独り言のように）俺がそんなに憎かったのか……。
敬暉　社会が悪い、周りが関心を持ってくれないと人のせいにして、自分勝手に行動するのは弱い人間のすることでしょ？　お兄ちゃん！　私を生意気だと思うでしょう？　だけど私たちはどんなことをしてでも生きていかなくちゃいけないのよ！
敬寿　俺に泥棒でもしろって言うのか？
敬暉　することがなければ家にいればいいじゃない。他の除隊軍人みたいにお酒を飲んで暴れて、家族を泣かせないで。お母さんはお兄ちゃんが心配で夜も眠れないのよ。夕べも夜中の二時まで寝ないで……。
母親　もうやめなさい。敬暉！（頬に涙がつたう。敬寿は放心したように地面を見つめるばかり）

敬暉　お兄ちゃんが就職できないからって、今すぐ飢え死にするわけじゃないでしょ。今のところは私が稼げるわ。

母親　（哀願するように）そうだよ、今日からは外に出ないで家にいなさい。とにかくこの家が売れたら静かな郊外に引っ越しましょう。広い土地に野菜も植えて、鶏や豚を飼って暮しましょうよ！　敬寿！　いくらひどい世の中だって、自分の気持ちを他人にぶつける必要はないでしょう？

敬寿　（静かに）母さん。

母親　うん？　何だい？

敬寿　敬暉、（間をおき）今の話はよくわかった。そんなことはよくわかってるさ。でも、（次第に興奮してきて）どうすればいいんだ？　おまえらの顔、見ていたくないんだよ。家にじっとなんかしてられないんだよ。

敬暉　だからって、誰かが同情してくれるとでも思う？　お兄ちゃんが辛抱するしかないじゃない。

敬寿　辛抱しろだと？　待ってろだと？　今度連絡するだと？　考えてみましょうだと？（狂ったように）俺のことを人間扱いしていないから、そんなことが言えるんだ！　偉そうな顔して俺を弄んでるんだ！　親も妹弟も俺を適当にあしらおうとしてるんだ！

母親　敬寿！　どうしたの？　敬寿！

敬寿　母さん、俺は酒を飲んだよ！　だけど飲みたくて飲んだんじゃない。母さんや敬暉の言うとおり辛抱するために、あいつらに言われたとおり待つために飲んだんだよ！　でも辛抱することも、待つこともできない俺は、一体どうすればいいんだ！　母さん！　俺はどうしようもない人間だ！　（と言いながら、母親の足元に跪いて泣く）

激動する心の動揺を押さえて、母親は敬寿の頭を撫でる。敬暉は顔を背け、座って泣いている。となりの工事現場からは金槌の音が喧しく聞こえてくる。そのとき崔老人が登場。不動産屋の老人が後からついてくる。三人はそれぞれその場を取り繕う。

崔老人　じゃ、どうぞお入り下さい。

不動産　はあ。（家を見回しながら）ほう……、ずいぶんと古い家ですな……。

崔老人　わしが結婚した年に父が建ててくれた家でしてね。（柱を指して）今時、こんな木材はないでしょう？　木材だけはいいものを使ってまして。（別棟の方を指しながら）あっちに部屋一つと納屋があって…、あそこが店で……。

不動産　ほう……、（あちこち見回しながら）裏の方へまわってみましょうか？

崔老人　（少しあわてて）裏には別に何もありませんよ。まあ、木陰があって……、

不動産屋が先頭に立って入っていく。崔老人、後からついていく。

敬暉　私の言った通りでしょう。

母親　そうだね……。でも裏庭は見せない方がいいんだけど……、あれを見られたら、家の値段が少し下がるだろうね……。

そのとき崔老人、不動産屋、再び登場。

不動産　かなり修理が必要ですな。

崔老人　（少し慌てて）修理って言っても、あそこに下水用の溝を掘ればそれで済むだろうし……。（野菜畑を指して）こっちには花壇もありますよ……。なかなかいい家です。それに何より店もあるし。それだけじゃなくて番地数も縁起がいいでしょう？

不動産　番地数が良くてもねえ……、番地よりは家そのものが大事でしょう。家の中に住むんだから……。

崔老人　それじゃ、さっき言った通りの値段でお願いできますか？

不動産　（茶の間の端に座って煙草を吸いながら）そうですな……、三枚はちょっと厳しいですな……、家が古い上に、あんなに高い建物に囲まれて……、これじゃまるで、大の大人の間に腰抜けが一人座り込んでいるようなもんだ。

崔老人　じゃ、いくらぐらいで？

不動産　よくて二五〇万ファンですな……。

母親　（敬暉に）ほらね……言った通りだろ！

崔老人　何が言った通りだ？

母親　いいえ、なんでもありません……。

敬寿　父さん！

崔老人　（素っ気なく）なんだ？

敬寿　家を売るんですか？

崔老人　おまえは黙ってろ！　おまえが口出しするようなことじゃない。

敬寿　僕は、そんな必要はないと思いますがね。

崔老人　なんだと？

敬寿　今すぐ飢え死にするわけじゃないんだから、もう少し様子を見てから判断した方がいいんじゃありませんか？それに家の売り買いは、売り急いでいるように見られると、足元を見られるのが普通ですからね。

不動産　それじゃ、二五〇万ファンが滅茶苦茶に安い値だ

とでも言うのかね？
敬寿　四〇〇万ファンでも安すぎますよ。
不動産　何だって？　そこのお若いの、気は確かかね？
敬寿　いいですか！　ここは鐘路のど真ん中ですよ。しかも母屋に店が付いていて、たったの二五〇〇万ファンですって？　そんなお話にもならない嘘は共同墓地に行ってからしたらどうです？
不動産　なんだと？　共同墓地だと？　なんて失敬な奴だ。
敬寿　何、年寄りだと思って……。
不動産　こいつ、おまえには親父もお袋もいないのか？　年寄りに向かって共同墓地に行けとは何事だ！　全くけしからん！
崔老人　まあまあ、金さん、まだ若くて口の利き方もよく知らないんですよ、ここはそう怒らずに……。
不動産　そうか、わしが家の売買なんかやってるから、身寄りのない独居老人だとでも思ってるんだろう？　いいか！　わしにだって立派な息子と娘が六人もいるわい。
敬寿　僕はそんなこと言ってませんよ。
母親　おまえは黙ってなさい！　どうか許してやって下さい。この頃の若い人たちときたら、何の了見もなく、ものを言うものですから…。それに、お酒まで飲んで……。
不動産　まったくけしからん！　真っ昼間から酒を飲んで、目上の者に食ってかかるとは！　おい、わしがそんなに甘く見えるか？
崔老人　金さん！　どうか落ち着いて……。代わりに私が謝ります。これ、この通り。
不動産　それに、二五〇〇万ファンじゃ話にならないだと？　おい、金というものが、風が吹きゃ落ちる木の葉かなんかだとでも思ってるのか？　え？　いい値をつけてやったのに！　まったくけしからん！
崔老人　まあまあ、どうか気持ちを抑えて、ここにお座り下さい。
不動産　わしはもう帰らせてもらう。こういうことは気持ちの問題ですからな。共同墓地に送るなら、他の不動産屋にしてもらおう。ふん！　（と言いながら退場）
崔老人　あ、ちょっと、金さん！　（と言いながら後を追って出ていく）
敬寿　なんだ、あの爺さん。
母親　悪いのはあんたでしょ……。
敬寿　家を売るなって言いたかっただけだよ……。

この時、崔老人が息を切らせながら登場するなり、この言葉を聞いてさらに怒り出す。

崔老人　この馬鹿者！　誰がこの家を売るなんて言った？
　え？
敬寿　え、この家を売るんじゃなきゃ、どうして不動産屋が……？
崔老人　こんなどうしようもない奴は見たこともない！　俺が何のために、この家を売るって言うんだ？　え？　おまえの就職資金を作るためか？　え？
母親　それじゃあ二五〇万ファンっていうのは、何の話です？
崔老人　おまえみたいなやつのために、たった一つの家を売るとでも思ってるのか？　六ヶ月だけ貸すことにしたんだ。
敬寿　え？　他人に貸すんですか？　（母親と敬暉は互いに顔を見合わせる）
崔老人　何だ、売るんじゃなくてがっかりしたか？　こいつ！　自分の父親が家なしの乞食になってくたばるのが、そんなに見たいか？
敬寿　（慌てて）違いますよ。父さん！　僕は……。
崔老人　じゃなかったら、なんだ？
母親　あなた、それじゃ、この家を貸してどうするんです？
崔老人　実はさっき、友だちに聞いたんだが、最近、室内でやる……、ええと、何だっけ、「シャッフルイッフル」とかなんとか言う……。
敬暉　「シャッフルボード」[8]でしょう？
崔老人　そうそう、シャッフルボード！　その店を出すのに、たいした金もかからないし、収入もいい、鐘路四街にちょうどいい店があると言われてな。それをやってみるかと思って、この家を見せたのさ。そうして話がだいたいまとまりかけてたのに、こいつのせいで……。
母親　え、それじゃあ、貸すだけで二五〇万ファンなんですか？
崔老人　そうとも！　あの店だけでも一〇〇万ファンは取れるんだ！
母親　それなのに私ったら、早合点して……。
崔老人　早合点……？
敬暉　父さんがこの家を売るとばかり思ってたんです。
崔老人　ふん！　おまえたちはぐるになって、とにかく俺のやることに水を差し、この家を売り飛ばすことばかり考えてるんだろう！　まったくけしからん！　（と言いながら立ち上がる）
母親　そんなはずがないでしょう！　ただ……。
崔老人　もういい！　（花壇のほうへ行き）この家じゃ何一つうまく行きやしない！　ろくに日も当たらないこんな家

じゃ、うまく行くわけがないんだ！　何もかもな！（花壇をめちゃくちゃに踏み荒らす）

母親　（裸足で茶の間から下りて来て）あなた！　やめてちょうだい！　あんなに一生懸命手入れしていた花壇を……、どうして……、あなた……。

崔老人　俺がこれまで何か手を抜いたことがあるか…、俺はどんなことでも最善を尽くしてやってきたんだ……、でも、何一つうまく行かないじゃないか！　何一つ！

敬寿、言葉なく別棟の部屋に飛び込み、しばらくして白い包帯で包んだものを懐に入れ、門のほうへ急いで退場。

母親　敬寿！　（敬暉は唇を噛んで立ち尽くす）

幕

第二幕

舞台

前幕と同じ。一幕から十時間ほど経った夕方。街にはまだ夕日の明るさが残っているが、この家はもう明かりが欲しくなるほど暗い。

隣の喫茶店からはジャズ音楽がいっそう賑やかに聞こえてくる。

幕が上がると、花壇の前で崔老人と敬才が草花や唐辛子の苗をあちこち移したり、植え替えたりしている。崔老人の顔にはすべての雑念を捨てて草花に没頭しようとする思いが漂い、それがかえって悲壮さすら感じさせる。下手側の茶の間では、母親と敬暉が向かい合って座り、糊付けをした洗濯物の手入れをしている。茶の間の片隅には夕飯の支度ができた卓袱台が置いてある。

母親は時々、卓袱台の上に飛んでくる蝿を追い払い、花壇で働いてる二人の方を振り返る。敬才が踏まれた苗を持ち上げて、根が傷んでいないかどうか確かめる。

敬才　(一株の苗を父に渡しながら) これも根は傷んでないから植えていいよ。

崔老人　(苗を受け取り) 本当に大丈夫か？　(とあちこち見る)

敬才　大丈夫だよ……とにかく植えてみないと！

母親　(崔老人に向かって) ちょっと手を休めて、夕飯にしましょう。敬才、お腹空いたでしょう……。

敬才　お父さん……。

崔老人　(手を休めずに) 腹が減ったんなら、おまえ先に食べろ。俺はまずこれを片付ける……。

敬才　(不満気に) 何だよ、自分で滅茶苦茶にしておいて、無駄な苦労してさ……、まったく……。

崔老人　やりたくなかったら、やらなくていい！

敬才　それじゃ僕の言うことが何か間違ってる？　あんなに大事にしてた花壇なのに……、いっそのこと、全部引っこ抜いちゃえばよかったんだよ……。

崔老人　(むきになって) なんだと、この野郎……、これは俺が育てた花壇だぞ。どうしようと俺の勝手だ！

敬才　そうとも言えないんじゃないの？

崔老人　なんだと！

敬才　もちろん家族の中で、この花壇の手入れをするのに一番熱心だったのはお父さんだよ……。でも……。

崔老人　だから俺の好きなようにすると言ってるんだ。文句言うな！　こいつ……！

敬才　(おだやかに) お父さん一人のためにあるわけじゃないだろ。もともとお父さん一人で楽しむためだったら、こんな狭い庭に苦労して花壇を作ったりしなかったでしょう。

崔老人　なんだ偉そうに、父親に説教するつもりか。(と手にしていたシャベルを放り出す。その音に母と敬暉が驚いて振り向く)

敬才　(おだやかな表情で) 説教じゃなくて意見だよ……。(シャベルを拾いながら) そりゃお父さんは腹が立って、あんなことをしたかも知れないけど、お兄ちゃんの立場も考えてあげないと……。(敬寿の話が出ると、父はぷいっと背を向け、草花の手入れを続ける)

敬才　だって、お兄ちゃんが可哀想だよ。軍隊に行く前は、すごく明るい性格だったじゃないか。(気を落として) お父さんは仕事もしないでぶらぶらしてるお兄ちゃんのことが気に食わないかもしれないけど、ぶらぶらしたくてぶらぶらしてるわけじゃないんだから。

崔老人　(皮肉るように) 戦争でだめになった人間はあいつ一人か？　このソウルの中であいつ一人だって言うのか？　ふん……そんなのは全部言い訳だ！　やろうと思えばで

きないことがあるもんか。練炭屋のジュンシクも洗濯屋のパリョンもみんな戦争から帰ってきて、ちゃんと金を稼いでるじゃないか！

敬才 あの人たちは小学校も出てないから何だってできるだろうけど、お兄ちゃんは……。

崔老人 なんだと？ この馬鹿！ 学校を出てない奴は働いて、大学を出た奴はごろごろしてていいっていう法律でもあるのか、えっ？ そんな馬鹿気た話があるか？ 俺がどんなに苦労して、おまえたちを学校に通わせてやったと思ってるんだ？

敬暉 （近寄って、険悪な雰囲気を和らげようと）まあ、お父さん……、今度は敬才と喧嘩するつもり？ ふふふ……、そんなことしてると、また花壇が滅茶苦茶になっちゃうわよ。植え替えるのは喧嘩が終わってからにしたらどう……、ほほ……。

崔老人 （手の土を払って立ち上がりながら）うるさい！

敬暉 お父さん、後片付けは私がやるから、早く手を洗ってご飯食べて。

崔老人は黙って茶の間の方へ行く。敬暉は敬才に目配せして叱る。

敬才 （ひそひそと）石頭のお父さんも、お姉ちゃんの甘い言葉には頭が上がらないね！ ふふふ……。

敬暉 お父さんの神経を逆撫でするようなことはよしなさい……。

敬才 別に逆撫でなんかしてないよ。お父さんの雷はもともと自家発電だからね……。

敬暉 （つられて笑いながら）じゃあ、自家発電できないように油を注がないで……。

敬才 （わざと大げさな身ぶりで）はい……はい……かしこまりました……。

その間に、崔老人は手を洗って茶の間に腰掛ける。母親は胸に渦巻く暗い気持ちを抑えようとするかのように静かに座っている。

母親 敬才！ あんたも手を洗ってきなさい。

敬才 はい……。（と答えて洗い場で手を洗いながら）そうだ。お姉ちゃん、受かったかな？

敬暉 （にっこりと）十中八九は確実だって。

敬才 いつもそう言うくせに、バナナの皮だろ？ それに今度は審査員と約束ができてるって言ってたから、受かるかもしれないよ。

敬才　（手ぬぐいで手を拭きながら）そんなの当てにならないよ。だいたい女が映画に出たいなんて考えること自体がおかしいんだよ！

敬暉　芸術家になろうとするのがおかしいの？

敬才　芸術？　ふん！　映画が芸術かよ？　とんでもない！

敬暉　お姉ちゃんが聞いたら、気絶して五分は立ち上がれないわよ！

敬才　今日もミドパデパート[9]の前でロケするのを見たけどさ……。

母親　え？　ロケット！

敬暉　ふふ……映画を作るとき、街で撮影することよ。

母親　へえ……そう。

敬才　でさ、デパートから出てきて、タクシーに乗るのを何十回も繰り返してたんだよ。

敬暉　繰り返すと芸術にならないって言うわけ？

敬才　そうじゃなくて、やり直す態度がひどかったんだ！　ふざけてるみたいに、へらへら笑いながら……。

敬暉　男の俳優？

敬才　女優だよ！　それも最近一番人気があるって言われてるスターが、そんなこともできないんだからね。そんなんだから韓国の映画は外国映画にかなわないんだよ。

敬暉　そんなこと言って、なんだか映画評論家みたい！　ふふ……。

敬才　先のことは分からないよ。ひょっとしたら僕が本当に評論家になるかもよ……。

敬暉　それじゃ、姉は女優で、弟は評論家！　すごいじゃない！　ふふ……。（と台所に入る）

敬才　そうだろ！　はっは……。

母親　いい加減おしゃべりはやめて、ご飯を食べなさい……。

敬才は茶の間に上がり、父と向かい合って座る。

敬暉　（お盆に汁物をのせて出てくる）お母さんも上がって……。

母親　後で食べるよ、私は……。

敬才　お母さんはそれがだめなんだよ……。食事っていうのは、家族みんなで食べれば、大したおかずがなくても、おいしく食べられるもんなんだよ……。

崔老人　おまえは知ってることが多すぎて困りものだな。……男のくせに、何をそんなにぺちゃくちゃしゃべるんだ？（舌を打つ）

敬輝　（頭を掻きながら）でも言うべきことは言わないと……。

　四人が卓袱台に座って夕食を食べはじめる。しかし母親はスプーンを持ってぼんやり座ったまま。

敬輝　（気の毒そうな声で）お母さん……。

崔老人　なんだ、また？　おい？

母親　（つぶやくように）いつになったら家族みんな揃って、一緒にご飯が食べられるんだろうね！　（と、スプーンを置いてスカートのすそで涙を拭く）

敬才　この忙しい世の中に、家族みんな揃って食事なんてできっこないよ。それぞれ適当に食べればいいじゃない。ほら、早く食べてよ……。

母親　一日や二日じゃあるまいし……、ああやって……、ちゃんと食べてるのかしら……、それとも……、本当にあの子が可哀相で……（と泣きはじめる）

　崔老人はしばらく母親をにらみ、スプーンを下ろして背を向ける。そして煙草を吸う。

敬輝　（険悪な空気を察して）お母さんったら……、馬鹿ね、泣いたりして！　もう！

敬才　お兄ちゃんだって、どこかでちゃんと食べてるさ。心配することないよ。

母親　今朝、あんな風に飛び出して、またどこかでお酒を飲んで、何日も帰って来ないんだろうね……。ふうっ……、神様も冷たいね……。敬寿にお恵みを与えて下さらないなんて……、本当にね……。（と泣く）

敬輝　今日に限ったことじゃないでしょう。それに待つように言われてる会社もいくつかあるわけだし、そのうち、何かいい知らせが来るわよ。

敬才　（ご飯を食べながら）至誠《しせい》天に通ずって言葉もあるでしょ。

母親　まごころにだって限度ってものがあるよ……。もう何ヶ月どころか何年にもなるのよ。このままじゃ、廃人になるかゴロツキにでもなるしか……。

敬輝　お母さんはどうしてそう悪い方にばかり考えるの？

敬才　待てば海路の日和ありっていう諺もあるじゃないか。

母親　でも、どうしても安心できないのよ……。最近は悪い夢も見るし……、今朝、家を出る時、お兄ちゃんの目つきを見たかい？　それに部屋から何を持って出たんだろう……？

敬才　え、部屋からって、何を？

母親　何か白い包帯で巻いた物を持って、急いで出て行ったでしょう？
敬才　（箸を下ろして）白い包帯で？
敬暉　敬才、あなた、なんか知ってる？
敬才　（独り言）あれだ！　きっと……。
母親　あれって？
敬才　お母さん！　お姉ちゃん！　なんで止めなかったんだよ？
敬暉　何、あれって何なの？
敬才　きっと拳銃だよ！
母親　えっ？
崔老人　（顔色を変え）拳銃？
敬才　お兄ちゃんが持ってるのを見たんだ……。
敬暉　それじゃあ、なんで今まで黙ってたの？
敬才　お兄ちゃんが……可哀相だったんだ！　というか、拳銃を持ちたくなるお兄ちゃんの気持ちが僕にも分かったから……。
崔老人　敬才！　詳しく話せ！

敬才はもじもじして、なかなか話そうとしない。

敬暉　敬才、いつ見たの？　その拳銃……。
敬才　二ヶ月前だったかな……。寝てる時、なんかごそごそ音がして目を覚ましたら、お兄ちゃんが座って何かいじってたんだ。何してるのって聞いたら、お兄ちゃんはすごく慌てて、それをトランクの中に隠して……。
崔老人　それで、おまえ見たのか？
敬才　その日はそのまま寝たよ。何日かして、勉強してる時、ふと、そのトランクが目に入って。他人のものを勝手に触るのは悪いと分かってたけど、開けてみたんだ。……そうしたらトランクの底に、包帯でぐるぐるに巻いた拳銃が隠してあったんだ。
崔老人　なんだと？
母親　（わなわな震えて）何のためにそんなものを隠してたんだろう？
敬暉　弾も？
敬才　それは見てない。でも、手に持ってみたら重かったから、本物の拳銃だってことは間違いないと思う。
母親　どうしよう！
敬才　その日の夜、お兄ちゃんは酔っぱらって帰ってきたんだ。僕はお兄ちゃんに、なんでそんなものを持ってるのかって聞いてみた。お兄ちゃんは最初はかっとなって僕を殴ろうとしたけど、急にげらげら笑いはじめたんだ。
崔老人　笑った？

敬才　うん……お兄ちゃんの言うには、その拳銃を見る度に、生きていく力が沸いてくるんだって。戦場で銃をかまえる時、敵を撃たなきゃ自分が撃たれて死んじゃうっていう、そういう切迫した気持ちになると、不平も不満も吹っ飛んじゃうんだって。

敬暉　それじゃあ、その拳銃で、反省したり、自分自身を勇気付けたりしてたわけね？

敬才　そうなんだ！　お兄ちゃんは一日に何回も死にたいと思うけど、その拳銃を見る度に、何としてでも生きていこうっていう勇気が湧いてくるって……。

崔老人は長い溜息をつく。母親はなおも震えながら泣いている。

敬才　僕はその話を聞いて、お兄ちゃんみたいな目に遭えば、きっと誰でも同じような気持ちになるんじゃないかと思ったんだ。お兄ちゃんに、このことは内緒にしてくれって言われて……。

敬暉　でも、どうしてそんなものを持って行ったのかしら？

敬才　僕もそれが心配だ。（間）売ろうとして持って行ったのかもしれないけど……。（考え込んで）もしかしたら、お兄ちゃんはあの拳銃で自殺を……。

母親　えっ？

崔老人　縁起でもない！　自殺だと……。

敬才　じゃあ、どうしてあんなものを……？

敬暉　お父さん！　敬才の言ってることが当たってるかもしれないわよ。もし売る気があったら、もうとっくにお金に換えてたでしょう？

母親　あなたが、あんなひどい言い方するから……。あんなにひどく叱られたのは、あの子、きっと初めてだったでしょう……。

崔老人　何だと、今さら俺のせいにする気か？

母親　そりゃ不動産屋の話を聞いて早とちりしたのは敬寿が悪いけど、あの子にしてみれば、親に申し訳なくて、あんなことを言ったんじゃありませんか……。

敬暉　お母さん！　ここでぐずぐずしてないで、お兄ちゃんを捜してみましょう……。

崔老人　どうやって捜すんだ？

敬才　お兄ちゃんがよく行く飲み屋に行ってみれば、だいたい見当がつくよ！　僕が行ってみる！

敬才が庭に下りると、敬暉も立ち上がる。

敬暉　それじゃあ、私はお兄ちゃんの友だちの家を何軒か回ってみる……。（と部屋に入る）

舞台は前より暗くなり、背景に都市の光が明るく現れる。敬才が門のそばに近づいた瞬間、門がきしむ音がする。

敬才　（緊張して）誰ですか？　お兄ちゃん？　（みんな緊張して見つめるが、なんの返事もない。敬才が門を開けてみる。しかし外の人は入ろうとしない）

敬才　（あたりを見回す）なんだ、お姉ちゃんじゃないか！　なんでそんなとこに突っ立ってるの？　早く入んなよ！

母親　誰なの？

敬才　お姉ちゃんだよ……。

ようやく敬愛がゆっくり入ってくる。今朝、出かけるときとは違い、しょげかえった様子で、うつむいたまま茶の間に腰をかける。ただごとではない様子に、敬才は黙って見つめる。

敬暉　（着替えて出て来ながら）お姉ちゃん、帰って来たの？　（敬愛を見つけて）お姉ちゃん、どうだった？

敬愛は虚空を見つめ、次第に顔がくしゃくしゃになり、ついに両手で顔を覆って、泣きはじめる。敬暉と敬才は互いに顔を見合わせ、声をかけるのを躊躇う。

敬暉　（近寄って肩に手をのせ）お姉ちゃん……、どうしたの？

敬愛　（ヒステリックに）お願いだから私のことは放っといて！

敬才　（意外な態度に敬暉もぼんやり立ち尽くす）

敬才　（振り返り）何言ってるんだ？　今、家はそれどころじゃないんだぞ。

敬愛　あんた達まで私をからかってるの？　なんでみんなして私のこと、じろじろ見るの！

母親　敬愛……。

敬愛　（つぶやくように）泥棒！　この世に信じられるものなんて何にもない！　みんな……、みんな、詐欺師よ！

敬才　（とっさに理解して）ふん！　そんなこと、やっと分かったのか！

敬愛　何よ？

敬才　だから盗むより盗まれる方が悪いって言われる時代なんだ！　（敬暉に）じゃ、僕、先に行ってくる。（と門の外に飛び出して行く）

敬暉　（同情の目で）お姉ちゃん、じゃやっぱりだめだったのね？
敬愛　ちゃんとオーディション受けてだめだったら、こんなに悔しくないよ……。でも……。
敬暉　（意味がよく分からないというように）えっ？
敬愛　最初からいやな予感がしたんだけど、あんなにまんまと騙されるなんて……。ああ……。（とまた泣きだす）
敬暉　お姉ちゃん、詳しく話してよ！
敬愛　実は、その映画社っていうのは偽物だったの……。
敬暉　えっ？　偽物？
敬愛　新人女優を募集するって宣伝しておいて、手数料だけぶん取って雲隠れしちゃったのよ。一体どうすればいいの？
敬暉　じゃ、審査員は？
敬愛　そいつもぐるだったのよ……。三十人もの志願者が、何にも知らずに毎日一生懸命通いつめた結果が、こんなだなんて悔しくてたまらないわ。
敬暉　手数料はいくらなの？
敬愛　一万ファン……。
母親　だから言ったでしょ……。早く心を入れかえてお嫁にでも行ったらって……。
敬暉　お母さんたら……。お姉ちゃんだって、きっとうまく行くと思ってたのよ。誰もこんなことになるなんて思ってなかったじゃない。お姉ちゃん！　くよくよすることないわ。あんな一万ファンくらい盗られたってどうってことないわ。さあ、早く部屋に入って。
敬愛　（さらに気持ちが込み上げて）お金がもったいないなんて誰も言ってないでしょ。そんなお金なんかの問題じゃないわ！　（ばたばたと部屋に入る）

三人は敬愛の後姿を見つめる。しばらくして床に倒れる音がして、泣き声が聞こえてくる。敬暉は長い溜息をつきながら、ゆっくりと門の方へ行く。

崔老人　世も末だ……世も末……。
母親　（夫の言葉を遮り）そっとしておいてやって……。あの子だって辛いんですよ……。可哀相に……。
崔老人　いくら世の中が変わっても、天地がひっくり返ったり、昼と夜が逆になったりするわけじゃないだろう……。子どもを信じる親が馬鹿なんだ！　なんてざまだ！　いっそのこと、さっさとくたばっちまった方がましだ！　ちきしょう……。（と、席から立って庭の方に下りる）

母親、卓袱台を茶の間の片隅に片付ける。その時、外で人の気配がして、郵便配達夫が入ってくる。

郵便配達　こちらに崔敬寿さんという方はいらっしゃいますか？

崔老人　はい……いることはいますが……何でしょう？

郵便配達　速達です……。（と手紙を差し出す）

崔老人　速達？（手紙を受けとって目の前にかざし）暗くて見えないな……どこから来たんですか？

郵便配達　（門の外に出かけて、振り向き）永登浦《ヨンドンポ》からです……。それじゃあ。

　郵便配達夫が門を出ると、崔老人は手紙を持って茶の間に座る。

崔老人　永登浦……。

母親　もしかしたら、就職の知らせじゃないかしら。

崔老人　うん？

母親　今朝の敬寿の話だと、永登浦にある工場からも待ってるように言われたらしいけど……。

崔老人　さあな……、俺の眼鏡はどこだ……？

　その時、敬才が外から戻ってくる。

母親　敬才？

敬才　飲み屋には行ってないって……。

母親　敬才、この手紙、読んでみて……。

敬才　手紙……？

母親　兄さんに来たんだって……。

敬才　じゃあ、なんで？　他人の手紙は勝手に開けるものじゃないだろ……。

崔老人　読めと言ったら読め！　こいつ、いちいち偉そうに！（と手紙を渡す）

敬才　（受け取って、封筒の裏を見る）光一製薬株式会社？

　永登浦にある会社だ……。

母親　早く読みなさい。（間）

敬才　（手紙を読み）お父さん、やったよ！

崔老人　何が？

敬才　お兄ちゃんの就職さ……。

母親　本当に？

敬才　（手紙を読んで）「貴下を本社の業務課で採用することになりましたので、来たる三十日より出勤願います」だって。

崔老人　（顔をほころばせて）それじゃ、間違いない！

母親　製薬会社って薬を作る会社でしょ？

敬才　そうだよ！　これからはお母さんの薬は心配ないね？　はっはっは……。
母親　こんなにありがたいことがあるかしら……。やっぱり何事も辛抱だね……。
崔老人　辛抱なもんか！　あいつの運が開けたんだろう……。
母親　本当に長男さえ就職してくれれば、うちの悩みは吹っ飛んだも同じことですよ。（喜びを抑えきれず）この知らせを聞いたらどんなに喜ぶかしら。就職できずに、いつも塩をかけた菜っ葉みたいに萎れてたけど、これでようやく……。
崔老人　それにしても、職探しがこれほど難しいとはな……。（舌を打つ）とにかく俺もどうにかして早いうちに店を開けないと……。
母親　それじゃ、この家はどうしますか？
崔老人　どうするって？
母親　他人に貸すって言ったでしょう？
崔老人　それはもう一度考えてみないとな……。
母親　考えるって？
崔老人　（庭を歩きながら）おまえが言った通り、もう少し小さい家に移った方が良さそうだ。
敬才　え？　お父さん！　それじゃ厚生住宅に引っ越すの？　本当？　（崔老人の腰を掴んで、ぐるぐる回る）
崔老人　こいつ、放せ！
敬才　お父さんは封建的だと思ってたけど、けっこう民主的だね。
崔老人　なんだと？
敬才　頑固に意地を張っても、みんなに意見を譲る太っ腹なところもあるからね。
崔老人　また演説か！　……。（舌を打つ）
敬才　はっはっは……。
母親　それじゃ、明日からでも家を探してみましょうか。
崔老人　そうしよう。そして余った金で雑貨屋でもやろう。
敬才　それに、お兄ちゃんに背広一着くらい買ってあげないと。
母親　そうね。馬子にも衣装って言うじゃないの。いくら中身がよくっても、身なりがみすぼらしいと馬鹿にされる世の中ですからね……。
敬才　（幸せな気分で）こうして見ると、世の中っていうのは生きてみないと分からないもんだな。こうやって一つ一つ問題が解決していくんだから、面白いよね。
崔老人　敬寿の就職が決まって、ようやくぐっすり眠れるな。
母親　あとは敬愛をお嫁にやって、敬才が大学に入ってくれれば、もう何も望むことはないんだけど。敬輝は何の心配もないし……。
敬才　そうだ、お姉ちゃんはどこ行った？
母親　（部屋の方を見て）なんの音もしないってことは、もう寝たんでしょう。
崔老人　まったく仕様もない奴だな！　うちにめでたいことがあろうが、何があろうが、お構いなしに寝てるなんて。早く起こせ！　敬才！
母親　そっとしておきましょう。あの子の気持ちも考えてあげないと。あんなに一生懸命やってたのに、あんな目に遭って、よっぽどショックだったのよ。泣いたり喚いたりするよりはましですよ。明日になったら、さっぱりした顔で起きられるように放っておいてあげましょう。一度ひどい目に遭えば、気持ちもしっかりしますよ……。

その時、門の外でがやがやと声がする。三人は同時にそちらを振り向く。

母親　今度は何かしら？
崔老人　敬才、ちょっと見て来い……。
敬才　はい……。（門の方に歩きかけた時、次の声が聞こえてくる）
刑事　（声）さっさと入らないか……。なんだ、この野郎…、なぜ入らないんだ？　（しばらく揉み合う音がしたかと思うと、門が開いて敬寿が入ってくる。彼の手には手錠がかけられている。敬寿は家族を見ると、顔をさっと背け、背中を見せて立つ。刑事は外の人を追い払う）
刑事　もう帰らないか。なんで人のあとをついてくるんだ。あっちに行け！

刑事の怒鳴り声にざわざわと人が散る気配。刑事は門を閉めて振り向く。崔老人、母親、敬才は、感電したかのように刑事と敬寿を見つめる。重い沈黙が流れる。

刑事　（形式的にお辞儀しながら）そちらがこの家の……。
崔老人　（平静を装い）はい、この家の主人です……。どちらから……。
刑事　（警察手帳を見せ）警察の者です。少々お聞きしたいことがありまして……。（敬寿を指し）息子さんですか。
崔老人　はい……、長男です……。うちの息子が何か？
刑事　（それには答えず）部屋はどこですか？　ちょっと入らせていただきます。
敬才　（別棟の部屋を指して）ここです。
刑事　おい……、（中に入りかけて、敬寿に）逃げたりした

ら、ただじゃ済まんぞ！　（家族に）ご家族にも責任がありますよ。（と部屋に入る）

母親　（がたがた震えて）敬寿……、いったい……、何があったの？　え？

敬寿は石のようにじっと突っ立っているばかりである。

崔老人　（敬寿のそばに寄り）誰かと喧嘩でもしたのか、おい？　恥ずかしいと思わないのか？

母親　（敬寿に近寄って）ちゃんと話してごらん！　ちょうど敬才と敬暉が捜しに行ってたんだよ……。どこで何をして、こんな……。（と手錠を見下ろす。しかし敬寿は相変わらず黙っている）

敬才　お兄ちゃん、なんで拳銃なんか持ってったの？

（拳銃の話が出ると、敬寿の顔には緊張の色が浮かぶ）

敬才　死んだって何も解決できないだろ？　死ぬなんて馬鹿気てるよ。自殺未遂なんて新聞に出たら、それこそ恥ずかしいじゃないか？

崔老人　（我慢できず、怒り出して）なぜ黙ってる？　何のために口があると思ってるんだ？　馬鹿野郎！　（敬寿の頬を打つ。しかし、敬寿は唇を噛むばかりで反応がない）

母親　あなた！　やめてちょうだい！　（哀願するように）敬寿！　お願いだから話しておくれ。母さんは胸が張り裂けそうだよ。え？　いったい何をして、こんな不様な姿で連れてこられたの？　敬寿！

その時、刑事が部屋から出てくる。

崔老人　（刑事に近づいて）あの……、刑事さん、あいつが何をしたんでしょうか？

刑事　まだご存じないようですな？　どうして息子さんがあんなことをするまで、放ったらかしにしておいたんですか？

崔老人　一体何を……？

刑事　それより息子さんが拳銃を隠し持ってたのをご存知ありませんでしたか？

崔老人　（敬才を見てから）拳銃ですって？　ちっとも知りませんでした……。

刑事　知らなかった？　家庭の監督が不十分だから、外で何をやっても知らないんでしょう……。こちらの息子さんは……、（しばらく家族を見回し）真昼間に強盗をやらかしたんですよ！

崔老人　えっ？

母親　ご、強盗？

敬才　お兄ちゃん！

敬寿は一、二歩よろけて、壁に顔をもたれかけて背を向ける。

刑事　鍾路の貴金属店に入って拳銃で脅し、三百万ファンに相当する貴金属を奪って逃げたんです！

母親　敬寿！（茶の間の端にふらふらと腰を落とす）まさか、そんな！　えっ？

刑事　しかし、犯行四〇分後に捕まりました。ですから強盗未遂犯です。

敬寿　強盗じゃありません。二ヶ月だけ借してほしいと言ったんです！

刑事　黙れ！　そんな言い訳が通じると思ってるのか？

敬寿　本当です！　どうしても金が必要で……。

刑事　金を借りるなら頼んで借りりゃいいだろう、武器で脅して借りる奴があるか？

敬寿　本当に盗むつもりはなかったんです。ほんの一瞬……。

刑事　とにかく署に行って、もう一度取り調べを受けてもらう！　さ、行くぞ！

母親　（立ち塞がって）ちょっと待って下さい……、ほんの少し話をさせて下さい！

崔老人　（べたりと座り込んで）何の話だ、えっ!?　泥棒に何の話がある？　出て行け……、さっさと出て行け！

敬寿　お父さん！　最後に一つだけ聞いて下さい。僕はお父さんやお母さんに喜んでもらいたくて、こんな泥沼に足を突っ込んでしまいました。僕のせいで、この家も売れなくなってしまったけど、僕はそれを黙って見ていられなかったんだ。今朝この家を出る時、僕は山奥にでも行ってこっそり死ぬつもりでした。

敬才　お兄ちゃんは馬鹿だ！　卑怯者！

敬寿　おまえの言う通り、俺はとことん卑怯だった！　でも俺のせいで、この家が滅茶苦茶になっていくのを、だんだん翳っていくのを、見て見ぬ振りすることはできなかったんだ……。俺さえいなくなれば、それでいいんだから……。（間）だが、賑やかな街に出たら、俺の気持ちはだんだん変わってきた！　ふと、宝石屋の前を通った瞬間、俺は馬鹿げたことを頭に思い浮かべた。敬才！　信じられないかもしれないが、一瞬魔が差したんだ。「どうせ死ぬなら……」そんな考えが俺を駆り立てたんだ……。

崔老人　俺が……、俺が馬鹿だったんだ。あんな奴を息子だと信じて待っていた俺が……。（声を殺して泣く）

敬寿　お母さん……、お母さんが可哀相で……。僕は今まで何度も死のうと思ったけど、お母さんのことを考えると死ねなかった。でも、今日死のうと思ったのは、お母さんに申し訳なかったからなんだ……。お母さん……。

母親　敬寿！（と敬寿の胸を叩くように悶える）

敬寿　お母さん、泣かないで下さい。僕はもう涙も枯れてしまった。僕がいなくても、きっと敬才が僕の分まで親孝行してくれますよ……。

母親　ああ……、神様はなんて気まぐれなんだろうね……。たった一日でも早く知らせてくれれば、私の息子は救われたのに……。死んでから医者を送ってくれたって、そんなの後の祭じゃないの！　ああ……。

敬寿　何の話ですか？

敬才　（茶の間の端に置いてあった手紙を見せ）就職の通知が来たんだよ……永登浦から……。

敬寿　（手錠がはまった手で手紙を受け取り）ありがたいな……。それでも、あいつだけは約束を守ってくれたんだ……。（発作のように笑いだす）俺への別れの花束としては最高だぜ！　はっはっ……。（と門の方に歩きだす。下に落ちた手紙を敬才が拾う）

その時、門が開いて、敬暉が幽霊のように入ってくる。顔には涙の痕が残ってる。敬暉と向かい合った敬寿は化石のように身動きもせず、敬暉を見つめる。

敬寿　（ささやくように、震える声で）敬暉！　許してくれ……。

敬暉　どうして名前を呼ぶの？　私とは何の関係もないわ！（と顔をそむける）

敬寿　（唇を震わせ）分かった……。そうだな、関係なんかあるもんか……。（振り返り）お母さん……、敬才……、お父さんのことを……。（と言って門を出る。刑事が門の外に出ると、にわかに外がざわめいて人々の話し声がする）

刑事　（声だけ）どけ、どけ！　向こうへ行け！　何を見てるんだ！　向こうへ行け！

この言葉とともに人々のざわめきも遠のき、町はまた静かになる。道路から聞こえてくる車の音と隣の喫茶店から流れてくるエキセントリックな軽音楽の不調和が、普段にもまして神経を掻き乱す。

母親　（門にすがるように）敬寿！　敬寿！

敬暉も黙って茶の間に上がって部屋に入る。崔老人は茶の間の端に座り、敬才は地面ばかり見つめてる。沈黙が流れる。敬暉の部屋の明かりがつき、すだれがかかってる戸の向こうに、敬暉の姿がぼんやり見える。

敬暉　（何を見たのか驚いて悲鳴をあげる）あっ！　……敬才！　敬才！

敬才　お姉ちゃん！　どうしたの⁉

敬暉　お姉ちゃんが……。（横たわってる敬愛を揺すりながら）お姉ちゃん！　お姉ちゃん！　しっかりして！

崔老人　どうしたんだ？

敬才は急いで部屋に入る。しかし敬暉の泣き声がすると、母親は胸騒ぎがして部屋に近づく。敬才が一枚の紙を持って部屋から出て来る。

敬才　お姉ちゃんが自殺した……。

崔老人　敬愛が？

母親　えっ、自殺……？

敬暉　何で死んだりするのよ！　馬鹿！　（部屋を飛び出す。手には空の薬瓶）睡眠薬を飲んだのよ……。

母親　何ですって？

崔老人は遺書を読む。彼の手が震える。

敬愛の声　「お父さん！　そしてお母さん……。私は騙されました。心も体も他人に騙された私は、これ以上生きていくことができません……。ナイロンのベールを買ってあげると約束したのに、ごめんなさい……。」

崔老人　（遺書を読むのを止めて）なんていうことだ！　いっぺんに我が家が……、どうして……。

崔老人は急に立ち上がり、込み上げる感情を抑え切れない。いつの間にか母親は部屋に入り、敬愛の遺体を抱いて泣く。

敬暉　お父さん、落ち着いて……。

崔老人　なんて運命だ！　はっ……枯れるのは草花だけかと思ってたら、まさか人間まで……。え、おい、これは夢じゃないのか？　……敬愛？　（狂ったように部屋に入ろうとする父を、敬暉と敬才が必死に止める）

敬才　お父さん、入らないで！

崔老人　はなせ！　はなせ！　あいつの不様な死にざまをこの目で確かめてやる！

敬暉　お父さん！　やめて！　お姉ちゃんを心安らかに逝

かせてあげて。

崔老人　人の命がそんなに値打ちのないものだと思ってるのか？　おまえたち四人を育てながら、俺は死ぬことなんて考えてみることすらできなかった。なのに、おまえたちは……。ああ、これが俺が手に入れたすべてか？　（茶の間にべたりと座り込み）敬寿！　敬寿！　（とついに声を上げて泣き出す）

敬才と敬暉はぼんやり虚空を見つめ、部屋の中の母はさらに悲し気に泣く。

幕

発表　『文学芸術』、一九五七

初演　製作劇会、一九五八・七

（1）ここでは、敬暉の職場として出版社・印刷工場・印刷所という言葉が混用されているが、本作品が発表された当時は、出版に関する編集・活字・印刷・製本などが専門化されず、同じところでなされ、出版社・印刷工場・印刷所などが同じ意味で使われた。当時出版された本の奥付には〈○○印刷所〉と表記されている場合があるが、これは出版社を意味する。したがって翻訳に際し、そうした時代背景を考慮して、あえて統一せず、原文通り翻訳した。

（2）この作品が発表されたのは一九五七年で、時代的な背景は一九五〇年代後半である。一九五〇年に勃発した朝鮮戦争後、一般の人々は貧困にあえいでいた。が、一方では開発と工業化、資本化が進み、本作品の舞台となった鐘路には、銀行やデパートなど三〜四階前後の、当時としては最新式の鉄筋コンクリート建てのビルが建てられた。鐘路はソウルの中心部で、伝統的な商業地域だったのである。

（3）ソウルの中心部の代表的な商業地域。一八九八年には韓国最初の電車が設置され、一九七四年には地下鉄が設置された。

（4）一二八頁註（5）参照

（5）Kim Novak（一九三三〜）。女優。韓国では映画『Vertigo』で人気を得た。

（6）韓国で一九五三年二月から一九六二年六月まで使用された貨幣単位。ちなみに一九五六年の物価を見ると、市内バスの運賃が一〇ファン、映画館の入場料三〇ファン、ごま油一瓶一〇〇ファン、新聞代金三〇〇ファンとなっている。

（7）一九二〇年代から数多くの工場が建てられ、ソウルを代表する工業地域になった。

(8)ミニボーリングのような室内スポーツの一種。この作品が書かれた当時、ソウルで流行した。

(9)韓国に百貨店ができたのは、日本の植民統制下にあった一九〇六年に三越が京城支店(現在の新世界百貨店)を設けたのが最初で、一九〇〇年代前半には、日本資本の三越、三中井、丁子屋、平田と並び、韓国資本の和信百貨店(一九三一年開店)が「京城五大百貨店」と呼ばれていた。ミドパデパートは丁子屋を前身とし、朝鮮戦争休戦後の一九五五年に李承晩大統領の指示により、韓国の貿易振興を図るための国産品奨励館として使われ、一九六九年に民間資本の百貨店となった。

車凡錫と『不毛の地』

車凡錫《チャ・ボムソク》（一九二四〜二〇〇六）は全羅南道木浦《モッポ》に生まれ、延世大学英文学科を卒業後、故郷の小・中学校で教員生活を送りながら、地域の劇団で演劇活動を行っていた。一九五一年に『木浦文化協会』に戯曲『星は毎晩』を発表、一九五五年に『朝鮮日報』新春文芸に戯曲『密酒』が当選し、劇作家として正式にデビューした。

車凡錫はこれまでに韓国でもっとも多くの戯曲を書き残した劇作家であり、同時に演出家としても活躍した。劇作家としては、リアリズムを基調として目まぐるしく移り変わる現実社会を作品の中に映し出し、柳致眞に続き韓国のリアリズム戯曲の水準に引き上げた戦後第一世代の作家として高く評価されている。代表作には『山火』（一九六二）、『尹氏一家』（一九五三）、『不毛の地』、『空想都市』（一九八二）、『大地の娘』（一九八七）などがある。このうち、戦争とイデオロギーに翻弄される民衆の痛みを描いた『山火』は韓国リアリズム戯曲の最高峰とされており、すでに日本語訳（『韓国現代戯曲集Ⅲ』、日韓演劇交流センター編・刊行、二〇〇七年）され、日本国内でリーディング公演されている。

『不毛の地』が発表された一九五〇年代は、朝鮮戦争の後遺症により、社会がさまざまな混乱をきたした時代だった。政治的には李承晩《イ・スンマン》大統領が戒厳令を布いて不正選挙を強行するなど、独裁政治が行われていた。経済的には、国際社会の莫大な援助を悪用し、新たな財閥グループが形成されつつあった。財閥たちは、政界の特定勢力と結託して短期間に急成長し、市場を独占しはじめた。政界の権力者たちは、一部特定の財閥を保護するために、さまざまな恩恵を与える一方、基盤が貧弱な中小企業に対しては何ら恩恵を与えなかった。いわゆる政経癒着が進んだわけだが、こうした現象は経済発展の不均衡をもたらし、貧富の格差を拡大し、社会不安に拍車をかけた。政治と経済による社会不安は庶民の価値観の形成にも影響を及ぼし、現代社会を支える新たな価値観が形成されないうちに、伝統社会の規範や価値観が急速に崩壊するなど、経済的な困窮と価値観の混乱、新旧世代の葛藤などに直面することになった。

一九五七年九月『文学芸術』に発表された『不毛の地』は、当時の暗く不安な社会状況を、一家族の生活の断面を通して集約的に描写した作品である。伝統婚礼用具の賃貸業を営む崔老人は、賑やかな商店街の一角にある自分の古い家に執着を持っている。一時は繁盛していた店も、戦後急速に広まった西洋文化の影響で新式の結婚式が増え、伝統婚礼用具を借りる客も減り、商売は日増しに傾くばかりである。家族は苦しい生活に不平をこぼし、家を売ろうと訴えるが、崔老人は家門の根を絶やすことはできないと頑なにこれを拒む。崔老人にとって、この古い家屋は、婚礼用具の賃貸業によって家族を養ってきた家長としてのアイデンティティの拠り所であり、同時に伝統社会から現代社会への急激な変化を素直に受け入れることができない崔老人の最後の砦とも言える。

車凡錫は、崔老人一家の姿を通して、朝鮮戦争直後の一九五〇年代という時代の不安定な社会の片隅で一抹の希望も探り当てることができぬまま、自分自身を見失ってしまった庶民たちの群像を描き出している。長男の逮捕、長女の自殺など、後半の展開が多少唐突な印象を与えるが、昔かたぎで頑固な父親、子どもたちの将来を案ずる母親、自暴自棄な長男、安易な出世を夢見る現代的な長女、しっかり者の次女、お調子者だが親思いの次男など、各登場人物の個性が生き生きと描かれており、平凡な一家族の暮らしを通して、新旧世代の価値観が交差する当時の複雑な社会状況を劇化することに成功している。一九五〇年代に数多く上演されたリアリズム戯曲の中でも、特に戦後社会を生きる庶民の暮らしの断面を垣間見ることができる秀作と評価されている。

なお本作品では、時代の変化を象徴する一つの材料として結婚式の形態の変化が取り上げられている。韓国に西洋式の結婚式が入ってきたのは一八〇〇年代末の開化期以降で、キリスト教の普及とともに次第に広がった。しかし本格的に西洋式の結婚式が普及しはじめたのは解放後のことである。一九五〇年代前半は朝鮮戦争の影響で平服での結婚式も珍しくなかったようだが、一九五五年に朝鮮戦争が休戦してしばらくすると西洋式の結婚式が一般化し、結婚式場、美容室などでも西洋式のウェディングドレスを賃貸するようになった。だが、この時期には新郎は背広、新婦は白いチマ・チョゴリが主流であった。一九六〇年代に入ると、高度経済成長の波に乗って婚礼文化も次第に派手になり、今日に見られるような西洋式の結婚式が一般的になった。

甘い汁ございます

李根三《イ・グンサム》

登場人物

金常出《キム・サンチュル》　常凡の兄、ロケット研究者
金常鶴《キム・サンハク》　常凡の弟
金常凡《キム・サンボム》　製鉄会社の社長
社長　経理課長
裵永敏《ベ・ヨンミン》　社長の嫁、秘書
成娥美《ソン・アミ》　玄少嬉の情夫
タンク　タンクの情婦
玄少嬉《ヒョン・ソヒ》　金常凡が住んでいるアパートの管理人
管理人　アパートに住んでいる未婚の女性
朴勇子《パク・ヨンジャ》　朴勇子の母親
文《ムン》

舞台

アパートの一室と会社の事務室。そして街路なども自由に表現できる舞台。舞台があえて写実的である必要はない。主に舞台上手側はアパートの室内、下手側は会社の事務室として区分される。客席に近い舞台の正面は街路、廊下または公園の空間として使われる。客席とアパートの室内の間には何もないが、そこに壁があって遮ぎられていると想像すれば良い。室内の前の舞台は、アパートの廊下も兼ねる。

この劇に登場する人物は現在の状況以外には、すなわち過ぎ去ったことを言ったり、再現するときは空間処理に束縛される必要はない。

教会の鐘の音と共に幕が上がると、アパートの室内が浮かび上がる。鐘の音が鳴り続けるなか、金常凡がズボンを引っ掛けて、パジャマの上着は肩にかけたまま、ベッドから出てきてあくびをする。目をこすりながら窓のカーテンを開ける。明るい朝の陽射しが室内いっぱい差し込む。常凡は大きく伸びをしてから、いわゆる室内体操をする。肩と腰が痛い。三一歳という歳のわりに、こうした現象があまりに早く訪れたようだ。次にソファーや床に散らばっている雑誌を拾い集める。続いて舞台の前に出て観客と向かい合う。

常凡　今日、日曜の朝、僕、金常凡はどっと疲れを感じています。というのも、昨夜《ゆうべ》、ほとんど眠れなかったからです。これといって心配事があるわけではありません。かといって土曜日の夜、ごく普通の健康なサラリーマンのように飲みすぎたわけでもありません。実はこの雑誌のせいなんです。天一銀行[1]の裏通りで一冊二百ウォンで買った、この英文雑誌。英文雑誌だから、もちろん内容はわかりません。僕も一応大学は出ましたが、英語とは全く縁がありません。語学のセンスがないっていうわけじゃなく、近頃の大学の英語教育がなっていないから、そう思いたいところです。そんな言い訳でもしないと、自分で自分が情けなくなりますからね。つまりこの雑誌に載ってる、無数の写真のせいで眠れなかったんです。金髪ギャルのヌード写真、僕の空想の導火線にじりじりと火を付ける、この魅惑的な写真……、一枚の写真を眺めながら一時間か二時間、空想に耽ります。夜通し写真を眺めてるうちに、鶏が鳴いて豆腐売りの声が聞こえ、やがてゴミの回収車がこのアパートの入口に停まって、僕の疲れた空想のなかの金髪ギャルたちを無数のゴミと一緒に掃いて持って行ってしまいます。結局、残ったのは（大きくあくびをして）このあくびだけです。

　この雑誌を買ったのには理由《わけ》があります。昨日は土曜日で映画館に行きました。一番理想的なのは、恋人同士で映画を楽しむことです。神様が男女のカップルをお作りになり、二人はいそいそと映画館に足を運ぶ……。ところが僕だけは一人でした。一緒に行く相手がいないからです。情熱的な恋を描いた映画を見終わって映画館を出ると、なんだか妙な気分になりました。一人で鐘路《ジョンノ》を一回りして、明洞《ミョンドン》の人波に揉まれ、ブティックを見て回る若い女の子たちの顔や体つきをちらちらと盗み見てるうちに、気がついたら天一銀行の裏でこの英文雑誌を二冊買って帰ってきたというわけです。だから明け方の三時まで、写真を見ながら空想に耽るしかなかったんです。

（再び部屋に向かって歩く）僕はまだ独身です。三一歳にもなって、これはけっして自慢するようなことじゃないとわかってますが、でもこれは仕方ないことなんです。僕の周りには女性もあまりいなかったし、自分から女性に声をかけるような勇気もありません。だからあんな雑誌でも見るしかないんです。時々、チャンスがあっても、さっぱり勇気が出ないんです。例えば四階に住む朴さんとの場合がそうです。

キムチの入った壺を抱えた朴勇子が舞台の右側から入ってきて、想像上のドアをノックする。金常凡が想像上のドアを開ける。

勇子　こんにちは。

常凡　こんにちは。（ぎこちない雰囲気）

勇子　これ……キムチつけたんですけど。一人暮らしだから、母が持っていってあげなさいって。

常凡　……僕、お母さんのこと、よく知らないんですが。

勇子　え？　……私たちは四三号に住んでます。私、朴勇子といいます。

常凡　え？　……朴さんは良く知ってます。僕、金常凡です。教会で見かけました。聖歌隊に入ってるでしょう？

勇子　ええ、私もあなたを教会で見かけました。じゃこのキムチ……。

常凡　（キムチの壺をもらって）すみませんね……。

キムチの壺をもらってもどうしていいか分からず、もじもじする。

勇子　今日はとてもいい天気ですね。本当に秋らしい天気で。

常凡　そうですね。午後はちょっと曇るかも知れないけど、午前中は大丈夫らしいですよ。モンゴル地方に発達した高気圧圏に入りましたから。

勇子　……それじゃ、これで失礼します。

常凡　はあ？　（勇子が行ってしまう）あの、これ、ごちそうさま。（観客に）ざっとこうなんですよ。モンゴル地方に発達した高気圧なんて、どうだっていいんです。要するに「いい天気ですね」っていうのは、この部屋に入ってちょっとお話でもっていうことでしょう？　男女のはじめての会話が、どうして「いい天気ですね」とか「今何時ですか」なんて会話から始まらなくちゃいけないんでしょう？　ヌード写真を眺めながら、あれだけ苦心して作り上げた、女性の前でのかっこいいセリフや演技が、実物の前では全く出てこないんです。とにかく四三号に住む朴勇子という女性のおかげで、一週間に一度はキムチの壺が僕の部屋に出入りするようになりました。あ、もうすぐ一一時だ。教会に行かなくちゃ。

上着を来て髪をとかす。

このアパートの裏道に教会が一つあります。一ヶ月前にすごく退屈で……どうしてかな。日曜日はどうしてあんなに退屈なんだろう……。とにかく退屈で教会に行ってみたんです。教会から聞こえてくる女性たちの合唱の声が心地よかったもんだから、ついでに顔でも拝んでやろうと思って行ったんですよ。後ろの席に座って、近くに座ってる女性や、それから聖歌隊の席に座ってる若い女の子たちの顔や体を鑑賞する癖ができました。

ところがある日、その教会でうちの会社の社長に出くわしました。なんと、うちの社長がその教会の長老だったんです。金と宗教は表裏一体で付いてまわるってことでしょうか？　社長は僕を歓迎してくれました。奇特な社員だと褒めてもくれました。それで僕は有無を言うこともできず無理矢理、教会の信者になりました。女の子を見に行く「趣味」が突然「義務」に変わったっていうわけです。社長に毎週出席してるかって聞かれて、時々来ますと答えたら、毎週必ず来いと言われたんだから仕方ありません。とは言え、社長は僕の恩人です。僕を、臨時社員だった僕を、正社員に昇格させてくれたのが社長なんです。社長とは妙な縁で知りあいました。（後ろのポケットからポケットティッシュを出して見せる）このちり紙が結んでくれた縁です。鼻をかんだり、トイレで使うこのちり紙がですよ。

舞台の下手に照明が入る。課長の席に座って新聞を読んでいる経理課長の裵永敏。そのとなりの小さな机に向かい合わせに座っている常凡。そろばんを前に帳簿を引っくり返す。

永敏　金君、煙草持ってるか？

常凡　え、煙草ですか。私、煙草吸えないんです。

永敏　あそこにあるじゃないか。ちょっと持ってきて。

常凡　はい。

常凡は立って、応接セットのテーブルの上にある煙草を持っていく。永敏は煙草を受け取り、悠々とライターの火を付ける。

永敏 煙草は吸えなくても、吸う人に勧めることくらいはできるだろう？

常凡 これから気をつけます。

永敏 私が誰か知ってるかね？

常凡 え、経理課長です。

永敏 じゃ、名前は？

常凡 ……裘、……裘課長です。

永敏 ほら、みろ。いくら君が臨時社員でも、自分の直属の上司の名前ぐらいは知ってるべきだろう？　私の名前は、裘永敏だ。

常凡 わかりました。

永敏 君、罰を与えられないことだけでも、感謝しろ。

常凡 （少し後で）あの、課長は軍隊に長くいらっしゃったんですか？

永敏 長くいたよ。少佐で除隊した。

常凡は仕事を続ける。しばらくして、成娥美が社長室のドアを開けて出てくる。永敏が半分立ち上がって娥美にお辞儀をする。

娥美 （ソファに座って）社長が低気圧ですよ。

永敏 どうしてですか？

娥美 鐘路の警察署から電話がきて。うちの社員たちが飲み屋ですごい喧嘩をしたんですって。ガラスが割れてテーブルの足が折れて……酷かったらしいですよ。今、総務課長と電話でお話を。

永敏 社長は教会の長老なのに……。

娥美 だから面子まるつぶれでしょう。裘課長はその飲み会に行かれなかったんですか？

永敏 私はちょっといて、遅くならないうちにさっさと家に帰りました……。

ドアが突然開いて社長が出てくる。とても怒っている。しかし何も言わない。少しじっとしていたが外に出る。

永敏 トイレだな。頭にくると、決まってまずトイレに行かれるんだ。

娥美 どうしてそんなにお酒を飲むのかしら？　夜間外出禁止令の代わりに、禁酒令でも出たらいいのに……。

永敏　そうですね。ほどほどにすれば、酒も悪くはないんですがね……金君、君も飲むのか？

常凡　え、私は飲めません。

娥美　金常凡さんは昨日の飲み会には行かなかったんですか？

常凡　私は……まだ……そんな資格ありませんよ。臨時社員ですから……。

永敏　何か言うたびに、いつも自分で「臨時社員ですから」なんて言う奴がどこにいる？

娥美　人を採用するならちゃんと採用すればいいのに、臨時社員って一体なに？　どうしてやたら格差をつけたがるのかしら……！

永敏　その……臨時社員制度は……（娥美の目を気にして）……朴専務のアイディアで。

娥美　朴専務が？

娥美の表情が変わる。彼女は咳払いをして、ぎこちなく仕事を続ける。続いて社長が戻ってくる。

社長　わが社のトイレにはトイレットペーパーもないのか？　あるのは酒癖の悪いやつばかりだ！　会社の規律がめちゃくちゃだ。どうしてトイレにトイレットペーパーもないんだ？

常凡が立ち上がって、ポケットからティッシュを取り出し、社長に差し出す。

常凡　国産のちり紙ですが……。

社長はティッシュをわしづかみにして行こうとするが、戻ってくる。

社長　ああ、ちょっと！

娥美　はい。

社長　総務課長に電話して、柳鳳一《ユ・ボンイル》という社員をクビにするよう伝えてくれ。今、留置場にぶち込まれてるらしいが、どうしようもない奴だ。一日中、酒に溺れてる情けない奴だ。我社の雰囲気を台無しにする奴だ。これで何回目だ？　我社はアル中患者の面倒を見る会社じゃない。

永敏　社長……あの柳鳳一君は全国珠算大会で一等になった秀才で……経理関係の事務においては、一番上下関係を弁えた社員です。今回だけ大目に見てくだされば……。

社長　（常凡に）君の名前はなんだっけ？

常凡　はい。（気をつけの姿勢で、大きい声で）臨時社員の金常凡です。

社長　君はどれくらい酒を飲むのかね？

常凡　酒は一滴も飲めません。

社長　（娥美に）おい。この青年を正式社員に任命するように連絡しなさい。あいつの代わりに。

社長が出ていく。

常凡　（観客にそのティッシュを出して見せ）ほらね？　五ウォンのこのちり紙のお蔭で正社員になりました。つまり最初はトイレットペーパーのお蔭で、そして二番目には教会に女の子を見物に行ったお蔭で、社長の限りない信頼を受けるようになったんです。「予測できないのが人生、絶望のうちにも希望が湧き出る」。昔、僕の担任の先生が僕たちに言った言葉です。その先生はもともと文学好きでした。今は教職からも文学からも足を洗い、武橋洞《ムキョドン》(2)でソルロンタン(3)の店をやっています。その先生の言葉どおり全く自分でも予測がつかないのが人生ですが、絶望的なソルロンタンの器から一体何が湧いてくるのでしょうか？　この前の日曜日には、社長が礼拝の後、この部屋までやって来ました。

社長が入ってくる。脇に聖書と賛美歌の本を抱えて。

常凡　むさくるしいところですが、……どうぞお座り下さい。

社長　一人暮らしかね？

常凡　はい。

社長　というと、独身か？

常凡　はい。神様がそばにいらっしゃるので、寂しくありません。

社長　それは感心だな。

常凡　コーヒーでも……。

社長　私は、吸わない。

常凡　え？

社長　私は吸わない。君は？

常凡　私は……飲みます。

社長　飲む？　……ああ、コーヒーか。私は煙草のことかと……。結構、遠慮しておこう。すぐに帰る。ところで故郷はどこだね？

常凡　ソウルです。

社長　じゃ、どうしてここに住んでるんだ？

常凡　実家は昌信洞《チャンシンドン》(4)にありますが、ちょっと独立した暮らしをしてみたくて……。

社長　ご両親はお元気なのかね……？
常凡　はい。
社長　お父さんは何をされてる？
常凡　はい、父は……占い師です。
社長　占い？
常凡　はい。昌信洞の坂に「カメの家」という占いを見る家があります。それが父の店です。
社長　……ほう……占いをされてるのか。で、兄弟は？
常凡　はい。一番上の兄は仁川《インチョン》(5)にある大学で工学部の教授をしてます。ロケットを研究してるそうです。
社長　ロケットを？　韓国でもそんな研究をしてるのか。すると大学教授だね？
常凡　そうです。
社長　それから……？
常凡　二番目の兄は亡くなりました。
社長　そうか。それは気の毒に。もっとも人が死ぬも生きるも天の御心だ。私も一人息子を亡くしてる。ちょうど結婚して六ヶ月目だった。今秘書室で働いてる成さんは私の嫁なんだ。息子亡き後も、私の仕事を手伝ってくれてる。これもまた天の御心だ。
常凡　二番目の兄は、ライフル銃の誤発で亡くなりました。
社長　ライフルで？
常凡　ええ、狩猟がとても好きで。
社長　ほう、私も狩猟が好きだが、狩猟は殺生ではなく……体にいい運動だ。スポーツだ。
常凡　それは良く知ってます。私の兄が使っていたライフルをご覧になりますか？
社長　そのライフルを君が持ってるのか？
常凡　はい。

常凡がとなりの部屋に入ってライフル銃を持って出てくる。

常凡　これです。
社長　ああ。（ライフルを受け取って立ち、猟をするかのように狙いをつけ）ちょっと古いが、いいものだ。アメリカ製だね？
常凡　ええ、アメリカの軍人から買ったそうです。
社長　いいものだが、私のはベルギーのものだ。
常凡　ベルトですか？
社長　ライフルはベルギーのものが一番だ。君、ライフルを扱えるか？
常凡　一、二回撃ったことはありますが、まだ……。
社長　手入れの仕方を知ってるか？

常凡　ええ。手入れは簡単ですから。
社長　会社に私のライフルがあるから、時々手入れしてくれないか?
常凡　はい。わかりました。
社長　……ライフルは獣を撃つために作られたものなんだが、この銃はどうして人を撃ったのか……?　まあ、二番目のお兄さんのことはともかく……他の兄弟は?
常凡　その次が私です。私の下に弟がいます。今、ある会社に入るために入社試験の準備をしています。短期大学を出て何度か試験を受けたんですが……まだ合格できなくて……。
社長　努力すれば大丈夫だろう。それで、お兄さんたちもみんな信じてるのかね?
常凡　はい?
社長　兄弟もみんな神を信じてるのか?
常凡　いいえ……私だけです……。
社長　(立ち上がりながら)教会に通うよう、金君が勧めてみたらどうだね?　教会に通えば、いろいろと……君もよく知ってるだろう?　何よりも奉仕の心を教えてくれるからね。奉仕の気持ちが肝心だよ。奉仕の心という言葉で思い出したが、最近、社内の様子はどうだね?
常凡　そうですね。
社長　社員の間でまた何か言ってないか?
常凡　そうですね。
社長　不平とか。それとも、私が知らない問題が何かあったら、私にすぐ知らせてくれ。君が私を助ける一番の道は、そういう話を知らせてくれることだよ。奉仕の心だ。酒を飲む社員たちはいないかね?
常凡　これから気をつけてみます。
社長　じゃ、いくよ。

想像上のドアを出て、舞台の下手に入る。常凡が舞台の真ん中で深くお辞儀をする。

常凡　僕は、社長からスパイの任務を与えられました。大きな声では言えませんが、出世のためにはまたとないチャンスでもあります。僕はこれまで損ばかりしてきました。学校でも、社会でも……。これからもあらゆる所で損ばかりするに違いありません。
　大学時代に家を出て一人暮らしをはじめた僕は、すきっ腹をかかえて夜通し必死に試験勉強しました。一方、僕の友人は、一時間かけてカンニングペーパーを作って寝ました。でも成績は僕よりよかったんです。
　仁川にある鉄工場に就職して、二年目にクビになりました。工場の合併に反対するデモがありました。社長と総務課長の命令で、総務課長がプラカードを持って前に立てというのでそうしました。結局、反対派のデモ隊員に殴り倒された挙句、気が付いたら警察の留置所。僕がデモの主導者だと言うのです。「そんなはずがない」と言って食ってかかったのですが、社長はお願いだから会社を辞めてほしいと言うのです。そんなことにこだわってる場合じゃないって。ソウルに流されて、なんとかこの会社の臨時社員になりました。

それはともかく……正社員になり、こうしてアパートの一室をちゃんと借りていても、損するのは前と変わりません。僕は他人に迷惑をかけたことはありません。人に迷惑をかけてまで、自分の利を得ようとしたことは決してないということです。なのに僕はどうしてこんなに損ばかりするのか、さっぱり分かりません。すぐとなりの部屋に一人の男が住んでいます。どんな仕事をしてるのかわかりませんが、時々女が訪ねてきて遊んでいきます。泊まっても行きます。部屋には何にもなくて、馬鹿でかいベッドがあるだけですからね。となりの部屋の男が、朝出勤するのを見たことがありません。ところが、その男が僕にまで損害を与えるのです。

俗称タンクが出てきて、常凡の部屋のドアをノックする。

常凡　どうぞ。

タンクが入って立つ。

タンク　やあ、どうも、これからはお互い仲良くしようじゃないか。俺はすぐとなりの部屋に住んでるんだ。
常凡　どうも、僕は金常凡です。どうぞ座って下さい。
タンク　どこにお勤め？
常凡　鐘路にある製鉄会社です。
タンク　製鉄会社というと？
常凡　鉄……真金を作る会社です。
タンク　ああ、鉄、俺も知ってるよ。ちょっと煙草の火を借りに来たんだ。

玄少嬉がやはりガウンを着たまま入ってきて立っている。煙草を口にくわえたまま、まだ眠たそうだ。

少嬉　火、もう貸りたの？
常凡　僕は金常凡と言います。

少嬉　あ、玄です。名前は少嬉。

タンク　じゃ、ちょっと火貸してくれる？

常凡　どうぞ。

ポケットからライターを出して火を付けてやる。タンクと少嬉が火をつける。

少嬉　どうも。

タンク　一本どう？

常凡　僕、吸えないんです。

タンク　じゃ、どうしてライターを……？

少嬉　タンク！

タンク　え？

常凡　タンクって？

少嬉　この人、タンクっていうの。

常凡が大きな声で笑う。

タンク　俺、タンクっていうんだ。で、なんだ？

少嬉　この人がライターを持ってるとかいないとか、私たちには何の関係もないことでしょ。つまらないことは言わないの。

タンク　ふん、それは、それは！　ええと、……名前、何だっけ？

常凡　金常凡です。

タンク　金さん、悪いが、……ひょっとして……コーヒーなんか残ってないかね？

常凡　コーヒーですか？

タンク　昨夜、酒を飲んだもんで、どうも口の中がすっきりしなくて。

常凡　ああ、……あると思いますよ。台所に、朝飲んだのが残ってるはずですけど……。

タンク　よかったらコーヒーの瓶ごと貸してくれないかな？　部屋で一杯飲んで、お返しするから。

常凡　……そうして下さい。

台所に入る。タンクは少嬉に自分が最高だというジェスチャーをする。少嬉は散らかってる雑誌をペラペラめくりながら、ヌード写真と自分の体つきを比べてみる。常凡がインスタントコーヒーの瓶を持ってくる。

タンク　あ、ありがとう。これから仲よくしようぜ。

少嬉　タンク、お砂糖ある？

タンク　あ、そうだ、金さん、砂糖もちょっと貸してもらえるかな？

常凡　いいですよ。

もう一度入っていき、砂糖の壺を持って出てきて少嬉に渡す。

少嬉　一人暮らしですか？

常凡　はい、そうです。

少嬉　もしかして……彼女もいないの？

常凡　(恥ずかしそうに)え、ああ……いません。(雑誌を片付ける。慌てて)

少嬉　これ、ありがとう。

タンクと少嬉が仲睦まじく一緒に歩いて去る。

常凡　(観客に)ほらね？　僕はこうして年がら年中、損ばかりしてるんですよ。僕を苦しめるのは、となりの部屋に住んでる正体不明の男、タンクとその情婦である玄少嬉だけじゃなく、アパートの管理人まで僕を苦しめるんです。真夜中でも安心はできません。

管理人が酒に酔って、常凡の部屋のドアを叩いて入って来る。

管理人　あ！　常凡さん、まだ寝てなかったんだ。

常凡　寝てなかったんじゃなくて、おじさんが入ってきて、起こしたんでしょ？

管理人　ああ、そうか、人生は短い。短い人生、そんなに寝てばかりいてどうする？　(大仰に節をつけて)「目をつぶるということは死ぬということ、目を開けるということは生きるということ」これ、誰の言葉だか知ってるか？

常凡　さあ、僕、文学には詳しくないので。誰の言葉ですか？

管理人　俺の言葉だ。このアパートの管理人である俺！この管理人が言った言葉だ。手帳あるかい？

常凡　手帳？　メモをする？

管理人　そう、手帳があったら、これから俺の言葉を書きとめておきなさい。俺の言葉を一日に一つずつ記録しときゃ、まあ五年後には聖書より立派な本ができるだろう。ありがたいお言葉しか言わないから。

常凡　おじさん、ずいぶん酔っ払ってますね。

管理人　酔っ払ってる？　そうだ、酔っ払ってるぞ！　何の楽しみもないこの人生、酔っ払わないでやってられるか！　家に帰れば、待ってるのは女房と、それを頼って居候してる親戚六人のうざったい顔。俺は結婚して……二〇年になるが、子ども一人いないんだ。俺のせいじゃない！　うちの女房は自分のせいじゃないって言い張ってるが。子どもができないことも癪なのに、その上、女房の親戚六人も養わなきゃならんのか？　こりゃ一体どういうことだ！　それが俺の運命だと！

常凡　だいぶ酔ってますよ。この前も心臓マヒで入院したのに、気をつけないと。

管理人　また心臓マヒになって、今すぐくたばった方がマシだ。このアパートの管理もこのざまだし。

常凡　さあ、早く奥さんのところにお帰りなさい。待ってるでしょう。

管理人　俺なんか待ってないよ。女房が待ってるのは金だ。自分の親戚を食べさせる金だ。俺はここに泊まっていくぞ。今日は常凡さんが管理人。俺は入居者。（ポケットから金を出し）やっとのことで五万ウォン手に入れたんだが、ちょっと預かってくれないか？　家に持って帰ると、すぐ女房に取られちゃうから。

常凡　そんなの、だめですよ……。

管理人　俺たちゃ友だちだろう？　友だちの頼みを聞けないっていうのか？　一晩泊めて、この金をちょっと預かってくれっていう簡単な頼みじゃないか。金はしばらく預かってもらうことになりそうだ。常凡さんは俺の友だちだろう。そうだろう！　友だち！　でも、難しいのが友だちだ。友だちっていうのは、遠くにいれば親しく付き合えるが、あんまり近くにいすぎると敵になる。親友の「親」の字は、「親しい」っていう意味じゃなくて、本当は「遠い」っていう意味なんだよ。適当な距離をおいて付き合うのが本当の友だちだ。あんまり近く付き合うとヒビが入る。それだけじゃない、友だちなんてつまらないもんだ。年がら年中、褒めてやればニコニコしてる連中だ。ちょっとキツイことを言えば離れていく連中。この国じゃ、友だちなんて心の負担になるばっかりだ。友だちと付き合うなら距離を置け、距離を……。女房に電話でもかけるか。いや、待ってなんかいるもんか。じゃ、寝るか。

常凡は管理人を支えて、となりの寝室に行く。しばらくして、汗をかきかき出て来る。テーブルの上にあるお金の袋を手にとり、観客に向かう。

常凡　このお金も僕が保管しなくちゃなりません。……どう考えても、僕は早く結婚した方が良さそうです。一人暮らしをしてるせいで、被らなくてもいい被害まで被ってるような気がするんです。結婚する金はないんですけど。上の階に住んでる朴さんは僕に相当好意を持ってるようです。それだけじゃなく、朴勇子さんのお母さんもです。

文がキムチの壺を持って入ってくる。

文　あら、いらっしゃったのね？

常凡　こんにちは。

文　キムチですよ。うちの勇子が自分でつけたのよ。うちの勇子は見た目はあんなにかわいくて、品があって、賢そうだけど、料理やキムチの腕は大したもんですよ。働き者だし。そうそう、うちの勇子って本当に色白でしょう？

常凡　そうですね。

文　この前、勇子と二人でお風呂屋さんに行ったら、みんなじろじろ見るんですよ。うちの勇子のお肌が、どれだけ白くてすべすべか！

常凡　……はあ……。

文　このキムチには生の栗や生姜を入れたそうよ。じゃ、私行かないと。そうそう、今晩時間ありますよね？

常凡　はい。

文が出ていく。

常凡　ほらね、彼女のお母さんも、僕のことが相当気に入ってるみたいでしょ？　夜寝てると時々、あの親子が箸になって僕の夢の中に出てくるんです。朴勇子さんとお母さんが（二本の指を見せながら）こうやって二本の箸になって僕を掴もうとする夢なんです。朴勇子さんは、夜も僕の部屋に訪ねてくるほど親しくなりました。

朴勇子が想像上のドアをノックして入ってくる。

勇子　焼き栗を持ってきたんですけど。焼き栗お好きですか？

常凡　蒸しパンの方が好きだけど、焼き栗でも構いませんよ。どうぞ座って下さい。

勇子は喜んで焼き栗をむく。

常凡　買ってきたんですか？

勇子　いいえ、家にあったのを私が焼いたんです。

勇子が栗の皮をむいて常凡に差し出す。

常凡　いいですよ。

勇子　どうぞ召し上がって。
常凡　食べて下さい。僕はいいですから。
勇子　いやだ。召し上がって。

常凡がぎこちなく受け取って食べる。

勇子　おいしいでしょ？
常凡　中がまだちょっと焼けてないけど、食べられますよ。
勇子　あの……今晩、お忙しいですか？
常凡　いいえ。
勇子　それじゃ、どこか行きましょう。映画でも。母が映画のチケットを三枚もらってきたんです。
常凡　何の映画ですか？
勇子　さあ？　チケットは母が持ってるんです。もうすぐ母もここに来ますから。服を着替えていらっしゃって。
常凡　その映画、おもしろいですかね？
勇子　どうでしょう……？

常凡はポケットから小銭を出してみる。

勇子　それ、何？
常凡　五ウォン玉ですよ。占いをしてみるんです。今日の映画がおもしろいか、つまらないか。これを投げてみればわかりますよ。

常凡が小銭を投げて手のひらにのせて見る。

常凡　あ、表だ。おもしろそうですよ。
勇子　そんな占いで当たりますか？
常凡　けっこう当たりますよ。うちの親父は哲学的(6)に占いますが、僕は小銭で占うんです。時々……。

この時、金常鶴が舞台の左側から入ってきてドアをノックする。

勇子　あら、もう来たみたい。

勇子が立ち上がってドアを開ける。常鶴が立っている。

勇子　あら。
常鶴　失礼しました。
常凡　あ、兄さん。
常鶴　ああ、常凡、おまえいたのか。
常凡　……。

常鶴　夕方の電車で来たんだ。明日は開校記念日で……二日間休みになってね。

常凡　あ、そうだ。朴さん、僕の兄です。仁川で大学教授をしてます。

常鶴　はじめまして。金常鶴です。

勇子　私、朴勇子です。

常鶴　暇なので、弟の顔でも見ようかと……。

常凡　兄さん、夕飯は？

常鶴　うん。俺は仁川で済ませてきた。

常凡　それじゃあ、コーヒーでも一杯どうです？

常鶴　そうだな。

勇子　私がいれます。

常凡　いや、僕が……。

勇子　二人でお話でもどうぞ。

勇子、となりの部屋に入っていく。

常鶴　いや、悪かったな。そうとわかってたら来なかったのに……。

常凡　別にいいんだ。上の階に住んでる娘なんだけど……何でもないんだ。自分のお母さんとどこか行くんだってさ。ところで兄さんは、この頃どうです？

常鶴　俺か、変わりないよ。

常凡　ロケットの研究はまだ続けてるんですか？

常鶴　うん。高段階の発射まではしたんだが……研究費が足らなくて……。

勇子の母親の文が登場し、ノックして入ってくる。

文　あら……うちの勇子は……？

常凡　どうぞ、お入り下さい。台所にいますよ。

文　台所？

常凡　ええ。コーヒーを入れてくれるって……。

文　ああ、そう。お嫁にいく歳頃だから台所仕事も習わないと。

常凡　僕の兄です。仁川で大学教授をしてます。こちらは、さっきの朴さんのお母さん。

常鶴　はじめまして。金常鶴です。

文　ああ、……本当にご兄弟そろってご立派で……。

勇子が出てくる。

勇子　もうすぐお湯が湧きますから。ああ、お母さん、あの映画の題名、何だっけ？

文　（ハンドバックからチケットを出して）ああ、……これ……。

勇子　（チケットを取って読む）『……アパートの鍵』

常凡　『アパートの鍵』？　その映画なら、僕、先週の土曜日に観ましたよ。なかなかいい映画でした。ジャック・レモンが上手くて。

文　……（がっかりして）もう見たんですか？

常凡　あ、そうだ、この映画見た？

常鶴　俺か？　俺は映画を見るヒマなんてないよ。

常凡　僕が二回見るのも何だし。（文に）兄も見ていないんですって。よかったら兄とご一緒にどうぞ。

文　……そうね。もう見ちゃったんなら……（常鶴に仕方なく）ご一緒にいかがですか？

常凡　ちょうどよかった。映画を見てから、ここに戻って来ればいいじゃないか。一緒に行って来て下さい。朴さん、兄が一緒に行ってもいいでしょう？

勇子　……ええ。

常鶴　それじゃ、一緒に行こうか。

三人はドアの外に出る。常鶴が戻ってくる。

常鶴　常凡、俺も何百ウォンか持ってるが……もしものために、あったら少し貸してくれないか？

常凡　僕もちょっとあると思うよ。

ポケットに手をいれて何百ウォンかとり出して渡す。

常鶴　それじゃ！　行ってくるよ。その映画、おもしろいの？

常凡　うん、おもしろいよ。

常鶴が出ていく。

常凡　（観客に）その夜、兄が映画館から帰ってくると、僕は自分が飲むこともできない酒をおごる羽目になりました。兄は三五歳ですが、研究に忙しく……それに金もなくて、いまだに独身なのです。僕が兄より先に朴さんと結婚するのは、ちょっと申し訳ありませんが……、どう考えても結婚したほうが良さそうなので、少しずつ金を貯め始めました。それとなく様子を伺うと朴さんも結婚するために、かなりの準備をしてるようです。

それから一月ばかり経ったある日、兄と弟の常出が訪ねて来ました。

常鶴と常出が入ってきてソファに座る。

常凡　どうだ？　準備万端か？

常出　一日に五時間しか寝ないで勉強してるけど……とにかく志願者が多くて……。

常鶴　その会社に就職したら月給はいくらなんだ？

常出　わからないよ。月給の額が問題じゃないんだ。入社試験に受かって就職するということ自体が大事なんだ。

常鶴　どうしてもその試験に合格しなきゃならないのか？

常出　じゃ、どうすればいいのさ。就職できるところがどこにある？

常凡　そうだな。今度こそ大丈夫そうか？

常出　父さんが見てくれたところでは、大丈夫そうなんだけど……。

常凡　親父の占い？　馬鹿だなあ。親父の占い、あれはあくまでも職業だぞ。そんなことも分からないで、親父にそんなこと聞いたのか？

常出　ともかく、この頃、親父を訪ねてくるお客の数が減ったんだよ。

常鶴　占い師の息子がロケットを研究する、今やそういう時代なんだ。なあ常凡、俺たちが来たのは他でもなく……一ヶ月後には親父の還暦だろう。

常凡　還暦？　もうそんなになるのか。

常鶴　月日が流れるのは早いな……。

常出　だから三人で還暦祝いについて相談しようと。

常凡　そうだな。親父の友だちもほとんど亡くなったし……。

常出　おふくろの計算じゃ、少なくとも三万ウォンはいるらしい。

常凡　三万ウォン？

常出　それは最低限だって。

常凡　兄さん、どうしよう？

常鶴　そうだな……俺の月給だってあれこれ差し引くと、せいぜい一万ウォンだが、そこから下宿代を引くと五千ウォンぐらい残るか。

常凡　僕みたいな平社員はもっとひどいよ。

常出　お客に招待状を送ったらどうかな？　一〇〇人ぐらい来れば、一人三〇〇ウォンずつとしても、ざっと三万ウォンにはなるよ……。

常鶴　お客？　一〇〇人？　ふざけたことを言うなよ。

常凡　そしたらどうする？

常鶴　そうだな……。

少しの間、気まずい雰囲気。

常出　兄さんたち、昨日尹鋼泉《ユン・カンチョン》とサルマのボクシング中継、聞いた？
常凡　聞けなかったけど。
常出　すごかったんだよ。思わず息をのむ試合だったよ。
常鶴　俺は下宿で聞いたよ。七ラウンドでサルマがダウンしただろう。
常出　うん、尹鋼泉、すごかったよ。
常鶴　そうだったな。韓国からあんなすごい選手が出てくるとは。
常凡　あの選手、まだ一九歳なんだって。
常出　いや、二〇歳だよ。
常鶴　うちの学校にボクシングやってる奴がいるんだけど……二二だって。
常凡　うちの経理課長がボクシングの大ファンで、その課長の話では一九歳だって。
常出　知りもしないくせに！　二〇歳だってば。この前、新聞に出てたよ。
常鶴　うちの学生は、尹鋼泉と一緒にボクシングを習ってたんだぞ。間違いなく二二歳だ。
常出　全くもう！　ボクシングの中継だったら一つ残らず聞いてるんだから……。尹鋼泉は二〇歳だってば。

再び気まずい雰囲気が続く。

常出　今度のミスユニバースはベトナムの娘だって？
常凡　僕はタイの娘だと思ったがな。
常鶴　タイにしろ、ベトナムにしろ、東洋人には違いないだろ。いまや西洋の女に負けてないな。
常出　どうして？
常鶴　どうしてって……バストが……。
常出　えっ？
常鶴　だから、その……（手で自分の胸を指しながら）ここだよ。
常出　ああ、胸！
常鶴　そうだ。三六インチだって。
常凡　違うよ。三五インチだよ。新聞で見たよ。
常鶴　俺はタイムズで読んだ。三六インチだって。
常出　二人とも違うよ。三八インチだってば。
常鶴　三八インチ？　おまえ、正気か？　三八インチって言ったら、すごいデカさだぞ。
常出　だからミスユニバースなんだろ。
常凡　たぶん三五インチだと思うよ。
常出　ちがうってば。三八インチだよ。

常鶴　おまえ、三八度線が頭にあるから、そう思うんだよ。三七インチだ。
常出　三八インチだって！

またしても、きまりわるい雰囲気が漂う。

常出　……ところで……親父の還暦はどうする？　三万ウォン、どうしよう？
常鶴　そろそろ……遅くなったから帰るよ。
常出　今度いつ集まる？
常凡　そうだな……。

常鶴が立ち上がってドアの方に行く。

常鶴　じゃあな。

常出もついて行く。

常鶴　常出、おまえ先に行って下で待ってろ。俺は常凡と話があるから。
常出　うん、わかった。常凡兄さん、元気で。

常出が出ていく。

常鶴　ま、親父の還暦祝いもやらなきゃならないし……。
常凡　本当に、どうしたらいいか。
常鶴　俺……一ヶ月後に結婚するつもりなんだ。
常凡　え？　結婚？　あ、おめでとう。とっくに結婚していてもいい歳だもの……。実は僕もそろそろ結婚しようと思ってたんだけど、やっぱり兄さんよりも先に結婚するのは申し訳なくて……。本当によかったよ！
常鶴　そうか、親父の還暦にお客を呼びたいが、一ヶ月後に俺の結婚式があるから、同じ客を二回呼ぶこともできないし……。
常凡　それもそうだな……。
常鶴　だからやっぱり今度の親父の還暦祝いは、できればおまえが中心になってやってもらえると、ありがたいんだが。
常凡　それもそうだ。社長に直接、事情を話してみようか。
常鶴　頼むよ。
常凡　ところで、義姉さんになる人ってどんな女性《ひと》？
常鶴　おまえもよく知ってる人だ。
常凡　僕が？
常鶴　ほら、上の階に住んでる朴さんだよ。家庭の主婦として申し分ないと思うんだが……。
常凡 うそ！　朴勇子さんのこと？
常鶴 そうだ、おそらくおまえも反対はしないだろう。
常凡 僕……えっ……そりゃ、もう……。
常鶴 （腕時計を見て）お、もうこんな時間だ！　それじゃあ、二、三日の内に連絡するよ。
常凡 朴勇子さんとは全部話がついたの？
常鶴 もちろんさ。仁川にも何回か遊びに来たし。婚約式は省略して、結婚式も簡単にすることにしたよ。あのとき一緒に映画に行ったのが縁で。それじゃ元気でな。

常鶴が歩いて出ていく。常凡は身動きすらできない。しばらくそのまま突っ立っている。

常凡 （悔しくて諦めきれないという様子で）……これって……結婚相手を取られた上に、親父の還暦祝いの費用も僕が中心になって工面しなきゃならないはめになってしまいました。もう言うことはありません。僕は今三二歳です。これから生きてもせいぜい二〇年、後の二〇年もずっと損ばかりして暮らすのかと思うと、目の前が真っ暗です。
僕はこれまで、自分が知ってる常識の枠の中で生きてきました。仁川で勤務している時のことです。夏の暑い盛りに海水浴場に行ったんです。そしたら突然、服を着たまま向こうの岩の下に入っていく若い女性を見つけました。間違いなく自殺でした。僕は麦わら帽子を投げ捨てて駆けつけ、その女性を引きずり出しました。かわいい顔をして、どうして自殺なんか考えたのでしょう。砂浜に引っ張って行って助けてあげたのに、その娘はありがとうとも言わず、いきなり僕の顔を引っぱたいたのです。そして僕は交番に連行されました。この社会では僕の常識が通用しないようです。これからは水に溺れた人には重石を抱かせてあげようと思います。席を譲るかわりに足で蹴飛ばして、自分の道を切り拓こうと思います。つまりこれまでの常識を破るのです。その第一歩として、新しい常識を会社で一度試してみました。

舞台の左側の事務室に照明が入る。成娥美がソファに座って化粧をなおしている。常凡がライフルを持って入ってきて、手入れをする。

娥美 気をつけて。弾を全部抜いてやって下さいね。
常凡 ええ、実弾は全部抜きました。
娥美 時々、狩りに行くんですか？
常凡 社長に誘われれば、時々ついていきます。

娥美　常凡さんは……まだ独身なの？
常凡　まだ結婚してません……ところで秘書さんは結婚されないんですか？
娥美　私？　……主人が亡くなって、まだ八ヶ月しか経ってないんですよ。
常凡　社長の息子さんのことですか？
娥美　結婚の話をされると辛いわ。まだ彼を忘れることができないんです。
常凡　すみません。もう二度と言いません。

電話のベルが鳴る。ライフルを持ったまま常凡が受ける。

常凡　はい、はい？　成娥美さんですか？　いらっしゃいます。（受話器の代わりにライフルを差し出しながら）朴専務です。あ、失礼しました。（受話器を渡す）
娥美　はい、私です。え、だれって？　経理の金常凡さん。大丈夫よ。え？　今？　まだ社長もいらっしゃるのに……わかりました。そちらに？　一人で待たせないで下さいね。

受話器を置いて時計を見る。常凡がちらっと見る。続いて社長室に入っていく。

常凡　（観客に）八ヶ月前に死んだ夫を忘れられないというあの女です。朴専務から電話をもらって、真っ昼間に外出するつもりのようです。僕の常識ではとても考えられません。僕もああいう人間の常識、つまり僕が「新しい常識」と呼ぶ常識にならって生きていくつもりです。

娥美が出てきてハンドバックを持って舞台の外に出る。常凡は銃口をその背中に向ける。ドアが開き社長が出てくる。常凡は振り返って、思わず今度は社長に銃口を向ける。

社長　おい、君！
常凡　あ、すみません。手入れをしていたら急に、一発撃ちたくなって……。
社長　（銃を受け取り）うん、ご苦労だった。経理課長はどこだ？
常凡　あの、裵課長は五千ウォン持って、会社の前の喫茶「カゴ」に行きました。
社長　五千ウォン？　会社の金か……？
常凡　ええ。僕に五千ウォン貸してくれと言うので……。

社長　喫茶店に何しに行ったんだ？
常凡　誰か女の人が待ってるようです。それから成秘書はいままでここにいたんですが。
社長　ああ、秘書は歯が痛いから歯医者に行ってくるといって出かけたよ。……裵課長は時々月給を前借りするのか？
常凡　さあ……、前借り証を書かないで時々お金を持って出ていくので……、そのお金が前借りなのかどうかわかりません。
社長　裵課長が持ち出した金がいくらになるか把握しておいてくれたまえ。
常凡　はい……、計算しておきます。
社長　その喫茶店で待ってる女は水商売の女か？
常凡　わかりません。でもまあ……。
社長　でもまあ……？
常凡　裵課長は酒好きですから。昼休みにも時々一杯やってます。
社長　会社の金を預かってる者が……。
常凡　社長、私が今申し上げたことは……私は社長を尊敬して……会社の発展が何よりの喜びなんです。ですから、こんなことを申し上げるんです。教会で社長の指導を受けて……。
社長　わかった。君の気持ちはわかってるよ。頑張ってくれたまえ。

社長がライフルを持って入っていく。常凡は机に向かって仕事を始める。しばらくして裵永敏が入ってくる。

永敏　何かなかったか？
常凡　いいえ。

永敏が自分のポケットの煙草を探してるのを見た常凡は、すかさずティーテーブルの上にある煙草を取って永敏に渡し、ライターで火を付ける。

永敏　社長は？
常凡　いらっしゃるようです。
永敏　ああ、全くうちの女房のお蔭で困っちゃうよ。女房の友だちが急に盲腸になって入院したから、5千ウォン貸してくれって言われたらしいんだ。
常凡　それじゃあ……さっき喫茶店から電話をかけてきたのは……奥様ですか？
永敏　うん。しょっちゅう亭主の職場に訪ねてくる女房っていうのは困りものだね。まったくついてないよ。

常凡　（観客に）そう、ついてませんね。まったくついてませんね。それから一ヶ月後に、経理課長は江原道《カンウォンド》の支社に転勤になり、僕が経理課長になりました。会社では僕の出世の早さにみんな驚いていました。僕がこれまでの常識を捨てて、新しい常識に従って行動した初めての効果でした。僕にはもう一つ計画があります。社長の嫁であり、未亡人であり、そして秘書である成娥美と朴専務の関係をうまく利用するのです。そうやって、できる限りあらゆる出世の道を、自分の手で、自分の足で切り拓くのです。

事務所の明かりが消えて、アパートの中が明るくなる。常凡が入ってきて手に持っている大きな十字架を壁にかける。文が登場し、そのドアをノックする。常凡がドアを開ける。

常凡　あ、こんばんは。

文　いらっしゃったのね。私ったらまったく。うちの勇子の嫁入り準備で忙しくて、このところキムチもちゃんと漬けられなくて。

常凡　お忙しいのに、お構いなく。

文　まだご存じないの？

常凡　何をですか？

文　あのね、このアパートの管理人さんが昨夜亡くなったんですって。

常凡　え？　管理人さんが？

文　もともと心臓が弱かったそうよ……。

常凡　じゃあ、心臓マヒで……。

文　そうなのよ。心臓マヒで亡くなったの。本当に気の毒でね。家族も多いのに……だからこのアパートの住人で少しずつお金を出し合って、お香典を差し上げようかと思って……。

常凡　それはいい考えですね。

文　ほんの気持ちで充分ですから、明日の朝までに、私の部屋へ持ってきて下さい。

常凡　わかりました。（文が部屋を出ようとする）あの……亡くなる時の状況は？

文　食事中に、突然倒れたそうよ。

常凡　最期に何か言ったとか、遺言もなかったんですね？

文　遺言も何も、そのままぽっくりですって。

常凡　そのままぽっくりですか。それじゃ、明日の朝伺います。

文　それじゃ。私、あちこちの部屋をまわらないといけないから。

文が出ていく。常凡はソファの下から管理人が預けた金の袋を出す。

常凡　（観客に）この金！　五万ウォン！　管理人が僕に預けた貴重な金です。さあ、この金をどうしよう？　食事中にぽっくりですから、この金について言い残す暇もなかったでしょう。いや、この金のことは絶対秘密にしてくれって言ってたから、この金のことを口にするはずはない……僕の昔の常識に従えば、当然この金は管理人の未亡人に返さなきゃならない……いやいや、僕はもうこれまでの常識を捨てて、新しい常識にしたがって生きることにしたんだ。金を返す必要はない。もともと管理人は自分の女房が嫌いだったし、むしろ僕に好感を持っていたんだ。だからこの金は僕が使ったほうが、喜んでくれるはずだ。理路整然とした論理だ。

（再び観客に）ということで、この金は僕が使うことにしました。次の日、僕の弟、その変な名前の会社に入るために、入社試験の準備で頭が一杯の僕の弟と市内のある喫茶店で待ち合わせました。

常出が舞台の正面下手側に椅子を持って入ってきて座る。玄少嬉が小さいティーテーブルを持って入ってくる。

少嬉　ご注文は？

常出　……あの……人を待ってるので……その人が来てから一緒にお願いします。

少嬉　かしこまりました。

少嬉が入っていく。常出はポケットから本を取り出し、鉛筆で線を引きながら読んでいる。入社試験の準備である。しばらくして常凡が椅子を持って入ってきて座る。

常凡　待たせたな。

常出　ううん。

常凡　喫茶店でも試験勉強か？

常出　仕方ないよ。

常凡　注文は？

常出　兄さんが来なきゃ頼めないよ。僕のポケットにはバスの切符二枚しかないんだもん。ところでどうしたの？

常凡　（後ろをむいて大きい声で）すみません！　パイナップルジュースを二つ、お願いします。

常出　一杯五〇ウォンもするよ……。
常凡　心配するな。僕……経理課長になったんだ。
常出　え！　兄さんが？　経理課長？　すごい！　でも何でこんな早く？
常凡　社長が僕を信頼してるからな。それに……僕もうまくやってく秘訣を学んだし……。
常出　月給も倍ぐらい上がるでしょう？
常凡　月給なんか問題じゃない。ところで……おまえもその入社試験に受かりたいなら……ちょっとした工作が必要なんじゃないのか？
常出　工作って？
常凡　ちょっとばかり金を使った方がいいんじゃないのか？　世の中はみんなそういうものさ。（内ポケットからお金を出して常出に渡す）これ五千ウォンだが……。
常出　五千ウォン？
常凡　ちょっとばかり金を使えってことさ。世の中はそんなに単純じゃないんだ。問題はとにかく部屋に入ることだろう？　正面玄関から入ろうが、裏口から入ろうが、そんなことは問題じゃない。とにかく入りさえすればいいんだ。
常出　……そんな……僕、自信ないよ。このお金を持って誰のところに行って、何をどうすればいいの？
常凡　それはおまえが研究することだろう。
常出　（お金をテーブルの上に戻して）そんなのもっと面倒くさいよ。勉強するだけでも忙しいのに、そんなことまでしようとしたら、もっと大変なことになるよ。
常凡　勉強は適当にすればいいじゃないか。
常出　勉強もしないで、どうやって試験を受けるのさ？
常凡　おまえも石頭だな。おまえにも新しい常識が必要だ！　新しい常識！
常出　えっ？
常凡　わかった。わかった。

玄少嬉がパイナップルジュースを持って出てくる。

少嬉　あら、お金！　お金があちこちに散らばってるわね。
常出　兄さんのです。触らないで下さい。
少嬉　……あら、お客さん……どこかで見かけた顔ね……。
常凡　え？　あの……どこかでお会いしましたっけ？
少嬉　あ……時々いらっしゃって。
常凡　はい。

玄少嬉が札束を見ながら出ていく。常凡と常出はグラスを持ってジュースを飲む。

常凡　あ、そうだ！（ポケットから札束三つを出して常出に渡しながら）これ三万ウォン……おふくろに渡してくれ。親父の還暦祝いに三万ウォンかかるって言ってたから。

常出　このお金、どうしたの？（受け取っておく）

常凡　あるありがたいお方が下さったのさ。死ぬ前に。この金もしまっておけ。人に見られるぞ。

常出　この五千ウォン、僕、自信ないよ。兄さんが持っててよ。

常凡　（お金を受け取り、そのうちの何枚かを常出に渡す）どこか遊びにでも行ったらどうだ？

常出　遊ぶ暇なんてないよ。

常凡　この金は僕が持ってるぞ。おまえもそのうち、世の中のことがわかるようになるさ。

常出　え？

彼らを照らしていた照明が消え、アパートの部屋が明るくなる。常凡が舞台正面の中央に立つ。

常凡　（観客に）死んだ管理人のおじさんは、たぶん僕に預けた五万ウォンの使い道について満足していると思います。僕の弟の常出は、まだこの新しい常識を理解できません。時が来たら、その必要性を感じるようになると思います。

とにかくしばらくして父の還暦祝いも無事に終わり、続いて兄さんの結婚式も終わりました。ひょっとすると僕の妻になっていたかも知れない朴勇子さんは、『アパートの鍵』という映画が縁となって、今は僕の兄嫁になりました。ある日、会社の仕事を終え、アパートに帰って来ると、奇妙な事件が僕を待っていました。

常凡が自分の部屋に入ろうとすると、舞台の上手から玄少嬉が出てくる。

常凡　……こんばんは。

少嬉　……え？　ああ……こんばんは。

玄少嬉は再び後ろをむいて上手に行き、また戻ってくる。タンクを待っている様子である。常凡は自分の部屋のドアを開けて入る。少嬉は行ったり来たりしながらタンクの帰りを待っている。常凡が想像上のドアの鍵穴から少嬉の行動を覗いてみる。ハンカチを出して涙を拭いている少嬉の姿を見て、非常に驚く。つられて気持ちが落ち着かなくなった常凡も自分の部屋の中を行ったり来たりする。続いて机の上にある電話の受話器を取り、ダイヤルを回す。

常凡 ……あ、交換ですか？　あの、アパートの管理室をちょっとお願いします。はい、管理室です。……あ、もしもし、管理室ですか？　ちょっと聞きたいことがあるんですが、あの……二八号室に住んでる……え？　そうです。タンクっていう人です。今朝、荷物をまとめて引っ越しするのを見たんですが。……それじゃあ完全に引っ越したんですね？　どこに行ったかわかりますか？　それはわからない？　それじゃ、その部屋は……空いてるんですね？　はい。ありがとうございます。

常凡は受話器を置いて、しばらく躊躇ってからドアを開ける。

常凡 あの……。
少嬉 ……え？
常凡 タンクさんを待ってるんでしょ？
少嬉 ええ。
常凡 あの人は……今朝……管理室に電話をかけて訊いたんですけど……今朝、荷物をまとめて出ていきました。どこに引っ越したのかわからないそうですよ。

少嬉はその言葉を聞いた途端、そのまま卒倒しそうになる。常凡が不器用に彼女を抱きとめる。

常凡 あの……ちょっと……大丈夫ですか……玄さん……ちょっと……。

常凡は少嬉を抱いたまま自分の部屋に入り、彼女を座らせ、まごつく。

少嬉 ……あの……水をちょっと……水を……。
常凡 水？　はい。

常凡はとなりの部屋に入っていく。そのあいだに少嬉はハンドバックから錠剤を取り出して手の中に隠す。常凡はグラスの水を持って来て少嬉に渡す。少嬉はグラスを受けとった途端、錠剤を口に入れようとする。常凡は咄嗟に駆け寄り薬を奪う。グラスが床に落ちる。常凡はぎこちない態度で少嬉を抱いている。

常凡 落ち着いて……落ち着いて下さい。そんなことをしちゃいけませんよ。ここであなたに死なれたら、僕だって困ります。

少嬉　騙されたのよ！

常凡　ちょっと落ち着いて下さい。

少嬉　（常凡の胸から顔を離して）畜生！

常凡　え？　すみません。

少嬉　あなたのことじゃないわ。

常凡　あ、はい。

少嬉　なんてひどい奴なの！　私のお金だけじゃなくて、友だちのお金まで全部持って逃げるなんて！　強盗も同じよ。私はもう……終わりだわ。

少嬉は泣き出す。

常凡　泣かないで下さい。泣かないで下さいよ。

少嬉　私は……死ぬしかない。

常凡　でもこの部屋じゃ……。

少嬉　ああ、むしゃくしゃする。騙されたのよ。騙されたの。

常凡はもう一度となりの部屋に入り、酒の瓶を持って出てくる。

常凡　これ……お酒です……うちの兄が来て飲んだ残りですけど……気持ちを落ち着けるには、お酒が一番なんでしょ？　少しどうぞ。

少嬉　（お酒の瓶を受け取り）どうせあなたは私を賎しい女だと思ってるんでしょうから、お酒も遠慮はしないわ。タンクみたいなチンピラに騙された女ですからね。でも、思い切り酔っ払いたい。

常凡　僕もタンクに貸したコーヒー一瓶と砂糖をまだ返してもらってませんよ。

少嬉　それなら、あなたも私と同じ、お人好しね。

常凡　いや……この前まではそうでしたが、今は人生観が変わりました。

少嬉はお酒の瓶を持ってらっぱ飲みする。これを見て驚いた常凡はそっと椅子に座る。お酒を飲むなり激しく咳き込む少嬉が心配になり、常凡がもう一度、立ち上がる。

常凡　あの……玄さん……大丈夫ですか？

少嬉　……背中……背中をちょっと叩いて……。

常凡　背中ですか？　（片手で少嬉を抱いて彼女の背中を叩く）大丈夫ですか？

少嬉　ああ、息苦しいわ。ちょっと抱いて。体が勝手に震えるの。ぎゅっと抱きしめて。
常凡　これくらいでいいですか？
少嬉　ええ、ごめんなさい。寒いわ。ちょっと抱いて。畜生、あんな奴！
常凡　え？　ああ…。
少嬉　ちょっと待って……。（再び酒を飲む）
常凡　おっと、あんまり飲みすぎると、体に悪いですよ……。
少嬉　どうせ捨てたも同然の体よ……思い切り酔ってやるわ。ああ、苦しい。男なんてみんな同じよ。
常凡　すみません。
少嬉　あなただけは別。（顔をあげて）……どうして私なんかにこんなに親切にしてくれるの？
常凡　僕の経験からなんですが、女性には積極的に親切にすることにしたんです。
少嬉　体が震えるわ。抱いてくださる？
常凡　……こうですか？
少嬉　ええ、そう。ああ、苦しい。
常凡　今度は苦しいですか。
少嬉　これちょっとはずしてちょうだい。
常凡　これを？

常凡の手がぎこちなく少嬉の背中にまわった時、照明が暗くなる。続いて軽快な音楽と共に再び照明が入り、豆腐売りの鐘の音が聞こえてくる。朝になる。となりの部屋から常凡が雑誌を持って出てきて、ゴミ箱に捨てる。それからソファに座って新聞を読む。明るい表情の少嬉がコーヒーを持って出てきて常凡に渡し、彼の頬にキスをして、またとなりの部屋へ軽い足取りで飛ぶように入っていく。

常凡　（コーヒーを一口飲んでから観客に）女性がいれてくれたコーヒーを飲むのは、生まれて初めてです。（立ち上がって）僕は昨夜、玄少嬉と寝ました。チャンスを逃してはなりません。席を譲るより、その席に座るべきなんです。（ゴミ箱を指し）お蔭で毎晩布団にもぐって眺めていた雑誌が要らなくなりました。玄少嬉は僕のコーヒーと砂糖の代わりにタンクが残していった、僕にはもったいない贈り物かも知れません。この部屋は花畑になりました。それだけじゃありません。社長は東南アジア経済視察団として二日前に金浦《キンポ》空港を出発しました。だから僕には上司が不在です。満足と幸福感の中で三一年ぶりに初めて楽しい生活をしてるっていうわけです。

少嬉がとなりの部屋から出てくる。常凡は少嬉の手をとって、まるで踊りでも踊るかのように部屋の中を回りながら独り言を言う。

常凡　ああ！　人生！　僕の愛！　僕の薔薇！　夢！　幸福。

少嬉が常凡の手をほどいて、微笑みながら再び寝室の方に入っていく。

常凡　（観客に）一日がどれだけ早く過ぎていくか分かりません。僕の収入も増え、財産も増えました。（キャビネットからカメラと望遠鏡を出し）カメラも買って……望遠鏡も買いました。ある土曜日、僕たちははるばる牛耳洞《ウイドン》(7)まで遊びに出かけました。

少嬉がコートをまとって出てきて常凡と腕を組む。二人はゆっくり舞台の前に出る。常凡はサングラスをかけ、望遠鏡とカメラを肩にかけて歩いて出てくる。部屋が暗くなると舞台の正面中央が明るくなり、鳥の声と共に田園の風景を象徴する音楽が聞こえてくる。

少嬉　（常凡と腕を組み）こんな気分は初めてよ。本当の幸せってこういうものなのかしら。

常凡　そうだな……久しぶりに郊外に出たけど、気持ちがいいね。（望遠鏡を持って見回してみる）栗の木を上ったり下りたりするリスも見えるよ……あっ！　朴専務が……まさか……成秘書が……うちの社長の嫁、いや秘書なんだよ。朴専務と成秘書が望月閣《マンウォルカク》ホテルの二階のテラスに出て座ってる……ビールを飲みながら……朴専務が成秘書の腰に手を回してる……。

少嬉　人間だもの。

常凡　人間？

少嬉　人間なんて皆同じよ。

常凡　だけど、うちの朴専務は子供が五人に……もちろん奥さんもいて……。

少嬉　他人が何をしようと、どうでもいいでしょ。

常凡　そりゃそうだけど……僕にとってはすごく重要な問題なんだ。

少嬉　私たちもホテルに行きましょう。

常凡　先に行ってて。僕、あの望月閣ホテルまでちょっと行ってくるよ。

少嬉　何で？

常凡　すぐ戻るから。まずこの下まで一緒に行くことにしよう。

二人は舞台の下手に退場する。続いて事務室の照明がつく。成娥美がソファに座って本を読んでいる。しばらくして社長室のドアが開き、常凡がライフルを持って出てきて手入れを始める。

娥美　またライフルね。
常凡　しょっちゅう手入れしてると、愛着が湧いてくるんですよ……あの、社長から何か連絡ありましたか？
娥美　ええ、今シンガポールにいらっしゃいます。
常凡　……成秘書はシンガポールに行ったことがあるんですか？
娥美　あっちの方はまだ……。アメリカで二年近く暮らして……。
常凡　あ、それじゃ亡くなられたご主人とはアメリカにいらっしゃった時に？
娥美　ええ。
常凡　あ、そうだ。（ポケットからメモした紙を出しながら）この計算書ですけど。
娥美　それ何の計算書かしら？
常凡　ええと……、社長が行かれる二日前、三インチ直径の鋼鉄を契約した日です……半島ホテルで。成秘書はその時、アメリカ人のバイヤーと社長が夜使ったお金が……お土産代も含め合計一二万三千ウォンだって言いましたよね？　一二万三千ウォン。
娥美　……そうよ。
常凡　それで私がそのお金を渡しましたよね？
娥美　それで？
常凡　ですが、私がそのホテル、それから店を回って、もう一度領収書を受け取ったら、合計六万二千ウォンでした。つまり残りの六万二千ウォンは、成秘書が持ってるってことになりますが……。
娥美　……それは……それは……私がそのアメリカ人に……社長の代わりにもう一つお土産を買って渡したんです。
常凡　（わざわざ声の調子を上げて）ああ、そうですか！　分かりました。以前は成秘書が請求する金額と領収証の金額は一致したんですが……もしかしたらと思いましてね。
（しばらくぎこちない雰囲気が漂う）
常凡　ところで、朴専務もアメリカで勉強されたんですよね？
娥美　……そうらしいですね。
常凡　朴専務は今……四六歳だから……ずいぶん昔のこと

ですよね？

娥美　……何がずいぶん昔なんですか？

常凡　朴専務がアメリカで勉強された時期がですよ。

娥美　そうですね。

常凡　成秘書は今二七歳だから……。

娥美　女性の歳をそんなに大っぴらに言わないで下さい。

常凡　そんな意味じゃなくて……とにかく朴専務とはだいたい二〇歳違いですね？

娥美　……そうなりますね。それで？

常凡　朴専務と僕は一五歳違いですよ。

この時、電話が鳴る。常凡は片手に銃を持ったまま受話器を取る。

常凡　あ、もしもし。はい？　あ、朴専務ですか？　はい、経理課長です。はい？　はい？　そうです。牛耳洞にある望月閣ホテルに二万ウォン支払いました。望月閣ホテルから電話がきたんですよ。誰か分かりません。それで私が直接行って計算書を確認して二万ウォン払いました。はい？　計算書は私が持ってます。はい？　専務が時々ご家族と一緒にホテルへ行って休養されるということでした。はい？　今度からは専務に伺ってから支払うようにします。はい、失礼します。

電話のやりとりを聞いて、顔色をかえた娥美が、再び本を読むふりをする。

常凡　朴専務は本当に家庭的な方ですね。暇さえあれば家族を連れて郊外に出て休養されるみたいですよ。あれ？　これは油が切れたな。社長室に行ってやってこようかな……臨時……五分だけ、臨時社長でもやってみるかな、はっは……。

常凡は銃をかまえ、あちこち狙ってみる。こっそり娥美も狙ってみる。娥美が驚く。常凡は社長室に入る。娥美が立ち上がり、受話器を取りダイヤルを回す。

娥美　私。今すぐ、ちょっと会いたいんです。私がそちらに行きます。ええ、そうね。あそこのホテルの支配人、困るわね。はい。

受話器を置き、娥美は室内を行ったり来たりする。そしてハンドバッグを持って社長室のドアを開ける。

娥美　金課長、私、ちょっと歯医者に行ってきます。

社長室から出てきた常凡の手にまだライフルがある。

常凡　歯医者ですか？　どうぞ、行ってらっしゃい。

娥美が不機嫌な表情で出ていく。

常凡　（観客に）朴専務と成娥美の尻尾を捕まえました。僕とは全く人種の違うエリートたちでしたが、尻尾を捕まれるとあんなに大慌てしてします。望月閣ホテルが金を請求してきたことはありません。僕が持って行ってあげました。待てよ……もう一つ欲が出てきました。この歳で会社の歴史上、最年少で経理課長になりましたが、もうちょっと上の地位に上がりたくなりました。ちり紙と教会での縁、そして裵永敏に対する中傷によって得た、この地位に満足するのではなく、朴専務と成娥美という大きい餌を釣り竿につけて、出世という豪勢な錦鯉を釣り上げるのです。普通の人生コースを行ったら、我々のように平凡な人間は出世の敷居の前にも行けません。新しい常識に従わなければなりません。

（舞台前面に出ながら）出世することに没頭していたら、いつの間にか二ヶ月が過ぎました。ところで僕が会社のことに全力を注いでいる間に、僕の家の中で大きな異変が起こりました。ある日の夕方、僕の憩いの場、愛しき人が待つアパートに帰ってみると……。

常凡は舞台の前を歩いて自分の部屋のドアを開けて入り、部屋の電気をつける。十字架の下で抱き合ったまま寝転がってる玄少嬉とタンクの姿が浮かび上がる。

常凡　あっ、何だ？　これは？

おもむろに起き上がった二人は、かなり酔っている。ティーテーブルには酒の瓶やグラスが転がっている。

少嬉　あ……帰ってきたの？

タンク　ああ……金さん、お久しぶり。

タンクは起き上がってネクタイを結び直し、常凡に握手を求める。常凡は拒絶する。

常凡　とっとと出てけ！　この悪党どもめ！

少嬉　そんなこと言わないで、一杯どう？

常凡は怒りのあまり少嬉の頬を殴ろうとするが、タンクの頑丈な手が彼の腕を掴む。

タンク　か弱い女に暴力をふるっていいのかい？

常凡　なんだと、この盗人野郎！

タンク　俺が盗人だと？　どっちが盗人か教えてもらいてえな。俺がいない間に俺の女房を盗んだ奴は誰だよ？

常凡　おまえの女房？

少嬉　そうよ。私の実質的な旦那はタンクよ。法的な夫はあなただけど。

常凡　僕がおまえの法律上の夫だと？

少嬉が立ちあがってハンドバッグから封筒を出し、その中の紙切れを出して渡す。

少嬉　これ見なさいよ。あなたとあたしが結婚したっていう結婚届けのコピーよ。

常凡　結婚届け？　僕がいつ……。

少嬉　あなた忙しいみたいだから、あたしが代わりに届けを出したの。一週間前に。

常凡　おまえと結婚した覚えはないぞ。

タンク　結婚式なんかどうでもいい！　届けを出した以上は夫婦だろう。俺が証人だ。

常凡　おまえみたいな悪党が証人だと？

少嬉　ともかくご心配なく。法律上の夫がいない間に情夫と姦通してばれたんだから、これは離婚されて当然だわ。離婚を要求するんなら、早速、離婚同意書に判子を捺すわよ。（ハンドバッグから再び紙を取り出す）

タンク　俺がまた証人になってやるよ。

常凡　ふん！　当然、離婚だ。僕の知らないうちに結婚届けを出すなんて！　悪党どもめ！

少嬉　だけど……離婚するのに条件があるわよ。

常凡　条件？

少嬉　そうよ。慰謝料五〇万ウォンを要求します。

常凡　なんだと！　この浮気女！　五〇万ウォンだと？

少嬉　じゃ、仕方ないわね。私はこれからもここで暮らすわ。

タンク　まあ、まあ、そんな風に感情的になっちゃいかん。ここは大人同士、五〇万ウォンなんて、たいした金額じゃない……。

常凡　五ウォンだって出すもんか。いや、この浮気女がこれまで食べた飯代を払ってもらっても、腹の虫がおさまらないくらいだ。

少嬉　何よ。私みたいな女を夜通し抱いて寝たら、少なくとも一晩三千ウォンは取られるでしょ。私、この三ヶ月の間、一銭ももらってないわよ。それに私みたいな美人を……。

タンク　そうだ、少嬉みたいな美人を……。

少嬉　私みたいな美人を、お手伝いとして三ヶ月間以上こき使って……それに……昼間はどこにも行かずに家を守って……五〇万ウォンなんて安いもんじゃない。あなた、経理課長でしょ。一日に何百万ウォンもいじってるんだから、たったの五〇万ウォンぐらいどうってことないでしょ。

タンク　おい、金さん！　少嬉は時々ヒステリーを起こすんだ。もしも少嬉があんたの会社の社長に、この三ヶ月の間に起きた出来事を話したら、どうするつもりだい？

少嬉　教会に通うクリスチャン？　独身？　よく考えて五〇万ウォン出しなさいよ。二日間余裕をあげるわ。それまでに連絡しないと、会社に押しかけて社長にぶちまけるからね。

常凡　（観客に）こういう時、どうすればいいんでしょう？　あの悪党どもの常識が怖いんです。僕はそのまま家を飛び出して通りに出ました。だけど行くあてがありません。一晩、会社の事務室に泊まるしかなかったんです。

常凡が舞台を横切って事務室に行く。社長室から男女の笑い声が聞こえる。ほんの少しドアを開け、中を見回した常凡は、びっくりしてドアを閉める。

常凡　今、この時間に朴専務と成娥美が社長室のソファに座っています。もちろんただ座ってるわけじゃありません。僕のアパートでは、今何が起きているでしょうか？　結局、僕はこの二つの男女関係の板挟みになって損害を受けることはできないという僕の新しい常識にしたがって、何か打開策を見つけ出さなければなりません。

電話のベルが鳴る。何回か鳴るまでそのままにしておく。髪と服が乱れた成娥美がドアを開けて出てくると、常凡がいるのを見て驚く。

常凡　（受話器を取り）もしもし。はい。金常凡です。タンク？　畜生。どうして僕がここにいるのが分かった……？　何？　僕が行くところはどこでも分かってるだと？　……それで……？　何時に……一〇時、分かった。行くからな。（受話器を置いて娥美に）どうしたんですか？

娥美　（服や髪を直しながら）金課長はいつから私たちを監視し始めたんですか？

常凡　私は……どういう意味ですか？　やりかけの仕事がまだ残っていて、夜、片付けようと思って来ただけですが……。
娥美　一人で？
常凡　（ちょっと考えてから）……いいえ。友だちと一緒に来て……。
娥美　友だちと？　それじゃ……その友だちは……。
常凡　そうです……つまり……社長室に成秘書がいらっしゃるのを見て、それで私が帰るように言ったんです。
娥美　それじゃ、その友だちっていう人も私たちを見た……？　つまり証人ということよね？
常凡　……さあ？　何をおっしゃりたいのか？
娥美　私たちのこと、金課長はどこまでご存知なの？
常凡　私は……何も知りません。ついさっき友だちから電話がかかってきたので、ちょっと行ってこないと。あの、朴専務に挨拶もできずに行きますので、よろしくお伝え下さい。

　常凡が退場する。娥美は腕組みをしてそれを見送る。事務室の明かりが消える。常凡が舞台の下手からベンチを引き摺って出てきて、舞台の前面に座る。

常凡　僕はタンクと少嬉という悪党どもの脅迫を受けている身です。一方、僕は朴専務と成娥美を脅迫しています。言ってみれば、追いつ追われつの身というわけです。ついさっきタンクから電話が来て、ここ、パゴダ公園[8]で会おうと言われました。うまい解決方法があるというのです。

　タンクが煙草を持って出てきて隣に座る。

タンク　静かだな。
常凡　じゃ、本論に入ろうか。どうするっていうんだ？
タンク　女の扱い方がなってないな。やさしく扱わないと。
常凡　おまえの説教を聞きに来たんじゃない。さあ、解決策を言ってみろ。
タンク　今日は二三日だから……お……明日は二四日。それで月給日は二五日だろう？
常凡　おまえも就職したことがあるのか？
タンク　それは常識だろ……だから明日二四日は社員たちに月給を支給する準備でものすごく忙しいはずだ。経理課長だからな。少嬉の話じゃ、月給は二五日の午後一時から支給するらしいが、昼休みに他の社員が昼飯を食べに出ても、経理課長と秘書はずっと事務室に残って月給を支給する準備をしなきゃならないんだろ？　四二一〇万ウォンっていう莫大な金を机の上に置いて。なんたって四二〇万っていう大金だ！　俺が昼の一二時半ちょうどにおまえの事務室に入り、拳銃か爆弾か何かで脅したら、仕方なく四二〇万は俺に渡すしかないだろう。こりゃ経理課長としては不可抗力だな。社長もそう信じるだろう。代わりに俺の善意を施してやるぜ。少嬉が二度とおまえの前に現れないよう責任持ってやるよ。

常凡　少嬉を？

タンク　五〇万ウォンで少嬉が手を切るとでも思ってるのか？　一生、追い回されるぞ。それだけじゃない。おまえ、その五〇万ウォンを作るために、どうせ経理上の不正をすることになるだろ？　それはマズい。だったら不可抗力の前に四二〇万という公金を強盗に奪われたほうがマシだろう？　ついでに、少嬉が決しておまえの前に姿を現わさないっていう保証ももらってな。（タンクは立ち上がり、吸っていた煙草を捨てる）じゃ、……二五日の一二時二五分に行くぞ。わかったな？

常凡　それじゃ……少嬉が持ってる結婚届けと離婚同意書も僕に渡してくれるんだろうな？

タンク　……四二〇万ウォン頂戴したらな。

常凡　どこで渡してくれる？

タンク　おまえの事務室で。二五日の一二時二五分に会おうぜ。玄少嬉はその瞬間からおまえの前には決して現れないだろう。もしこれから何かあっても、知らぬ存ぜぬで押し通せばいいさ。

　タンクは悠々と退場する。事務室が明るくなり、金を積み上げて数えている娥美が現れる。社長室から決済の書類を持った常凡が出てくる。

常凡　お疲れ様です。

　娥美はそれに答えもせず、そのまま明細書の封筒に金を入れる作業を続ける。常凡が落ち着かない様子で時計を見上げる。社長が出てくる。常凡は反射的に立ち上がって礼をする。

社長　うん、月給は予定通りに支給できるのかね？

常凡　はい。一時から間違いなく……。

社長　私はこの向かいの紅坡屋《ホンパオク》で朴博士と一緒に昼御飯を食べてくる。

常凡　はい、何かあったらご連絡します。

　社長が出る。常凡もいらいらした様子で舞台の上を行ったり来たりする。

常凡　あの……成秘書、お昼ご飯は？

娥美　そんな暇ありません。

常凡　私がやりますから、成秘書は社長と一緒に食事をどうぞ。

娥美　金課長一人で、このお金を処理できるんですか？

常凡　……ええと、今は……（腕時計を見て）私の時計では一二時二五分ですが……あの……成秘書の時計では何時ですか？

娥美　（面倒臭そうに自分の時計をちらっと見て）一二時二五分よ。

常凡　（再び机に向かって座り）二五分。

帽子を目深にかぶったタンクがかばんを持って入ってくる。娥美が仕事の手を休め、タンクを見る。

娥美　……誰かお探しですか？

タンクはそれに答える代わりに突然拳銃を突き出す。娥美はびっくりして立ち上がり、そのままぺたんと座り込んで気絶する。

タンク　あの部屋には？（常凡が頭を振る）じゃ、このかばんに入れろ。

常凡　ふん！　時間通りに来たな。

タンク　時間を守るのは紳士のマナーだからな。

常凡は机に積まれた金をかばんに入れる。

常凡　おまえが紳士だと？　それなら約束も守ってくれ。

タンク　何の約束だい？

常凡　玄少嬉の婚姻届けと離婚証明書。

タンク　（内ポケットから封筒を出して見せながら）これだろう。約束通りその金をみんな頂戴したらやるぜ。

常凡が金を全部入れてタンクにかばんを渡す。

常凡　じゃ、交換だ。

二人は互いに交換する。

タンク　俺は……、韓国にはいないぞ。それから……もうひとつ約束があったな……（内ポケットから女のストッキングを取り出しながら）これも記念にとっておけ。
常凡　それじゃ玄少嬉は……？
タンク　俺は約束を守るからな。
常凡　まさかこれで少嬉の首を……？
タンク　おい、おい、何を言うんだ！　今頃、極楽で昼飯でも食ってるだろうよ。お疲れさん！

タンクは悠々とかばんを持って退場。常凡は封筒とストッキングを手にして、ちょっと考えてから封筒を内ポケットに、そしてストッキングはズボンのポケットに入れ、自分の机の下からライフルを取って飛び出していく。やがて耳をつんざく銃声が二回轟く。ライフルを持って戻ってきた常凡は、ソファで気を失っている娥美のそばに行って上半身を起こし、抱きかかえる。続いてゆっくりと力を込めて抱擁する。しばらくして社長が慌てふためいて入ってきて二人を見て驚く。

社長　おお！　怪我はなかったか？

常凡は娥美を下ろしてその体を揺さぶる。娥美が目を開けて飛び起き、あたりを見回す。

常凡　びっくりしたでしょう？　……捕まえました。
娥美　強盗を……？
社長　（常凡の手をしっかりと握り）そうか、ご苦労だった！　ご苦労！　社員たちが飛び出してきて強盗が入ったというから、びっくり仰天したよ。本当に勇敢だ！　これも全て神が守ってくださったおかげだ。
常凡　あいつは完全に死にましたか？
社長　死んだよ。死んだ。いや、ご苦労さん、ご苦労さん！

娥美が起き上がってふらふらしながら出口に行こうとする。常凡は走って行き、成秘書を掴まえる。

常凡　成秘書、大丈夫ですか？
娥美　強盗は、強盗は……？
社長　捕まえたんだよ。死んだんだよ。神のご加護で。
娥美　誰が捕まえたの？
社長　この金課長が。
娥美　（信じられないという風に頭を振りながら）あの……トイレにちょっと……。

もう一度ふらつく。常凡が片手にライフルを持ったまま、もう一方の手で彼女の腰を支える。社長はこの姿を見てうなずく。やがて娥美は常凡の体を押し退けて外に出る。

常凡　社長、申し訳ありません。未然に強盗を防ぐことができず。

社長　何を言ってるんだ！　まさに超人的な活躍だよ。さあ、早く警察に連絡しよう。（常凡からライフルを受け取って）君はまさしく英雄だ……ところで成秘書とはいつから……そんな仲になったのかね？

常凡　え？　……何も……そんな。

社長　そうか、金課長は成秘書が好きなんだろう？

常凡　そりゃ……。

社長　そうか、そうか！　分かるよ。君は誠実だから。私も成秘書をいつまでも嫁としてそばに置いておくわけにもいかん。死んだ私の息子もきっと成秘書が再婚することを願ってるだろう。分かるよ。とにかく会社のために、よくやってくれた。

常凡　（観客の方に進みながら）ことがあまりにもうまく運びすぎて、目がくらむようです。次の日、社長は全社員を集めて、僕を褒めちぎり、奨金として五〇万ウォンくれました。四二〇万ウォンを守ったからです。それだけじゃありません。僕はこの製鉄会社の常務に特別昇進したんです。ソウル市内の新聞は、こぞって僕のことを書きたてました。僕は会社の、そしてソウル市民の英雄になりました。そのお蔭で会社の方もうまく行きました。あちこちから品物の注文がどっと入ってきたのです。たしかにタンクは自ら失敗を招きました。自分が玄少嬉の首を絞めて殺したという事実を僕に話したがために失敗したのです。タンクが玄少嬉を殺したということが分かった瞬間、僕の中で新しい常識が首をもたげました。結局あの二人を殺したことになりますが、心に不安はありません。そうですね……たぶん人を殺したのが、正当防衛だったからでしょう。そう信じたいです。こんなことがあってから何日かして、僕は成娥美を僕のアパートに呼びました。僕に尻尾を捕まれた可哀相そうな人形は、おとなしく僕の部屋に現れました。

成娥美が舞台の下手から登場し、舞台の正面を通ってアパートの部屋のドアの前まで来て立つ。躊躇う様子。やがて、諦めたかのようにドアをノックをする。

常凡　（立ち上がりながら）どうぞ。

ドアを開けて娥美はそのまま立っている。

常凡　どうぞお入りなさい。（娥美は何も言わず入ってきて立つ）こちらにお座り下さい。

娥美　結構です。用件を言って下さい。私、忙しいんですから。

常凡　でも、ちょっと座って……。

娥美　私、五分で帰ります。

娥美が座る。

常凡　どうしてそんなに忙しいんです？　朴専務が外で待ってるんですか？（娥美はそれに答えない）コーヒーはいかがです？

娥美　その重大な話っていうのを早くして下さい。

常凡　そうしましょう。

娥美　どうぞ。この頃、金課長は……。

常凡　金常務です。

娥美　この頃、金常務はまるで天国にいるみたいな気分でしょう？　新聞に大きく出て、その歳で出世して……奨金を五〇万ウォンももらって……。

常凡　ありがとう。それで上等なライフルでも買おうかと思っています。

娥美　それじゃ、どうぞ、その重大な話っていうのをして下さい。

常凡　そうしましょう。成娥美さんはアメリカで勉強された学識のある方ですよね。

娥美　それで？

常凡　また、とても美しい女性ですね。

娥美　ありがとう。

常凡　何よりも賢い方です。

娥美　ちょっと、一体何を……？

常凡　待って下さい。そして朴専務と大胆な恋をなさってる。妻子ある男性とです。僕はお二人がホテルでベッドを共にしてるところも目撃しました。

娥美　嘘でしょう！

常凡　それじゃ、その現場を隠し撮りした写真をお見せしましょうか？　興信所に調査させた報告書と写真がいくらでもあります。ご主人が亡くなって六ヶ月も経たないうちに脱線しはじめましたね。僕がこの世から消えたとしても成秘書と朴専務の関係を実証できる人間がもう一人います。僕の友だちです。だから僕をあの世に送ろうなんて考えない方がいいですよ。それから、もう一つ。これまで、あなたのそのハンドバッグの中に会社の金がたくさん消えましたね。義理のお父さんのお金だから、勝手に使ってるんですか？　言ってみればお金を盗んだことになりますよ。

娥美　何を要求してるのか分かりました。そう、金課長は、いいえ、金常務はいくらお望みですか？　金額をおっしゃって下さい。

常凡　そうですね……あなたの亡くなったご主人……ですから社長の息子さんは、自分の名義だった財産を死ぬ何日か前に社長に一任しました。

娥美　（突然立ち上がって）そんなことまで、どうして知ってるんですか？

常凡　社長の弁護士事務所に何回か用事を頼まれて行きました。それだけじゃありません。僕はそれよりもっと重大な事実も知ってます。成秘書が再婚する場合、社長が成秘書の夫になる男性の人格と能力を認めれば、その財産は再び成秘書と再婚する相手の名義になります。死んだ成秘書のご主人はイエス・キリストよりずっと慈悲深い方でした。

娥美　あなたみたいな悪党とは違います！

常凡　あなたみたいな淫らな女にはもったいない方でした。

娥美　一体、私をここまで呼び出して、どうしようっていうんですか？

常凡　成秘書と結婚したいんです。

娥美　え……なんですって？

常凡　成娥美さんと結婚するっていうことです。

娥美　あなたみたいな……？　冗談じゃないわ。

常凡　冗談ですって？　それが人生です。結婚はするけど……僕も成娥美さんの亡くなったご主人に負けないくらい寛大な夫になるつもりです。あなたを頼ってる家族五人は何不自由なく暮らせるし、弟や妹たちは安心して大学まで行くこともできる、財産も転がり込んでくる……社長が引退したら、当然新しい社長の妻となり……。

娥美　何言ってるの？

常凡　僕が社長になるのは当然なことでしょう。とにかく、僕と結婚すれば社長の信任も得られるだろうし……。

娥美　……私が断ったらどうするつもりですか？

常凡　断る？　成娥美さんみたいに美しくて賢い女性が、こんなにいい条件を断るんですか？　僕も成娥美さんと時々一緒に寝たいですしね。美人で……。

娥美　聞きたくありません！

娥美は憤然と立ち上がってドアの方に行く。

常凡　よく考えて下さい。「ノー」ならそのドアを開けて帰ればいい……「イエス」ならもう一度ここに座って下さい。

少し戸惑うが娥美は再び椅子に座る。照明が次第に暗くなり、常凡は舞台の正面に出て、観客に向かって話す。

常凡　そして僕はその夜、成娥美とベッドを共にしました。玄少嬉と過ごした初夜の時とは違って、なんの感激も興奮もありませんでした。感じられたのは、恐ろしいような征服感と勝利の喜びだけでした。しばらくして、しんしんと雪が降るある日、僕は成娥美と結婚式を挙げました。ごく親しい者だけを呼んで。

社長、常鶴、裵永敏、文、勇子、そして娥美が手にグラスを持って出てきて楽しそうな表情を浮かべる。

常凡　ふん！　私たちは朴専務も招待しました。でも彼は朝からひどい下痢で具合が悪いそうです。
社長　おい、何時の飛行機だっけ？
常凡　二時半です。
社長　それじゃ、急がないと。分かったな、ホテルの裏がすぐ山になってて、ノル鹿の狩猟には最高だ。新婚旅行だからって部屋にこもってないで、狩猟もして来たまえ。土産はノル鹿かウサギ三、四匹で充分だ。（裵永敏に）裵課長、あれを。

裵永敏が外に出る。

社長　私から君に一つ特別なプレゼントをと思ってな。
常凡　もう充分すぎるほどいただきました……。

裵永敏が一丁のライフル銃を持って入ってくる。

裵永敏　金常務さん、おめでとうございます。
社長　これだ、これ！　ベルギーで作った本物の二連発銃だ。新婚旅行の贈り物として最高だろう。これで新婦を守り、獲物もしとめて……。
常凡　ありがとうございます。

常凡がライフル銃を受け取っている時、常出が飛びこんでくる。

常出　兄さん！　兄さん！
常凡　常出じゃないか。
常出　遅れてごめんなさい。僕、合格したんですよ。合格したんです。
常凡　何だって？　え、試験に合格したのか。
常出　そうなんです。合格したんですよ！　合格！
社長　それじゃ、時間もないし……我々は先に出て下で待ってるよ。兄弟だけで話したいこともあるだろう。

兄弟三人を残して皆出ていく。

娥美　それじゃあ……。

娥美も出ていく。

常鶴　よくやったな！
常出　三年越しだよ、三年！
常鶴　とにかくよかったな……俺も合格したんだ。
常凡　兄さんが？
常鶴　俺、大学辞めたんだ！
常凡　いつ？
常鶴　結婚したんだ、これからは家庭の面倒も見ないとな。大学で教えてたら生活費も稼げない。特にロケットなんかいじくりまわしててもな。それで小学校の先生になったんだ。
常出　小学校の先生？
常鶴　だけど私立の小学校の先生さ。俺がもともともらってた月給の倍になったよ。小学校の先生が大学の先生よりもたくさんもらえる世の中になったとはな。昔、師範学校を出たお蔭で。校長が俺の友だちなんだ。自分に合った仕事をするのが一番だよ。かえってこの頃は気持ちも楽になったし。
常凡　先生もけっこう甘い汁にありつけるんだろう(9)？
常鶴　さあな。さあ、遅くなるから行きなさい。
常出　父さんは来ないって。兄さんが離婚歴のある女なんかと結婚するからって。
常凡　（常鶴と常出が出ていくと観客に向かって）弟の常出は、行政系統の下の仕事を引き受ける見習い職員になりました。三年間にわたる血と汗の結晶です。常識の世界の関門をようやく通過したところですが、もちろん将来は漠然としています。でも、本人はとても幸せそうです。一方、兄は大学を捨て、自ら私立小学校の先生になることを選びました。それでも幸せな家庭を築いていくことに喜びを感じているようです。ところが僕は？　金や地位……そういったものに何の不満のない製鉄会社の大物になりました。将来、そうですね……僕の未来に何があるか……。

娥美が椅子を二つ持って出てきて舞台の正面に並べる。
常凡は娥美と一緒に座る。飛行機の爆音が聞こえる。

常凡　江原道《カンウォンド》に向う飛行機の中で、僕たち新婚夫婦はお互い一言も言葉を交わしませんでした。ただ果てしのない虚空にむかって限りなく飛んでいくような思いになるだけでした。飛行機が着陸する直前、娥美は初めて口を開きました。

娥美　あなた……あの……。

常凡　顔色がよくないみたいだけど……具合でも悪いのかい？

娥美　いいえ……私……妊娠したの。

常凡　妊娠？　それじゃ、赤ちゃんが……？

娥美　ええ。

常凡　……体に気をつけないと。

娥美　もう着いたわね。

娥美は椅子についてる想像上のシートベルトをはずす。
常凡はそのまま、ぼうっと座っている。

常凡　僕の心は複雑でした。娥美のお腹の中に新しい命が宿ったというのです。ホテルに入っても僕は落ち着けませんでした。（娥美が立って出ていく）娥美のお腹から生まれる新しい命！　どうしたらいいのか……その子が僕の子ということは絶対にあり得ません。とにかく誰の子であれ、法律上僕の子として生まれてくるのです。僕の子じゃない息子、それとも娘が、おぎゃあと泣いて生まれる瞬間、僕はどんな顔をしたらいいのでしょう……？　僕の顔色を窺いながら、心は遠く朴専務の胸に飛んでいく娥美の表情はどんなでしょう……狼と狐の間に生まれた子犬、僕はその子犬を狼だと信じなければなりません。僕にそっくりな子犬だと信じなければなりません。本当の両親であるオス狐とメス狐が遠くから私たちの姿を見守り嘲っても、僕たちは互いに似ていると喜ばなければなりません。僕は向こうの世界の椅子に座ってるのが堪えられなくなって、こっちの世界の椅子に座り換えました。いわゆる新しい常識という風に乗って……しかし結局……場所が変わっただけで同じでした。不安や心配がつきまとうのは変わらないからです。
何の仕事なのか、顔を上気させ汗をかきかき働いている弟の常出の姿が見えます。子どもたちと歌をうたいながら笑っている兄の顔が浮かんできます。まだ……社会を知らない彼ら……いや……あまりにもよく知っているからでしょうか？

あくる日の晩、この山奥の田舎に転勤させられた褒永敏が訪ねてきました。

褒永敏が大きな花束を抱えて入ってくる。

褒永敏　こんばんは、金常務。こんな夜分に伺って……奥様はどちらに？

常凡　風呂にでも入ってるんでしょう。その花は私へのプレゼントですか？　それとも私の愛する妻へのプレゼントですか？

褒永敏　これですか？　そりゃもちろんお二人に……ところで……このホテルはいかがですか。静かですか？（常凡からの反応がない）なかなかロマンチックなホテルですね。

常凡　エキセントリックだよ。

褒永敏　それはうまい表現だ。なかなかエキセントリックなホテルですね。

常凡　や、喜劇的だな。

褒永敏　……そうですね。喜劇的ですね。

常凡　や……悲劇的って言った方がいいかな？

褒永敏　え？　悲劇的……？

常凡　いや、やっぱり喜劇的と言った方が良さそうだ。

褒永敏　……ああ、喜劇的な雰囲気ですか！　それはいい表現ですね。実に文学的です。こんな田舎にいると、ろくに読書もできなくて……もともと文学は好きでしたが……この田舎に来てからは本が読めなくて……。

常凡　山奥の方が読書に適してるでしょう。

褒永敏　私は生理的に……それから家庭の事情もあるし、やっぱりソウルで勤務したほうが……。

常凡　そうだな！　こんな山奥じゃ……甘い汁も吸えないだろう。

褒永敏　え？　甘い汁？　私にはなんの意味か……？

この時、風呂から娥美が出てくる。褒永敏は慌てる。

褒永敏　私、この花を持ってきました。（花を持ってもじもじするが、常凡に渡す）私は下のコーヒーショップで待ってます。奥様、おめでとうございます。（褒永敏は出て行ってしまう）

娥美　褒さん、いつ来たんですか？　それに、おめでとうって何が？

常凡　そうだな……きっと君のお腹の中にいる赤ちゃんのことじゃないかな？

娥美　あら、あなた、ずいぶん赤ちゃんを愛してるのね。

常凡　愛の結晶だからね。そのガウン、とてもよく似合うよ。きれいだ。

娥美　ありがとう。

常凡　不思議だな……？

娥美　何がですか？

常凡　うん、どうして女性は、服を着てる時より脱いだ方がきれいなんだろう？

娥美　……偉大な発見ね。（この時、電話のベルがけたたましく鳴る）あなた取って。

常凡　どうせ下のコーヒーショップでソウルの街に思いを馳せてる裵永敏君の呼び出しだろう。（常凡が受話器を取る）もしもし。え？　ソウルからの長距離電話ですか？　誰を……？　成娥美さんですか？　ちょっとお待ち下さい。ソウルから長距離電話だよ。

受話器を渡す。

娥美　もしもし。え？　換わって下さい……あ……（常凡の顔をちらっと横目で見る）ええ、元気よ。そっちはどう？　心配しないで……ソウルも寒い？　ええ、大丈夫。辛抱するしか。体を大切にね。ええ、ソウルで。それじゃ、また。（名残惜しそうに受話器を置く）……母から電話。

常凡　ああ、お母さんから……婿も元気かって聞かれたかい？　お母さんは実にお元気だな、七〇歳にもなって、長距離電話もかけられる。長距離電話は、大声でがなり立てなきゃならないから、年寄りには骨が折れるだろう。……もっとゆっくり話せばよかったのに……僕たちには金の心配なんかないんだから……。

娥美　私、ちょっと着替えてくるわね。

常凡　そのままの方がずっといいのに。

娥美は何も言わずに中に入っていく。常凡はそのまま椅子に座っている。裵永敏が再び入ってくる。

裵永敏　（手に持ったメモを差し出し）金常務、私としたことが。本社から電報が来ておりました。金常務に宛てた電報なんですが、うっかり忘れてました。

常凡　何の電報かな……？

裵永敏　明日の夕方、五時に釜山《プサン》へいらっしゃるようにとのことです。

常凡　釜山に？

裵永敏　東来《トンレ》[10]の海東《ヘドン》ホテルです。社長の体の具合がお悪いようで……代わりに金常務が釜山にいらっしゃって、第三製鉄工場の建設に関する文書の契約をされるようにとのことです。

常凡　新婚旅行は一週間の予定だが……。
裵永敏　ああ、新婚旅行の続きは釜山でいかがです？
常凡　じゃ、下の階のバーで一杯やろうか。僕がおごるよ。
裵永敏　とんでもない。金常務は全然飲めないでしょう……。
常凡　これからは少し酒も飲めないとね。一杯飲みながら、裵課長のソウル本社への転勤問題も話しましょう。
裵永敏　はい、ありがとうございます。
常凡　僕にできることは……お酒でも飲んで……それじゃ、先に下に行ってて下さい。

裵永敏、先に退場。

常凡　おい！　おまえ！　娥美！　娥美！（ほとんど絶叫に近い声で）

成娥美が服を半分引っ掻けたまま、びっくりして飛び出してくる。

娥美　一体どうしたの？　そんな大声で名前を……。
常凡　顔が見たくて。で、幸せかい？
娥美　え？
常凡　僕は明日、社長の命令で釜山に行くことになった……裵課長宛に電報が来たんだ。すぐに釜山へ来るようにと。それで君はどうする？
娥美　私？　……そうね……体調も悪いし……。
常凡　なら、先にソウルに帰るか？
娥美　それがいいかもしれないわ。釜山には何日くらいいらっしゃるの？
常凡　そうだな、何日ぐらいいたらいいかな？
娥美　私に聞かれたって。
常凡　僕が釜山へ行って、長距離電話で連絡するよ。きれいだよ。
娥美　いやだ。
常凡　（娥美を抱きながら）僕たちの赤ちゃんはいつ……？
娥美　来年の八月に生まれる予定よ。
常凡　（娥美の体を揺すりながら）僕たちの赤ちゃん！　本当に可愛いだろうな！　僕たちの愛の結晶なんだ、僕は幸せだ！　幸せだ！　お金もある、地位もある、可愛い妻もいる、そして子どもも生まれるんだ！
娥美　あら……どうしたの、あなた、涙なんか……男のくせに、こんなことくらいで泣くなんて？
常凡　幸せだからだよ！　幸せだから！　じゃ、僕は下に行って裵課長と一杯やってくるけど、君も一緒に行くかい？

娥美　私は……体もこんなだし……。

常凡　それじゃお休み。僕は今日からお酒をたしなもうと思ってるんだ。君はソウルに長距離電話でもしたらいいよ。

娥美　それどういう意味？

常凡　ああ、新婚旅行の予定が変わったから連絡しとかないと。君もすぐにソウルに戻らなきゃいけないし。僕たちの愛の巣をちゃんと片付けておくよう連絡したらいいよ。

娥美　そうします。

常凡は出ていく。しばらくして娥美は受話器を取る。

娥美　もしもし、ソウルをお願いします。七〇局の三八三八、朴好筆《パク・ホピル》さんです。急いでお願いします。

受話器を置くと、基本舞台の明かりが消え、続いてスポットライトが落ちて、椅子に座っている常凡の姿が浮かび上がる。手にはライフルを持っている。汽車の音、続いて激しい吹雪の音もする。

常凡　汽車を何度か乗り継いで、僕は今、釜山行きの列車に揺られています。外は激しい吹雪が狂ったように吹き荒れています。夜通し飲んだ酒のせいか、頭痛がします。このライフル！　なぜか不安がよぎります。だからこのライフルを手放せないのかもしれません。僕の妻である娥美はソウルへ出発しました。僕は今、何をどうすべきなのか？……そんなことを考えてどうするんだ！　成娥美、すなわち僕の妻のお腹にいる赤ちゃんは、僕の子かも知れません。来年八月に生まれる子は本当に僕の子なんだと無理やり自分自身に言い聞かせます。いや……（ポケットから小銭を出して占いをする）はっ、はっ！　ほら、表が出た。僕の子かも知れない。信じてみるんです。こんな時、他にどんな方法があるでしょう？　信じてみるしかないじゃありませんか。

激しい風の音がさらに激しくなり、汽車は最大の速度で疾走するかのようである。喉が嗄れんばかりの絶叫を思わせる汽笛の音と共に、ゆっくりと幕が下りる。

幕

初演　民衆劇団、一九六六・九

(1)一九〇九年に設立された韓国最初の銀行。ソウルの中心部にある繁華街・明洞に位置し、現在はウリ銀行の本店として使われている。この建物は二〇〇二年にソウル指定文化財第一九号に指定された。
(2)ソウル市中区。オフィス街に位置する有名な飲み屋街。
(3)牛肉や骨などを煮込んで作ったスープ。
(4)ソウル市鐘路区、東大門の近く。
(5)一八八三年開港により、西洋文化の入口となった港町。
(6)韓国では占いの館を哲学館という。
(7)ソウル市江北区。北漢山国立公園を背景に文化財や寺院などが散在している。
(8)鍾路に位置する公園。
(9)韓国には、担任教師に現金や商品券などの贈り物をして、我が子に特別に目をかけてくれるよう頼む習慣が一部父兄の間にある。
(10)釜山の北東地域。

李根三と『甘い汁ございます』

李根三《イ・グンサム》（一九二五〜二〇〇三、平壌《ピョンヤン》出身）は、東国大学英文科を卒業後、アメリカに留学し、ノースキャロライナ大学院演劇学科を卒業した。そして、一九五八年に英文で執筆した『終わりのない糸口』がキャロライナ劇会で上演され、劇作家としてデビューした。韓国では一九六〇年に『原稿用紙』を『思想界』に発表して以来四〇年あまり、『大王は死を拒んだ』（一九六一）、『尊い職業』（一九六一）、『偉大なる失踪』（一九六三）、『デモステテスの裁判』（一九六五）、『第十八共和国』（一九六五）、『甘い汁ございます』、『流浪劇団』（一九七一）、『アベルマンの裁判』（一九七五）など、四〇作以上の戯曲を残した。

李根三以前の劇作家のほとんどが日本に留学したり、あるいは日本の新劇運動から影響を受けた世代だとすると、彼は欧米演劇から直接影響を受けた劇作家の第一世代である。世界的な演劇の最新の動向をじかに見聞して帰国した彼は、それまでリアリズム中心だった韓国演劇に表現主義などの新しいスタイルを持ち込み、新風を吹き込んだ。特に彼は喜劇を好み、諧謔の精神、鋭い風刺を通して現代文明を批判した。車凡錫が写実主義を基礎として韓国戯曲の水準を引き上げたとすると、李根三は非リアリズム形式を通して韓国戯曲の水準を引き上げたと言うことができる。戦後の韓国現代演劇は、写実主義、非写実主義を標榜する、この二人の作家によって大きく発展したことは疑いのない事実である。

李根三は既存の劇作家たちがしがみついていた写実主義に反旗を翻し、叙事劇などさまざまな形式の斬新な戯曲を発表しただけでなく、韓国的な諧謔の精神を継承しながら、伝統的な喜劇の様式を超えた新しい喜劇を創作したところに価値があると評されている。そして多くの作品の中でも、彼の本領が存分に発揮された代表作が『甘い汁ございます』である。

一九六六年、民衆劇団によって初演された『甘い汁ございます』は、価値観が転倒した社会の不正や、その中で脇目を振らず出世の道をひた走る俗物たちを痛烈に風刺し、現代社会の不条理をもっとも象徴的に劇化した作品である。タイトルからして「汁物もない」という韓国語のパロディーなのだが、「汁物もない」というのは、「何の役得もない」、「何のおこぼれもない」といった意味で日常的に使われる慣用句である。この言葉を反語的に用いたのは、手段や方法を選ばず、ひたすら自己の欲望を充たすために全力を尽くす非情な現代人に対する作者の辛らつな当てこすりと言えるだろう。名前からして平凡な主人公の金常凡は、誰に迷惑をかけることもなく気の小さいサラリーマンとしてまじめに暮らしてきた。しかし彼の人生は常に失敗と不利益の連続だった。ところが偶然社長の目にとまるや、出世の近道があることを悟り、それまでの価値観を捨て、果敢に行動を開始する。そして遂に常務となり、次期社長を目指すまでになる。

本作品が発表された一九六〇年代は、政治的には朴正熙《パク・ジョンヒ》大統領の軍事独裁政権に対する抵抗意識が高まり、自由民主主義を叫ぶ市民運動が盛んに展開される一方、経済的には開発と急激な都市化が進行した時期である。特に経済的な側面から言うと、一九六二年に第一次経済開発五ヶ年計画が始まり、一九六七年には第二次経済開発五ヶ年計画に引き継がれ、GNPは一九六五年から一九六九年の五年間に年平均一一・七%の成長率を記録した。こうした経済成長に伴って、人口の都市集中化現象が急激に進んだが、就職先を求めて上京する若者の数に比べて働き口は少なく、当時のソウルは、生存競争に勝ち抜き、立身出世を目指す若者たちの弱肉強食のジャングルの様を呈していた。

韓国の伝統社会は儒教的な価値観を基盤とし、個々人の道徳性を何よりも重んじていた。また、社会という共同体の中ではお互いに対する信頼を守るだけでなく、誠実、勤勉を美徳とし、自分自身より共同体の利益のために尽くすことが強調されてきた。ところが、急激に変化する現代社会の中でこのような伝統的な価値観は次第に薄れ、現代社会で熾烈な生存競争に勝ち残るための新たな価値観が形成されていったのである。

『甘い汁ございます』の主人公、金常凡は問題にぶち当たるたびに、手段や方法を選ばず、正面突破を試みて目的を達成するが、彼の成功の裏には非倫理、非道徳というブラックホールが潜んでおり、勝者である彼をいつ何時その地位から引きずり落とすかわからない潜在力として作用している。王の座を手に入れた代わりに、甘い眠りを永遠に失ったマクベスのように。『甘い汁ございます』が単なる喜劇ではなく、現代社会の産業構造の中で人間がエゴイズムと出世万能主義に染まっていく過程を風刺した優れた叙事劇であると評価される所以である。

韓国近現代演劇の流れ

石川樹里

戯曲というと、一般の読者にはあまり馴染みのないジャンルかもしれない。しかし、戯曲は舞台の上で俳優に演じられることを目的に書かれているので、基本的に話し言葉で書かれており、しかも小説よりもずっと具体的に視覚化されやすく、その時代の暮らしや人々の思いが生き生きと描き出されているという特性がある。だから戯曲を読んでいると、いつの間にか登場人物の一人に感情移入して、まるで他の人物たちと会話を交わしているような不思議な感覚をおぼえることがある。

本書には韓国演劇を代表する五人の劇作家の戯曲を収めた。一九三〇年代から一九六〇年代まで年代順に並べられた作品を読んでいくと、時代の移り変わりや、その時々の暮らし、人々の価値観の変化が手に取るように感じられるはずだ。それは小説を読むのとは違った新鮮な体験となるに違いない。

またそればかりでなく、今回収録した作品は韓国の演劇史上、非常に重要な意味を持っている。韓国初の本格的なリアリズム戯曲と評される『土幕』、個人の内面を深く掘り下げた叙情的な文体でリアリズム演劇の水準を引き上げた『童僧』、そしてリアリズムの最高峰を極めた作家とされる車凡錫の『不毛の地』の三作を通して、韓国におけるリアリズム演劇の移り変わりを垣間見ることができる。そして、韓国最初の喜劇作家で、伝統的な要素をいち早く現代劇に取り入れた呉泳鎭の『生きている李重生閣下』、リアリズムを脱却する斬新な手法を駆使して現代劇の幕を開いた李根三の代表作『甘い汁ございます』を通して、時代のエポックとなった実験的な表現や、韓国の伝統文化に通じる諧謔の精神を感じることができるだろう。本書に収録された作品の理解を助けるために、ここでは演劇のはじまりから八〇年代までの韓国演劇史の大まかな流れを紹介する。

劇場文化のはじまりと新派劇の登場

韓国演劇の歴史は意外に浅い。一般的に朝鮮半島における演劇のはじまりとみなされるのは、韓国最初の新演劇と評価される『銀世界』が上演された一九〇八年のことである。

朝鮮半島には、仮面劇やパンソリなど、演劇の要素を含んだ伝統芸能があるが、中国の京劇や日本の歌舞伎のように独自の劇場を持つ公演文化は育たず、プロ集団も生まれなかった。(男寺団というプロの芸人集団は存在したが、演劇よりも綱渡りなどの曲芸が中心であった)そういうわけで、もともと屋内での公演文化を持たなかった朝鮮において、近代演劇の萌芽が見られたのは、開化期以降に劇場文化が持ち込まれてからのことである。

一九〇二年、王宮の正門(光化門)から三百メートルほど離れた場所(現在の世宗文化会館の裏手に当たる)に、朝鮮初の屋内劇場である協律社が建てられた。これは外国からの貴賓たちに伝統文化を披露しもてなすために、王室が直営する施設であった。そして全国の名人、名唱、舞踊手など一七〇名を集めて専属団体をつくり、『笑春臺遊戯』を上演した。これが朝鮮最初の劇場有料公演である。しかし厳格で保守的な儒臣と知識人たちの強い反発と非難にあい、この劇場の運営は王室の直轄から民間に移り、劇場は存続されたが、一九〇六年に三年五ヶ月で閉鎖された。

その後、協律社は民間の手に渡り、改補修された後、円覚社という名の貸劇場として一九〇八年に再び開館される。円覚社では開化期の新文明に合わせ、朝鮮の伝統芸能であるパンソリ(すべての役を一人の演者が歌い語る)を対話形式に変え上演していたが、やがて、すべての登場人物を独立させて、韓国式のオペラとも言える「唱劇」として発展させ、李人稙《イ・インジク》の新小説『銀世界』を最初の新演劇作品として脚色、上演した。これが前述した韓国最初の新演劇で、韓国演劇のはじまりとみなされているものである。その内容は、開化思想をもった父亡き後に、アメリカ留学から帰国した兄妹の試練を描いた政治色の濃い啓蒙劇である。円覚社は唱劇発祥の地として重要な役割を果したが、次の年に閉館され、専属俳優として所属していた芸人たちは地方の旅回りの一座に散り、唱劇の位置は、日本の朝鮮植民政策とともに持ち込まれた新派劇に取って代わられることになる。

一九一一年に林聖九《イム・ソング》が旗揚げした革新團が日本の新派劇を翻案した『不孝天罰』をはじめて上演し、一九一〇年代の新派劇全盛時代の先駆けとなった。それに続いて、尹白南《ユン・ベンナム》が文秀星、李基世《イ・ギセ》が唯一團という新派劇団を次々に旗揚げした。家庭悲劇や妓生《キーセン》の悲恋を主な内容とする新派劇は、国を失った暗い現実の中で、庶民たちに感傷と涙という一時的なカタルシスを与えることによって人気を博した。しかし新派劇の隆盛は、朝鮮半島に伝わる伝統芸能（パンソリや仮面劇）が持っていた力強い諧謔や風刺の精神を弱める結果となった。

植民支配下での新劇運動

一九一九年の三・一独立運動以後、民族意識と近代性への自覚が高まり、新派劇は次第に衰退する。それに代わって、西欧の思想や文学に親しんだ日本留学生らにより、近代劇運動が起こった。一九二〇年、東京に留学していた金祐鎮《キム・ウジン》、洪海星《ホン・ヘソン》、趙明熙《チョウ・ミョンヒ》らによって劇芸術協会が組織され、西欧の近代劇を研究する一方、翌年には同友会巡回演劇団を組織し、朝鮮全国を巡回公演した。当時、彼らの劇作・公演の水準は多少未熟なものだったが、一九二〇年代に韓国内で創作劇が上演されるための発火剤的な役割を果たしたことは確かである。この頃、朝鮮の代表的な劇作家となった金祐鎮は、いち早く表現主義を取り入れて『難破』（一九二六）を書き、芸術界に新鮮な驚きをもたらしただけでなく、『李永女《イ・ヨンニョ》』（一九二五）などの自然主義戯曲も残した。また同時に評論家として活動し、西欧の劇作家を紹介することによって、欧米の新しい演劇理論を国内に広めるのに貢献した。

こうした近代的な演劇精神は、土月会《トウォルフェ》などの意識ある劇団に引き継がれた。東京で文学と演劇を専攻して帰国した朴勝喜《パク・スンヒ》・李瑞求《イ・ソグ》らが、土月会を通じてリアリズム演劇を実験し、次第に創作劇も舞台にのせるようになった。二四年に玄哲《ヒョン・チョル》が最初の朝鮮俳優学校を設立。三〇年代に入ると、社会主義的な内容を持つ戯曲を書いた金井鎮《キム・ジョンジン》・金惟邦《キム・ユバン》・金永八《キム・ヨンパル》などにより、プロレタリア演劇運動も活気を帯び、本格的な新劇の時代がはじまった。

リアリズム演劇を標榜する本格的な小劇場運動がはじまったのは、一九三一年、劇芸術研究会が発足してからのことである。柳致眞《ユ・チジン》・徐恒錫《ソ・ハンソク》ら海外文学派十名は、すでに活動していた尹白南・洪海星ら中堅演劇人と共に、本格的な新劇運動を展開するために劇芸術研究会を組織し、直属劇団である実験舞台を創立した。一九三二年にゴーゴリの『検察官』で第一回の試演会を開き、その翌年、韓国の初期リアリズム戯曲の代表作『土幕』（柳致眞作、本書所載）を上演するなど、社会運動の一環としての新劇運動を展開し、朝鮮での新劇樹立に大きく貢献した。

一方、全国的に商業劇団が人気を博し、一般の観客がつめかけたのもこの時期である。商業演劇は、人気の衰えた新派劇に新劇の要素を加え、「改良新派」あるいは「高等新派」という名で人気を博した。代表的な作品に、林線圭《イム・ソンギュ》の『愛にだまされ、金に泣き』（一九三六）がある。これは日本の『金色夜叉』のような内容だ。高等新派を上演する団体は、韓国最初の演劇専用劇場である東洋劇場の専属劇団以外に、中央舞台など二十余の劇団が活動していたという。

このように大衆演劇が庶民に圧倒的な人気を占める一方、逆に社会派の正統な新劇運動は次第に活力を失いはじめた。その理由は他でもなく、植民政策を推し進めていた日本が新劇団体を弾圧する一方、通俗的な大衆劇を奨励したからである。特に一九四〇年代に入ると、軍国主義の色彩はいっそう濃くなり、日本帝国主義のアジア併合理化政策により、いわゆる「国民演劇」を奨励した。国民演劇とは、日本の政策を支持し宣伝する国策劇、朝鮮の国民はすべて天皇の臣民であると宣伝する国民劇、日本語で上演される国語劇、太平洋戦争の勝利を扇動する決戦劇などである。こうして、あらゆる演劇は国策化され、いわば韓国演劇の暗黒期に突入するのである。

新劇運動を主導していた柳致眞・徐恒錫らも圧迫に耐え切れず、結局一九三九年に劇芸術研究会を解散し、一九四一年には現代劇場という大衆志向の劇団を旗揚げせざるをえなくなった。柳致眞の弟子で、この頃もっとも注目を集めていた劇作家の咸世德《ハム・セドク》は、『童僧』（一九三九、本書所載）、『舞衣島紀行』（一九四一）など、現実告発的な要素は薄いが、個人の内面を掘り下げた叙情的な文体と緻密な構成でリアリズム演劇の水準を引き上げたと評される。しかし、日増しに弾圧が厳しくなる中で、彼もまた日本の植民地政策を擁護する『酋長イザベラ』、『エミレエの鐘』（ともに一九四二）などの作品を書き残している。

朝鮮の独立と演劇界の変化

一九四五年、日本の敗戦と同時に朝鮮半島は植民支配から解放されたが、今度は三八度線を境に北はソ連、南はアメリカの保護下に置かれ、急激なイデオロギーの波に翻弄されることになった。そのような状況下で活動を再開した演劇界もやはり左派・右派に分裂した。右派演劇人たちは植民体制化で日本帝国主義に肩入れしたという批判を受け、逆にそれまで弾圧されていた左派演劇人たちが演劇界を支配した。また、植民支配下では日本を擁護する作品を発表していながら、解放と同時に社会主義に傾倒する演劇人も少なくなかった。ちなみに咸世徳は解放と同時に社会主義に転向し、朝鮮演劇建設本部の創立に参加、翌年には朝鮮演劇同盟の戯曲部委員を務めた。

　朝鮮演劇建設本部と朝鮮プロレタリア演劇同盟の二派に分かれていた左派演劇界は、一九四五年の年末には朝鮮演劇同盟に統合された。そして一九四六年には、ソウル新聞と共同で第一回三・一独立運動節記念演劇大会を主催。チョウ・ヨンチュルの『独立軍』、キム・ナムチョンの『三・一運動』、パク・ノアの『三・一運動と満州爺さん』などを上演した。翌年、第二回独立運動節記念演劇大会では、咸世徳の『太白山脈』、チョウ・ヨンチュルの『偉大な愛』を上演、延べ十余万名が観覧するなど、当時の演劇界を主導する大きな勢力を形作った。しかし、一九四八年九月に北朝鮮人民共和国政府が樹立されると、咸世徳をはじめとする大部分の左派演劇人たちは北に渡ってしまった。彼らは「越北作家」と呼ばれ、大韓民国では一九八〇年代中盤まで発禁対象とされ、研究・上演が一切禁止された。

　一方、大韓民国では右派演劇人たちが本格的に活動を再開した。一九三九年に解体された劇芸術研究会は、一九四七年に再び劇芸術協会と名前を変えて復活し、その三年後の一九五〇年には、中央国立劇場専属新劇協議会という名で国立劇場の専属劇団となった。新劇協議会は「民族演劇芸術の樹立と創造」というスローガンのもとに、柳致眞を会長として、李光來《イ・ガンレ》・李海浪《イ・ヘラン》・金東園《キム・ドンウォン》・朴商翊《パク・サンイク》・金鮮英《キム・ソニョン》など、代表的な演劇人一四名で構成され、国立劇場の開館記念公演である柳致眞の『元述郎《ウォンスルラン》』を皮切りに、朝鮮戦争中も疎開先でシェイクスピア作品を上演するなど、活発な活動を展開した。新劇協議会は大劇場を中心とした公演でリアリズム演劇の大衆化をはかり、次第にリアリズム演劇が一般の観客にも受け入れられ、演劇の主流となっていった。

　話は変わるが、解放前後の演劇界において異彩を放っていたのは呉泳鎮《オ・ヨンジン》である。一九四三年に太陽劇団によって初演された『孟進士《メンジンサ》宅の慶事』は、繰り返し再演されただけでなく、映画化、さらに唱劇・ミュージカルとして脚色され、最近まで上演される国民的レパートリーとなっている。自分の娘を役人の息子に嫁がせて出世を図ろうとする貴族の姿を滑稽に描いたこの作品は、誰にでもわかる面白さ、金持ちや権力者を笑いのめす庶民性、風刺に富んだ啓蒙精神で人気を集めた。これは当時の演劇、つまり深刻さを全面に出した新劇やお涙頂戴の改良新派とはまったく毛色の異なる風刺喜劇で、民衆の伝統芸能が持っていた諧謔の精神につながるものであった。そして彼の作品の特徴は、四・四調を基調とする伝統的な言葉のリズム、諧謔味あふれる人物造形、多彩な身体表現など、さまざまの伝統的な情緒や形式をいち早く取り入れながら、全体的な劇の構造は、典型的な西洋の古典喜劇にしたがっている点である。芸術界において民族的アイデンティティの回復、伝統への回帰が言われはじめたのは六〇〜七〇年代のことだから、呉泳鎮はまさに時代を先取りしたわけである。その意味で呉泳鎮は韓国最初の喜劇作家と位置づけられ、後年になってさらに評価が高まった。一九四九年に初演された『生きている李重生閣下』（本書所載）も戦後の価値観の混乱を描いた風刺喜劇の傑作と評される。

朝鮮戦争休戦後の新しい流れ

一九五三年に朝鮮戦争が休戦すると、柳致眞ひきいる新劇協議会は演劇界をリードする代表的な劇団として、アメリカの現代作家の作品などを本格的に紹介し、その頃にはリアリズムが演劇界の主流になった。その一方で五〇年代以降の特徴として挙げられるのは、それまで演劇界を引っ張ってきた日本留学派にかわって、欧米に留学していた人材が次々と帰国し、新しい流れを作っていったことである。

六〇年代に入ると韓国社会は政治や経済において急激な変化を迎え、これまでになかった新たな社会問題が表面化してきた。一九六〇年の四・一九革命（李承晩大統領の独裁に抗議して民主化を求める大規模な学生運動）や、一九六一年の五・一六軍事政変（朴正煕が軍事クーデターを起こして政権を掌握した）、そして五ヵ年計画による高度経済成長による社会のゆがみが表面化してきた時期でもあった。若い演劇人たちは、こうした社会状況を捉え表現するための、新しい形式を切実に求めていたのである。すなわち、一九六〇年代はリアリズム演劇が定着した一方、リアリズムからの脱却を目指す若手演劇人たちが登場して、演劇界の世代交代が進んだ。

同人制劇団

こうした動きを主導したのは、主に大学の演劇サークル出身の若い演劇人たちで、彼らは出資金を出しあって制作上演する同人制劇団を次々に結成した。

韓国最初の同人制劇団であり、六〇年代に出現した多くの同人制劇団の先駆けとなったのは、一九五六年に車凡錫《チャ・ボムソク》らが結成した製作劇会である。製作劇会は、演劇における芸術性の向上と、新時代の演劇を創造する実験的な精神を目標に掲げ、商業主義の蔓延した既成の劇団に反旗を翻した最初の同人制劇団だった。この劇団では車凡錫の『不毛の地』（本書所載）、『空想都市』などを通して、戦後の韓国社会が抱える混乱、痛み、貧しさ、価値観の混乱などを描き出した。

製作劇会を皮切りに、次々と同人制劇団が生まれたが、この時期に創立された劇団のほとんどが七〇〜八〇年代後半、あるいは現在まで活動を続け、最近まで韓国の演劇界を支えてきたことを踏まえて、近代演劇と現代演劇の分かれ目を六〇年代とする学者も多い。この時期に生まれた主要な劇団を紹介しておこう。

実験劇場　一九六〇年に金義卿《キム・ウィギョン》・許圭《ホ・ギュ》・李楽薫《イ・ナクフン》・金東勳《キム・ドンフン》らによって結成された。「演劇を学問として追究し、演劇を職業とする」というスローガンの下に出発した団体で、七〇年代以降に旺盛な活動を見せ、『エクウス』、『神のアグネス』などをロングラン上演し、観客動員数の記録を更新した。演劇の大衆化・観客層の拡大に貢献し、今も活動を続ける老舗劇団である。

民衆劇場　一九六三年、欧米留学から帰国した李根三《イ・グンサム》、金正鈺《キム・ジョンオク》らを中心に結成された。不条理劇など、欧米の新しい形式の戯曲を上演するとともに、李根三、朴炸烈《パク・ジョヨル》など、リアリズムにとらわれない国内の若手作家の作品を舞台に上げた。特にこの劇団を率いる李根三は反リアリズムを掲げ、非写実的な人物の造形、時空間の設定、寓話的な技法、第三者的な話者によって劇を展開させる叙事的手法など、当時としては非常に斬新な手法を取り入れて、近代劇とは区分される現代演劇の流れを作り出した劇作家と位置づけられている。特に彼の一番大きな業績は、笑いや風刺を通して現代社会の問題を痛烈に批判する悲喜劇の手法を持ち込んだことである。代表作である『甘い汁ございます』（一九六六、本書所載）には、それらの特徴がよく表れている。

山河　一九六三年、製作劇会解散後に車凡錫らが中心となって創立した劇団で、他の同人制劇団と違い、あくまでもリアリズム演劇にこだわって活動した。特に代表である車凡錫の作品を中心に、韓国リアリズム戯曲の最高峰と言われる『山火』などを上演し、八〇年代前半まで活動を続けた。

自由劇場　フランス留学派である舞台美術家・李炳福《イ・ビョンボク》と演出家・金正鈺《キム・ジョンオク》が意気投合して、一九六六年に創立された。七〇年代中盤までは、主に不条理劇などの実験的な外国戯曲を舞台に上げ、七〇年後半からは創作戯曲あるいは翻訳劇を、韓国的な美学で見せる独特の作業を展開した。

この時期には、次々と劇団が生まれた反面、その活動の場となる劇場は完全に不足していた。一九五八年に韓国新劇史上最初の小劇場である円覚社(『銀世界』が上演された劇場と同じ名前だが、まったく別の劇場である)が建てられると、新たな演劇運動の拠点となった。円覚社は無料の貸館を原則とした公の小劇場で、一階二一七席、二階八九席、全体三〇六席の小劇場だったが、劇場不足に苦心し、時にはホテルの一室を借りるなどして公演していた演劇人たちにとって、まさに砂漠のオアシスのような空間だった。円覚社の開館と前後して、同人制劇団が次々と生まれた。ところが、小劇場運動の拠点となった円覚社は、一九六〇年の暮れに火災で全焼し、活気を見せはじめていた小劇場運動は座礁し、演劇界は大きな打撃を受けた。劇作家協会など、各種演劇団体が円覚社の再建運動に乗り出したが再建には至らなかった。ほとんどの同人制劇団は公演場を確保することができず開店休業状態を強いられ、一九六九年に劇団自由劇場がカフェ・テアトロをオープンするまで、唯一つ明洞にあった国立劇場を借りて、年に一、二回定期公演をするのがやっとの状況だった。

一方、一九六一年には韓国演劇協会が結成され、六四年には東亜演劇賞と韓国演劇映画賞が設けられて、ジャーナリズムは演劇に対する強い関心を見せはじめた。演劇に対する関心が高まる中、七〇年代になると、劇場の数も次第に増えていった。大劇場としては、七三年に国立劇場が明洞からソウルの中心に位置する南山に移されたのに続き、七八年にはソウル中心部の目抜き通りに世宗文化会館が建てられた。小劇場としては、六九年に劇団自由が劇場喫茶としてカフェ・テアトロをオープンしたのに続き、実験劇場(七三年)、倉庫劇場(七四年)、セシル劇場(七五年)、空間舎郎(七七年)など、十余の小劇場が次々にオープンした。また、劇団サヌリム、民藝劇場、現代劇場、劇団プリなどの劇団が創団され、実験劇場が上演した『エクウス』が当時一年近くロングラン公演の記録を作るなど、観客数が飛躍的に増加したのもこの時期である。

それだけでなく、七〇年代は、演劇の制度的な部分も大幅に改善された。一九七四年には、劇団に対する国の財政支援がはじまり、文芸振興院を通じて九つの劇団に創作支援金が出された。そして一九七七年からは大韓民国演劇祭が開催されるようになって、創作劇の発展に大きな影響を与えただけでなく、七八年には全国大学演劇祭典も催されるようになり、大学演劇の育成と演劇人の養成に大きな助けとなった。

ドラマセンター

多くの同人制劇団が劇場の不足に悩み、本格的な活動ができずにいた六〇年代に、すでに専用の劇場を有して精力的な活動を見せ、演劇界に新風を吹き込んだ劇団があった。それがドラマセンターである。

一九六二年に柳致眞がロックフェラー財団の援助を受け、ソウル中心部に位置する南山にドラマセンター劇場を建設し、その専属劇団としてドラマセンターの活動を開始すると、たちまち演劇界の中心的存在となった。ドラマセンターはその当時、張り出し舞台を持ち、調光器を備えた最新最高の舞台施設であった。ただし民営の劇場だったため貸館料が非常に高く、専属劇団以外の団体はほとんど使用できなかった。開館記念として、李海浪演出により『ハムレット』を上演したが、これは五〇日間の長期公演で、当時としては驚異的なロングランだったのである。

また、ドラマセンターは演劇アカデミーという教育機関を付属し、ここから朴祚烈《パク・ジョヨル》、呉泰錫《オ・テソク》、李康白《イ・ガンベク》など、韓国の現代演劇を代表する多くの劇作家が誕生した。これらの劇作家たちは、不条理劇や叙事的技法など、リアリズムにとらわれない個性的なスタイルで作品を書き、演劇界に新風をもたらした。ところがドラマセンターは、開館わずか一年後に経営難にぶち当たり、一時閉鎖されることになる。その間、演劇学者である呂石基《ヨ・ソッキ》らが演劇アカデミーを受け継ぎ、「韓国劇作ワークショップ」を通して多くの新人劇作家を輩出した。一方、ドラマセンターは、経営難を打開する窮余の策として、ソウル演劇学校という二年制の専門学校を経営することになった。そしてこの学校が、後にソウル芸術大学に発展し、俳優、劇作家、演出、スタッフなど、韓国の演劇界に多くの有能な人材を送り出す代表的な演劇教育機関となった。

こうして、なんとか経営の危機を切り抜けたドラマセンターは、一九六五年に前衛劇シリーズと銘打って、イヨネスコの『ル・メトロ』などを上演しただけでなく、一九六九年に柳致眞の息子である柳徳馨《ユ・ドッキョン》がアメリカ留学から帰国すると、柳徳馨の「帰国公演演出作品発表会」という異色の公演を通じて、アルトー、グロトフスキー、ピーター・ブルックなどに通じる前衛的な身体言語中心の演出を見せ、当時までスタニスラフスキーを信奉していた演劇関係者らの度肝を抜いた。しかし柳徳馨の功績は、当時の最先端を行く前衛的な形式を国内に紹介したことだけではない。彼が目指したのは、韓国伝統の仮面劇、合気道、柔道、剣術、舞踊などの要素を取り入れ、その韓国的なリズムに台詞をのせて、まったく新しい現代劇を作り出すことだった。そして柳徳馨によって初めて、韓国の反リアリズム演劇、祭儀的演劇の流れが本格化したのである。

こうした活動により全盛期を迎えたドラマセンターは、反リアリズム的な実験劇を次々に舞台に上げて韓国演劇に刺激を与え、若い演劇人たちをリードする存在となっていった。特に、柳徳馨が一九七〇年に演出したハロルド・ピンターの『バースデイ・パーティ』は、隠喩に満ちた演出で演劇界をあっと驚かせたのをはじめ、一九七三年には呉泰錫の『草墳』を土俗的で呪術的なタッチで演出し、韓国の創作劇の新たな可能性を示唆した。この作品は一九七四年にニューヨークのラ・ママ劇場に招請され、フィリピン、オランダ、イスラエル、モロッコなど多国籍の俳優を織り交ぜて上演され、当時、テキスト中心の演劇から脱皮するための突破口を求めていた欧米の演劇人たちに強い印象を与えた。この公演を観たピーター・ブルックは、「新しい演劇が探し求めている方向性を見事に示唆している」と絶賛し、一九八〇年には東京でも上演された。ニューヨークでの成功に続き、韓国での凱旋公演（一九七五）では、この難解な実験劇に一万人以上の観客がつめかけた。

柳徳馨は、一九八〇年には崔仁勲《チェ・インフン》の『春が来れば、山に野に』、一九八一年には李鉉和《イ・ヒョンファ》の『サンシッキム』など、韓国的な色彩の濃い実験的な戯曲を次々と舞台にのせたが、やがてドラマセンター付属の演劇学校として出発したソウル芸術専門大学の学校経営に直接乗り出し、八〇年代に入ると、実質的に演出家としての作業から身を引く結果となった。これは韓国の演劇界にとって大きな痛手であった。だが、ドラマセンターを主な活動の基盤とした演劇人は柳徳馨だけではない。安民洙《アン・ミンス》や呉泰錫も、柳徳馨に続いて前衛的な演劇の流れを切り拓いていった。安民洙は、シェイクスピアの『リア王』や『ハムレット』、そして呉泰錫の『胎』（一九七四）を、当時の軍事独裁政権を暗に批判する残酷劇のスタイルで上演し、大きな反響をもたらした。ドラマセンターでは主に劇作家として頭角を現した呉泰錫は、『草墳』（一九七三）、『胎』（一九七四）、『春風の妻』（一九七六）、『水しぶき』（一九七八）などを自ら演出し、作家・演出家として独自の世界を構築した。特に呉泰錫は、仮面劇やパンソリ、巫女の儀式などに使われる土俗的な言葉や方言を取り入れ、リアリズムの枠にとらわれない時空間の飛躍、テキストだけではなく、音、動き、身体言語、照明、衣装など、すべての要素に重点を置いた総体的な演劇作りを目指し、韓国現代演劇の新たな可能性を提示したのである。やがて彼は一九八四年に劇団木花を設立し、八〇年代から九〇年代半ばの韓国演劇を常にリードした。劇団木花はおそらく日本でもっとも多く公演した劇団だろう。

伝統への回帰とマダン劇

七〇年代に入ると韓国演劇は画期的な転換期を迎え、翻訳劇が圧倒的な優勢を誇る中、真の韓国演劇とは何かという反省と探求が一つの流れとなり、韓国演劇のアイデンティティと個性を求める動きが生まれた。日本の植民地政策によって失われていた伝統芸能の復興と再現、保存に力を入れた時期が六〇年代とするなら、七〇年代は西洋文化を無批判に受容することに疑問を投げかけ、伝統芸能に対する新たな認識をもとに、積極的かつ創造的に伝統芸能の要素を取り入れていこうとする動きが芸術界に広がった。演劇においても、伝統芸能である仮面劇、パンソリ、人形劇、シャーマニズム儀式などの要素が取り入れられただけでなく、民話、伝説、古典小説などが現代劇の素材とされることも次第に多くなった。

そういった流れを代表するのは、一九七三年に創立された民藝劇場である。正式な名称は「民衆藝術劇場」で、翻訳劇が全盛だった当時、民族の伝統芸能の根を現代的に継承することを目的として活動した。メンバー全員が仮面劇、パンソリ、人形劇などの伝統芸能を身につけ、韓国的な情緒を持った新しい伝統劇の上演をめざした。民藝劇団は代表である許圭《ホ・ギュ》を中心に、伝統を現代劇に生かす実験と小劇場運動を展開した。劇団民藝の流れは、後に劇団美醜《ミチュ》を創立した孫振策《ソン・ジンチェク》らによって受け継がれ、韓国の民話などを素材にした歌あり踊りありの大型大衆演劇「マダンノリ」などに発展した。

七〇年代にはまだマイナーだった民族的アイデンティティの回復、伝統への回帰を目指す動きは、呉泰錫、民藝劇場、自由劇場などの活動によって次第に広まり、八〇年代後半〜九〇年代中盤まで、「伝統の現代的な受容」が韓国演劇における最大のテーマとなった。

一方、七〇年代の韓国演劇で忘れてはならないのは、「マダン劇（あるいは民族劇）」の登場である。七〇年代の芸術界のテーマが、民族的アイデンティティの回復と伝統への回帰であったことは前述したが、そうした動きが民主化を求める学生運動や市民運動などと連動し、西洋文化の無批判な受容から韓国の伝統を守るために固有の演技様式を継承する目的で発展したのが「マダン劇運動」である。

一九七一年に初めてソウル大学に仮面劇研究会ができたのを皮切りに、全国の大学サークルなどを中心に大きな広がりを見せ、マダン劇と呼ばれる一つの形式に発展した。

詩人金芝河《キム・ジハ》が七〇年代の初頭に『ナポレオン・コニャック』（一九七〇）、『銅の李瞬臣』（一九七一）、『金冠のイエス』（一九七二）など、弾圧される民衆の立場から政治や社会を批判する民衆劇を書き、大学のサークルなどで上演した。このような流れは、大学内で民族のアイデンティティの回復と民主化を目指す仮面劇サークルの活動とつながり、次第にマダン劇運動へと発展していったのである。一九七三年に大学の演劇サークルと仮面劇サークルが合同で公演した金芝河の『ジンオギ』（ソウル第一教会で上演）は最初のマダン劇と評価されている。

「マダン」とは、「広場」を指す韓国語で、民衆の伝統芸能である仮面劇がマダンで上演されたことから来ている。舞台と客席という分離された空間ではなく、演者とこれを取り巻く観客が対等の関係を築くことができる開かれた空間で、演者と観客がともに連帯感を持って積極的に呼応し、さらには実際の生活に反映させることができる空間という意味なのである。

マダン劇運動は、七〇年代には主に大学の構内や教会、または労働現場を中心に広がりを見せたが、やがて劇場でも上演されるようになり、演劇の一つの形態として定着し始めた。ソウル大学の演劇サークル出身者を中心に結成された演友舞台（七七年創立）は、いち早く小劇場演劇にマダン劇を取り入れた劇団である。演友舞台は、八二年八月に『立ち止まったあの葬列には、喪主もいないのか』（呉鐘宇《オ・ジョンウ》作）を大学路の文芸会館で上演し、政府から六ヶ月間の公演停止処分を受けた。しかし演友舞台は、マダン劇の社会風刺の精神を生かしつつ、物語性や西洋演劇の新しいスタイルを盛り込み、若い観客の絶対的な支持を得て、人気劇団に成長した。社会の底辺に暮らす二人の若いペンキ職人の視点から社会を批判した『チルスとマンス』、南北分断や光州事件などを詩的なメタファーで風刺した『鳥たちもこの世を離れるのだ』、北からの越境者だという理由だけでスパイの嫌疑をかけられた男の不運な人生をたどる『韓氏年代記』などは、若い観客の圧倒的な支持を得て、九〇年代まで再演されるレパートリーとなった。

しかし七〇年代のマダン劇運動は、反体制的な社会運動と直接結びついていたため、政府は公演倫理委員会を設けて、すべての公演台本を事前に審議、検閲した。これによって表現の自由を弾圧された劇作家たちは素材や表現において、大きな制約を受けることになった。

しかし一九八七年に全斗煥《チョン・ドファン》の軍部独裁政権から盧泰愚《ノ・テウ》政

権に替わり、その年の六月の大規模な民主化運動によって「六・二九民主化宣言」が出されると、このような体制の弾圧は大幅に緩和された。そのことを端的に示すのは、一九八八年にはじめて「民族劇ハンマダン祝祭」というマダン劇のみを参加対象とするフェスティバルがソウル市内の劇場で開催され、全国のマダン劇団体が参加したことである。

規制の緩和は、韓国社会に学生運動、労働運動の嵐を巻き起こした。しかし、それから二、三年が過ぎ、経済が急速に安定して中産階級が増加し、民主化ムードが濃くなると、韓国社会からはっきりとした攻撃目標や運動意識が薄れ始め、学生運動の瓦解とともに、マダン劇もその存在の意義が薄れ始めた。さらに一九九八年に金大中《キム・デジュン》政権になり、それまでベールに包まれていた北朝鮮の実態が知られるようになると、民族の悲願である南北統一も漠然としたスローガンではなく、現実性を伴った問題として認識されるようになり、「分断という民族の現実を克服するための積極的な努力に寄与する芸術理念に基づき、これを民衆的な立場から形象化する演劇芸術」であったマダン劇の理念も次第に色褪せはじめた。

マダン劇を代表する理論家であり、実践家でもある林振澤《イム・ジンテク》は、一九九七年から毎年開催される果川「世界マダン劇大祝祭」の芸術監督や「南揚州野外演劇祭」の執行委員長として、マダン劇の脈絡を保っているが、時代とともにマダン劇本来の運動性が失われ、祝祭性が強調されるようになってきたのは、時代の流れと言うほかないのかもしれない。

しかしマダン劇運動から出発した演劇人たちは、その後も違う形で演劇界を支えている。『地下鉄一号線』の金敏基《キム・ミンギ》、『私に逢いにきて』（映画『殺人の追憶』の原作）の金光林《キム・ガンリム》、劇団アリランの代表で、後に文化観光部の長官を務めた金明坤《キム・ミョンゴン》などが代表的な存在である。

八〇年代以降

一九八一年に公演法が改正されたのを機に、演劇活動における様々な制約が多少緩和され、小劇場の開設と公演が自由になり、劇団数は爆発的に増えた。特に八八年ソウルオリンピック以降は事前検閲制度が完全に廃止されて、共産圏の戯曲も上演できるようになり、それまで禁止されていたブレヒトの『三文オペラ』がはじめて上演されたほか、軍隊内部を描写したとして上演禁止処分に付されていた朴祚烈の『呉将軍の足の爪』が一四年ぶりに初演された。

八〇年代後半から九〇年代初めまでの創作劇の特徴の一

つは、『呉将軍の足の爪』に代表されるように、分断、統一、離散家族の問題が演劇的にはじめて提起され、政治や社会に対する批判がさまざまな形で反映されたことだろう。つまりこの時期の韓国演劇界は、長い規制から解き放たれ、それまで抑圧されていた政治や社会に対する不満や、変革に対する希望のようなものが一気に噴き出したのである。この時期にはマダン劇だけではなく、一般の演劇にも社会や政治に対する批判や風刺が多く込められていた。そして形式面においても、西洋演劇の模倣ではなく、韓国演劇のオリジナリティを追求しようという気概があふれていた。また八〇年代後半から経済が次第に安定して、大小劇場が次々に建設され、ソウル中心部に近い大学路界隈が劇場街として脚光を浴びるようになると、劇団はこぞって多くの作品を上演した。この時代は韓国演劇にとって、一つの黄金期だったのではないかと思う。

あとがき

日本では、欧米以外の翻訳劇、ことにアジアの戯曲が翻訳上演されることは珍しく、出版となるとほんとうに少ない状態です。お隣の国、韓国に関しては、数年前から日本でも映画やドラマがよく知られるようになりましたが、演劇はあまり知られていません。逆に韓国ではどうかというと、一九九〇年代の後半から少しずつ日本の現代戯曲が翻訳上演されるようになり、最近では、井上ひさしさんの『頭痛、肩こり、樋口一葉』、平田オリザさんの『東京ノート』を翻案した『ソウルノート』、三谷幸喜さんの『笑の大学』などが韓国の劇団によってロングラン上演され人気を集めています。

私たちが活動にかかわっている韓日演劇交流協議会と日韓演劇交流センターでは、二〇〇二年から日韓演劇交流事業の一環として、日本では『韓国現代戯曲集』、韓国では『日本現代戯曲集』を編纂し、それぞれの国の戯曲を翻訳紹介してきました。これまでに日本では五巻を本の形式にし（日韓演劇交流センターにて扱い）、韓国では四巻の翻訳戯曲集が出版されました。こうした活動を通して日韓両国の演劇に対する理解が深まっていることは確かです。ただし、この事業では現存の劇作家の作品を翻訳紹介することに主眼を置いています。私たち三人は、比較的新しい戯曲を紹介することと並行して、韓国の演劇史を切り拓いた初期の劇作家たちの戯曲を、どうにかして日本で紹介できないかと考えました。それが実現したのが本書です。

韓国の近代戯曲は、歴史的に日本と大きなかかわりがあります。この本で紹介した五人の劇作家のうち、柳致眞と呉泳鎭は日本へ留学。咸世德も築地小劇場で一年ほど研修を受けたとの記録が残されています。そればかりか、日本の植民統治下で教育を受けた彼らは日本語も堪能で、日本の文化支配政策により日本語で作品を執筆することも余儀なくされました。しかし彼らは祖国の独立を願い、民衆を啓蒙する手段として演劇を選び、戯曲を書くことを選んだのです。そして日本の検閲と戦いながら創作を続けました。そうした世代の作家たちの、韓国語で書かれた作品が、日本語に翻訳されて日本の読者に読まれるということ。そのことに意味があると信じて翻訳作業にあたりました。

一つお断りしておきますと、本書に収録した作品はそれぞれの劇作家の一番の代表作といえますが、車凡錫の作品に限っては、彼の一番の代表作である『山火』がすでに『韓国現代戯曲集Ⅲ』に収録されているため、『不毛の地』を選びました。

なお、この本は財団法人韓国文学翻訳院の二〇〇七年度下半期の翻訳支援事業に選定され、日本での翻訳出版が実現しました。翻訳の手直し、出版社探し、著作権者との交渉などに予想以上に時間がかかり、出版までに三年もかかってしまいました。本書の出版を快く許してくださった著作権者の方々に、この場を借りて心から感謝申し上げます。また日本での出版にあたり、お力添え下さった日韓演劇交流センターの大笹吉雄会長、この本ができあがるまで根気よく付き合って下さった論創社の高橋宏幸さん、ありがとうございました。

二〇一一年二月　　翻訳者一同（明眞淑、朴泰圭、石川樹里）

著者略歴

柳致眞（ユ・チジン 1905 〜 1974）

劇作家、演出家、演劇評論家。号は東朗。慶尚北道出生。1931 年、立教大学英文科卒業。帰国後、劇芸術研究会を組織し新劇運動を展開。解放後には劇芸術協会、韓国舞台芸術院を創立。中央国立劇場長、東国大学教授、国際劇芸術協会韓国本部長、ドラマセンター所長などを務めた。初期は、植民支配下の民族の痛みを農村の現実に照らして写実的に描写したが、日本帝国主義の弾圧が強まるにつれ、親日的な作品や愛情を主題にした浪漫主義的歴史劇へと作風を変えた。解放後には、共産主義に対する批判、戦争の悲惨さ、南北分断などを素材にした作品を残した。代表作として『柳のある村の風景』、『牛』、『祖国』、『漢江は流れる』などがある。

咸世德（ハム・セドク 1915 〜 1950）

劇作家。仁川、江華島出生。柳致眞に師事し、戯曲創作を開始。1936 年『朝鮮文学』誌に『サンホグリ』を発表し登壇。初期は叙情豊かな写実主義戯曲『海燕』、『童僧』、『舞衣島紀行』などを執筆したが、植民統治後期には親日的な作品『酋長イザベラ』などを発表した。 解放後は共産主義に傾倒し、朝鮮文学家同盟のメンバーとして活動するとともに、『三月一日』、『太白山脈』など、共産主義思想を反映した作品を執筆した。その後、北朝鮮に渡り、朝鮮戦争の際に北朝鮮人民軍の従軍記者として南下、1950 年にソウルで戦死した。韓国では長らく発禁対象とされたが、1988 年に全作品が解禁された。

吳泳鎭（オ・ヨンジン 1916 〜 1974）

劇作家。平壌出生。京城帝国大学朝鮮語文学科在学中、『朝鮮日報』に『映画芸術論』（1937）を発表し登壇。卒業後、日本で映画を勉強し、1942 年帰国後、シナリオ『ベベンイグッ』、戯曲『孟進士宅の慶事』を発表した。解放後、平壌で朝鮮民主党創党に加わり活動したが、後に南に渡り、政治から足を洗って劇作活動に専念。諧謔や風刺を通して、世の中の愚かさや物欲を笑いのめした。また伝統風俗や古典小説からヒントを得た素材を現代化するのに並外れた才能を見せた。代表作に『ハンネの昇天』、『海女、陸に上がる』、『生きている李重生閣下（人生差押さえ）』、『十代の反抗』、『許生傳』などがある。

車凡錫（チャ・ボムソク 1924 〜 2006）

劇作家。全羅南道木浦出生。1951 年 機関誌「木浦文化協会」に戯曲『星は毎晩』を発表、1955 年に『朝鮮日報』新春文芸に戯曲『密酒』が当選し、劇作家として正式にデビュー。リアリズムを基調として、激しく移り変わる社会の断面を作品に写し出した彼は、戦後第一世代の演劇人として、柳致眞に続き韓国演劇のリアリズムの水準を引き上げた作家として評価されている。代表作に、韓国リアリズム演劇の最高峰と評される『山火』をはじめ、『尹氏一家』、『不毛の地』、『大地の娘』などがある。

李根三（イ・グンサム 1925 ～ 2003）

劇作家、演劇学者。平壌出生。東国大学英文科を卒業後、米国ノースキャロライナ大学院演劇科に留学。1958 年、英語で執筆した戯曲『終わりのない糸口』がキャロライナ劇会で上演され、帰国後 1960 年に『原稿紙』を『思想界』に発表して国内での活動を開始。欧米演劇の新しい手法を取り入れ、風刺に富んだ喜劇を得意とした。『大王は死を拒んだ』、『尊い職業』、『偉大なる失踪』、『デモステスの裁判』、『第十八共和国』、『甘い汁ございます』、『流浪劇団』、『アベルマンの裁判』など、四十作余の戯曲を残した。

翻訳者略歴

明眞淑（ミョン・ジンスク）

東洋未來大学講師。翻訳書に『李陵』（中島敦）、『小説の方法』（大江健三郎、共訳）、『愛のため自由のため』（キム・ジイル作、日本語訳）、翻訳戯曲に『木に花咲く』（別役実、2005）、『パンドラの鐘』（野田秀樹、2007）、『新宿八犬伝』（川村毅、2010）（以上『現代日本戯曲集』収録、韓日演劇交流協議会発行）、『秋の蛍』（鄭義信、『鄭義信戯曲集』収録、韓日演劇交流協議会発行）などがある。

朴泰圭（パク・テギュ）

韓国芸術綜合学校　世界民族舞踊研究所　責任研究員。翻訳書に『あふれた愛』（天童荒太、2002）『石の来歴』（奥泉光、2007）などがあり、論文には「日本の宮中楽舞に関する考察－辛卯使行の『東槎録』を中心に」（2010）、「日本の宮中楽舞と古代の韓半島」（2009）「現哲の文芸論と日本」（2008）、「坪内逍遙と現哲」（2007）などがある。

石川樹里（いしかわ・じゅり）

翻訳家。韓国芸術総合学校演劇院演劇学科卒。戯曲翻訳に『愛を探して』（金光林、2002）、『鳥たちは横断歩道を渡らない』（金明和、2005）、『呉将軍の足の爪』（朴祚烈、2007）、『こんな歌』（鄭福根、2009）、『道の上の家族』（張誠希、2011）（以上『韓国現代戯曲集Ⅰ－Ⅴ』収録、日韓演劇交流センター発行）などがある。『呉将軍の足の爪』の翻訳により、第15回湯浅芳子賞受賞。

韓国近現代戯曲選　1930—1960 年代

2011 年　5 月 10 日　初版第 1 刷印刷
2011 年　5 月 20 日　初版第 1 刷発行

著　者　柳致眞・咸世德・吳泳鎭・車凡錫・李根三
訳　者　明眞淑・朴泰圭・石川樹里
装　丁　桂川　潤
編集人　高橋宏幸
発行者　森下紀夫
発行所　論 創 社
東京都千代田区神田神保町 2-23　北井ビル
電話 03（3264）5254　振替口座 00160-1-155266
組版　エニカイタスタヂオ　印刷・製本　中央精版印刷
ISBN978-4-8460-0968-7　